ATLÂNTIDA
E OUTROS MUNDOS PERDIDOS

ATLÂNTIDA
E OUTROS MUNDOS PERDIDOS
Novas evidências de segredos antigos

Frank Joseph

Atlantis and Other Lost Worlds
Copyright © Arcturus Holdings Limited

Para Brad Steiger, cuja obra *Atlantis Rising* despertou minha busca pela civilização perdida há mais de um quarto de século.

Os direitos desta edição pertencem à
Editora Pé da Letra
Rua Coimbra, 255 - Jd. Colibri - Cotia, SP, Brasil
Tel.(11) 3733-0404
vendas@editorapedaletra.com.br / *www.editorapedaletra.com.br*

Tradução Ricardo Piccinato
Diagramação Adriana Oshiro
Revisão João Eduardo Justi e Thaís Coimbra
Coordenação James Misse

Impresso no Brasil, 2022

Dados Internacionais de Catalogação na Publicação (CIP)
Câmara Brasileira do Livro, SP, Brasil
Angélica Ilacqua - CRB-8/7057

Joseph, Frank
    Atlântida e outros mundos perdidos / Frank Joseph ; tradução de Ricardo Piccinato. - 1. ed. – Cotia, SP : Pé da Letra, 2022.
    256 p. : il.; 16 x 23 cm

ISBN: 978-65-5888-569-6
Título original: Atlantis and Other Lost Worlds

1. Atlântida (Lugar lendário) 2. Continentes desaparecidos 3. Civilização - História I. Título II. Piccinato, Ricardo

22-2024   CDD 001.94

Índices para catálogo sistemático:
1. Atlântida (Lugar lendário)

Todos os direitos reservados. Nenhuma parte desta publicação pode ser reproduzida, armazenada em um sistema de recuperação, ou transmitida, de qualquer forma ou por qualquer meio, eletrônico, mecânico, fotocopiador, de gravação ou outro, sem autorização prévia por escrito, de acordo com as disposições da Lei 9.610/98. Qualquer pessoa ou pessoas que pratiquem qualquer ato não autorizado em relação a esta publicação podem ser responsáveis por processos criminais e reclamações cíveis por danos. Esta editora empenhou-se em contatar os responsáveis pelos direitos autorais de todas as imagens e de outros materiais utilizados neste livro. Se, porventura, for constatada a omissão involuntária ou equívocos na identificação de algum deles, dispomo-nos a efetuar, futuramente, as correções em edições futuras.

ÍNDICE

INTRODUÇÃO	Novas Descobertas de Segredos Antigos	6
CAPÍTULO 1	Visualizando Atlântida e Lemúria	21
CAPÍTULO 2	Eles viram Atlântida	34
CAPÍTULO 3	Tecnologia Atlante-Lemuriana: Fato ou Fantasia?	50
CAPÍTULO 4	A Religião de Atlântida	63
CAPÍTULO 5	Os Cristais de Atlântida	77
CAPÍTULO 6	A Face do Crânio de Cristal	90
CAPÍTULO 7	Civilização Egípcia – Um Híbrido Atlante	114
CAPÍTULO 8	O Patrimônio de Atlântida da Europa	124
CAPÍTULO 9	Lemurianos e Atlantes na América do Norte	136
CAPÍTULO 10	O Patrimônio Atlante na América Média	146
CAPÍTULO 11	De Atlântida e Lemúria para a América do Sul	165
CAPÍTULO 12	Como e quando Atlântida e Lemúria foram destruídas?	178
CAPÍTULO 13	Descobrindo Atlântida	197
CAPÍTULO 14	Lemúria foi encontrada?	209
CAPÍTULO 15	Civilizações Perdidas Relacionadas	226
APÊNDICE	Uma Linha do Tempo de Mundos Perdidos	247
BIBLIOGRAFIA		249
CRÉDITO DE IMAGENS		256

INTRODUÇÃO
NOVAS DESCOBERTAS DE SEGREDOS ANTIGOS

"NO TERREMOTO DOS POVOS ANTIGOS, BROTAM NOVAS FONTES"

FRIEDRICH NIETZSCHE, *ASSIM FALOU ZARATUSTRA*

Em março de 2003, o psicólogo americano Dr. Gregory Little e sua esposa, Lora, tentavam checar uma estranha visão de quatro anos atrás. Eles tinham ouvido histórias sobre uma estrutura pré-histórica, parecida com uma parede gigantesca, localizada um metro abaixo do nível do mar no Oceano Atlântico. Disseram que esse enigma está perto da Ilha de Andros, 240 quilômetros do sudeste de Miami, na Flórida. Com cerca de 170 quilômetros de comprimento e 57 quilômetros de largura, com uma área de 3.703 quilômetros quadrados, Andros não é apenas a maior ilha das Bahamas, mas também a maior extensão de terra inexplorada no oeste do hemisfério ocidental, graças aos seus manguezais abundantes e muitas vezes impenetráveis. O Dr. e a Sra. Little estavam indo atrás do relato de um operador de mergulho, Dino Keller. Em 1992, ele alegou ter passado com seu barco de turismo sobre um recife de corais raso, onde observou a "parede" subaquática, enquanto cruzava a Baía da cidade de Nicolls, no nordeste da ilha. A observação dele foi ainda mais notável porque arqueólogos insistem que Andros não era habitada até o século XVII, quando ex-escravos da África Ocidental ficaram presos na ilha. Os 10.000 habitantes de hoje, que residem principalmente em pequenas cidades ao longo da costa leste, são descendentes desses náufragos.

PLATAFORMA SUBMARINA

Seguindo as instruções de Keller, Dr. Little mergulhou cerca de 600 metros da costa para encontrar um conjunto de blocos gigantescos de 458 metros de comprimento e 50 metros de largura em três camadas inclinadas e bem ordenadas, intercaladas por duas faixas de rochas menores. Apesar de estar 3 metros abaixo da superfície, a parte mais alta ficava mais de 1 metro abaixo d'água, exatamente como Keller descreveu. Havia grandes rochas que compunham faixas numa média de 5 por 6 metros com 1 metro de espessura. Cada uma das três faixas tinha 17 metros de largura. Os Little também encontraram uma rampa que levava do assoalho da lagoa do porto até o topo da plataforma.

Essa aparência um tanto regular e os blocos com um corte quadrado quase uniformes, sem dúvida, nos levam a crer que se tratava de algo criado pelo homem. Por se localizarem em um porto natural na Corrente do Atlântico Norte, podem ter sido um cais, quebra-mar ou algum tipo de instalação portuária. Juntamente com a rampa, há vários retângulos de 13 centímetros de largura e profundidade, semelhantes a buracos para colocar postes, esculpidos em algumas das pedras ciclópicas logo abaixo da faixa superior. Esses buracos podem ter sustentado postes de amarração usados para amarrar navios ancorados. A maioria, ou a maior parte, dos blocos parece ter sido extraída da rocha da praia local e colocada no lugar, uma prática de construção marinha que era comum em todo o Velho Mundo.

Mas quem poderia ter construído um projeto tão grande em uma época em que esse território ainda não estava coberto pelo oceano? A Plataforma Andros era a única estrutura desse tipo nas proximidades? Ou fazia apenas parte de um complexo muito maior que ainda não tinha sido encontrado?

A descoberta do Dr. Little ganhou o apoio de colegas pesquisadores da Associação de Pesquisa e Esclarecimento dos Estados Unidos, uma organização fundada por Edgar Cayce, em Virginia Beach, na Virgínia. Juntos, nos quatro anos seguintes, eles expandiram a exploração das águas ao redor de Andros e fizeram algumas descobertas extraordinárias. Seguindo as pistas de outra formação gigantesca localizada cerca de 10 quilômetros ao norte da ilha, Dr. Little e companhia fizeram um mergulho em um território desabitado conhecido como Recife Joulter. Lá, encontraram um paredão de rocha com centenas de metros de comprimento.

Embora a camada superior atingisse 2 metros da superfície da água, "a camada mais baixa de pedras revelou mais blocos de calcário sob a porção visível. Mas não se sabia o quanto ela se estendia (até o leito do mar)", disse Dr. Little. Os blocos foram cortados em retângulos e quadrados, de 1 a 2 metros de largura e cerca de 1 metro de espessura, embora alguns deles fossem maiores. Apenas partes do paredão permaneciam intactas, mas era evidente que deveria ter sido algo criado pelo homem por conta de toda a regularidade do trabalho com as pedras e na colocação não natural de um bloco sobre o outro. O local era obviamente algum grande projeto de obras públicas construído há milhares de anos por uma civilização totalmente desconhecida.

A Plataforma Andros tem seis faixas alternadas de pedras. Seis era o número sagrado de Atlântida, e seus urbanistas o incorporaram nos paredões alternados de sua capital, de acordo com a descrição de Platão sobre essa civilização submersa.

A CONEXÃO COM O TRÓPICO DE CAPRICÓRNIO

A datação precisa dessa estrutura submersa é um problema, mas o Dr. Little acredita que a Plataforma Andros data de antes de 10.000 a.C. Os níveis do mar nesse época seriam baixos o suficiente para criá-la em terra firme. A suposição de Little é reforçada por outras comparações provocantes: há 12.000 anos, a Plataforma Andros ficava no Trópico de Capricórnio, um círculo que define a viagem do sol ao redor da Terra cerca de 23,5 graus ao norte do Equador. Seguindo em direção ao leste pelo Oceano Atlântico e ao norte da África, o Trópico de Capricórnio naquela época cruzava Filae, o antigo Templo de Palenque do Egito antigo, ou o "Lugar Remoto". É reconhecido pelos moradores do rio Nilo como a "Ilha no Tempo de Rá" e também um dos mais antigos centros cerimoniais acima de sua Primeira Catarata.

O Trópico de Capricórnio conectava-se simultaneamente com a primeira cidade portuária da Índia, no Golfo de Cambaia. As gigantescas instalações portuárias de Lothal incluíam longos cais de pedras e terrenos próximos para proteger grandes navios oceânicos.

Indo mais para o leste, o Trópico de Capricórnio cruzava a ilha de Chia-shu, onde arqueólogos desenterraram os artefatos paleolíticos mais antigos da China. Grande parte deles eram pontas de arpão, pesos inseridos em pontas de redes de pesca e outros objetos usados por algum povo marítimo desconhecido.

Indo para o Oceano Pacífico, o Trópico de Capricórnio passava pela ilha Yonaguni, no Japão, onde mergulhadores descobriram uma enorme "cidadela" 30 metros abaixo da superfície do mar. Essa descoberta será descrita detalhadamente no Capítulo 14, mas vale a pena mencionar aqui sua intrigante relação com o Trópico de Capricórnio. As ruínas submarinas de Yonaguni têm o mesmo comprimento – 160 metros – que o Templo de Palenque de Filae, do outro lado do mundo, no vale do Alto Nilo.

Parece mais do que coincidência que Andros, nas Bahamas; o "Lugar Remoto", no Egito; o Lothal, na antiga Índia; a Ilha Chia-shu, na China; e Yonaguni, no Japão tenham todos ocupado o Trópico de Capricórnio ao mesmo tempo. Esses cinco locais – que anteriormente ficavam na passagem mais ao norte do sol ao redor do nosso planeta – conectavam o reino do Pacífico com o Sudeste Asiático, o subcontinente indiano, a África e o Oceano Atlântico, sugerindo assim uma cultura global que floresceu há mais de 12.000 anos.

Mas quem poderia estar por trás de um fenômeno tão global numa época em que, de acordo com arqueólogos convencionais, os seres humanos ainda estavam a milênios de criar até mesmo os rudimentos mais simples das primeiras sociedades organizadas? Claramente, as suposições dominantes sobre as origens das civilizações e a verdadeira profundidade da pré-história precisam de uma revisão radical. E isso é especialmente verdadeiro para a polêmica relacionada à Atlântida. Há muito tempo, os estudiosos descartaram essa cidade submersa, alegando ser nada mais do que uma fantasia utópica. Os saltos quânticos na tecnologia científica desde o fim da Segunda Guerra Mundial, no entanto, tornaram os mares profundos cada vez mais transparentes a fim de revelar uma história muito diferente.

O MONTE SUBAQUÁTICO HORSESHOE

Na primeira investigação com sonares do Oceano Atlântico em 1949, surgiram indícios de uma civilização perdida. Cerca de 418 quilômetros a oeste do Estreito de Gibraltar, Dr. Maurice Ewing, a bordo do navio de pesquisa *Glomar Challenger* da National Geographic, encontrou uma formação no fundo do oceano desde então conhecida como Monte Subaquático Horseshoe, uma grande ilha cercada por uma cadeia de montanhas altas.

Segundo o professor de geologia da Universidade de Columbia, seu pico mais alto, batizado de Monte Ampére, era um vulcão que entrou em colapso no fundo do mar 12.000 anos atrás. Da mesma forma, o filósofo do século IV a.C, Platão, caracterizou Atlântida como uma grande ilha além de Gibraltar, cercada por um grande anel de montanhas arrasadas por uma catástrofe natural há 11.500 anos. Amostras do núcleo retiradas do fundo do oceano a mais de 3 quilômetros de profundidade revelaram vastas quantidades de areia de praia – evidência física de um litoral antigo sujeito a incontáveis séculos de ação das ondas ao nível do mar. Essa foi a prova de que a quantidade de terra no fundo do oceano tinha sido um território seco e acima do nível do mar por muito tempo, em seu passado geológico recente.

Além disso, as dimensões dos Montes Subaquáticos Horseshoe – 515 quilômetros de oeste a leste e 310 quilômetros de norte a sul – complementam vagamente as dimensões que Platão fornece em sua obra *Crítias* para a ilha de Atlântida: 588 quilômetros de oeste a leste e 365 quilômetros de norte para o sul. Ambos os conjuntos de medidas são, obviamente, aproximados, sugerindo boas semelhanças.

Essa investigação inicial por sonar do *Glomar Challenger* nas profundezas do oceano realmente encontrou Atlântida? Pelo menos alguns pesquisadores profissionais proeminentes pareceram confirmar isso. Menos de dez anos após a descoberta do Monte Ampére pelo Dr. Ewing, o Rijksmuseum, museu nacional situado em Amsterdã, lançou uma expedição sueca em alto-mar sob o comando do Dr. René Malaise, a bordo do navio de pesquisa Albatross. Do fundo do oceano, cerca de 2 quilômetros abaixo da superfície do Atlântico, os cientistas trouxeram a bordo restos fossilizados de vários milhares de diatomáceas – pequeninas algas que floresceram nos últimos 12.000 anos. O colega paleobiólogo de Malaise, R.W. Kolbe, catalogou mais de 60 espécies de diatomáceas de água doce a 1 quilômetro ou mais de profundidade em todo o meio do Atlântico. Essa abundância inesperada de algas provou que elas cresceram em lagos de água doce extensos no que poderia ter sido um antigo trecho de território de terra seca localizado atualmente na vastidão do mar aberto.

A conclusão de Kolbe teve como apoio outras evidências descobertas em 1963 por um oceanógrafo da Academia Soviética de Ciências. Ao investigar uma área dos Montes Subaquáticos Horseshoe a partir do convés do *Mikhail Lomonsov*, os dispositivos robôs da Dra. Maria Klinova recolheram várias rochas incomuns do fundo do mar. Conforme testes de laboratório, os espécimes não foram formados nas profundidades de 1,6 quilômetro onde foram encontrados, mas em terra firme cerca de 10.000 anos atrás.

Revelações como essas convenceram os cientistas marinhos de que uma grande massa de terra montanhosa um pouco menor em área do que Portugal (cerca de 90.000 quilômetros quadrados) de fato ocupou o meio do Oceano Atlântico nos últimos 10.000 anos. No entanto, não há certeza de que os Montes Subaquáticos Horseshoe, por toda a sua configuração e semelhança física com Atlântida, compõem a mesma ilha submersa descrita pelo grande filósofo ateniense Platão, há 23 séculos, em suas duas obras – *Timeu* e *Crítias*. Céticos argumentam que nenhuma evidência arqueológica foi até agora recuperada do fundo do mar.

A ATLÂNTIDA DE PLATÃO

Alguns descartaram todo esse assunto como nada mais do que um mal-entendido sobre Tera, o antigo nome grego para a atual Santorini, uma pequena ilha do mar Egeu ao norte de Creta, sinônimo para Atlântida na mente de alguns arqueólogos convencionais.

Eles argumentam que uma erupção vulcânica que atingiu Tera durante a Idade do Bronze Média foi distorcida no relato de Platão e lembrada mais tarde, imperfeitamente, como o destino dessa civilização perdida. Embora um povoamento da civilização minoica estivesse de fato localizado em Tera, era pequeno demais para exercer qualquer influência cultural ou econômica significativa – muito menos militar – na região. E o evento vulcânico em 1628 a.C, embora poderoso, não acabou, como os arqueólogos agora reconhecem, com a civilização no Mediterrâneo oriental. Tera ou até a vizinha Creta ainda são, de vez em quando, usadas pelos críticos de Platão para explicar Atlântida, mas representam uma voz cada vez menor, evitada até mesmo pela maioria dos estudiosos tradicionais. Apesar do ceticismo demonstrado por alguns, a prova física da capital submersa pode ter surgido no início de 1974, exatamente onde Platão insinuou.

Em *Crítias*, ele menciona que elefantes eram abundantes na ilha de Atlântida. Críticos zombam de Platão por incluir esse paquiderme fantasticamente deslocado no meio do oceano, centenas de quilômetros além do ponto de terra mais próximo e ainda mais longe da terra natal africana e asiática do animal. Mas, em 1960, oceanógrafos que dragavam o fundo do mar do Atlântico a cerca de 322 quilômetros da costa portuguesa inesperadamente transportaram centenas de ossos de elefante de mais de quarenta locais diferentes. Cientistas concluíram que as criaturas vagaram por uma ponte de terra agora submersa, que se estendia da costa atlântica do Marrocos até terras anteriormente secas que foram afundadas pelo mar. Essa descoberta deu crédito especial não apenas a Platão, mas também a seus seguidores modernos. Outras evidências inesperadas de Atlântida ainda estavam por vir.

FOTOGRAFIAS DA GUERRA FRIA

Durante o curso de um levantamento topográfico de rotina do fundo do mar, 420 quilômetros a oeste de Gibraltar, investigadores russos se depararam com uma surpresa polêmica. A descoberta foi suprimida pelo clima de paranoia que permeou a União Soviética durante a Guerra Fria, até que a notícia vazou para o Ocidente mais de quatro anos depois. No final de 1978, o diretor do Departamento de Frotas do Instituto de Oceanografia, Alexander Nesterenko, disse em uma coletiva de imprensa da Associated Press que fotografias "do que poderiam ser ruínas" na verdade tinham sido feitas no fundo do Atlântico próximo. Ele foi auxiliado por Andrei Aksyonov, vice-diretor do Instituto de Oceanografia da Academia Soviética de Ciências. O professor Aksyonov confirmou que aquelas estruturas "já estiveram na superfície da terra, acima do nível do mar", embora não tenha conseguido identificá-las como remanescentes de Atlântida. No início do ano seguinte, detalhes da descoberta russa foram divulgados pela Dra. Sofia Stepanovna Barinova, uma das acadêmicas mais notáveis do Instituto de Biologia da Academia Soviética de Ciências. Em seu artigo para a revista científica *Znanie-Sila* (Conhecimento é Poder, em tradução livre - nº 8, 1979), a Dr. Barinova revelou que, em março de 1974, geólogos e colegas biólogos a bordo de um navio de pesquisa soviético, o *Acadamician Petrovsky*, sondaram as águas rasas da costa norte marroquina, com especial interesse nas características topográficas dos picos das montanhas submersas, onde se esperava o crescimento de espécies desconhecidas de vida marinha. As investigações foram conduzidas principalmente por varreduras de sonar juntamente com fotografia do subsolo.

À medida que o *Acadamician Petrovsky* navegava a oeste sobre os Montes Subaquáticos Horseshoe, câmeras do fundo do mar capturaram uma série de imagens semelhantes aos restos parciais de uma cidade em ruínas. Ivanovich Marakuev, especialista em fotografia subaquática que estava a bordo do navio, confirmou que não se tratava de anomalias ou mau funcionamento de filmes ou instrumentos, nem eram formações geológicas naturais incomuns confundidas com estruturas artificiais. A maioria apareceu em torno do pico do Monte Ampére, o vulcão que, segundo Dr. Ewing, entrou em colapso no mar 12.000 anos atrás.

AS DESCOBERTAS DO MONTE AMPÉRE

Apesar de a base do Monte Ampére atingir mais de 3.000 metros, seu cume tem um formato de platô e fica a meros 65 metros abaixo da superfície do oceano. Foi aqui, de acordo com o artigo publicado na *Znanie-Sila*, que os cientistas russos encontraram a maioria das estruturas produzidas pelo homem. Tratava-se de uma parede de 75 centímetros de largura, 1,5 metro de altura e um pouco mais de comprimento. Outra construção consistia em cinco degraus largos que ascendiam a uma plataforma conectada a outra escadaria monumental. Conforme especulou a Dra. Barinova, se todas as estruturas visualmente documentadas se projetavam por meio de uma camada de lodo de talvez 30 ou mais metros de espessura, a evidência fotográfica de Marakuev revelou apenas uma fração de suas porções superiores.

Várias viagens de retorno ao Monte Ampére realizadas pelo *Academician Petrovsky* ao longo da década de 1980 confirmaram e até expandiram as descobertas submarinas. Elas foram recebidas com interesse cauteloso no Ocidente, onde a suspeita de todas as coisas soviéticas era grande até o colapso da União Soviética no final daquela década. Desde então, a Rússia pós-comunista não dispõe de recursos financeiros para renovar sua investigação de estruturas tipicamente humanas no Atlântico próximo. Já os arqueólogos ocidentais continuaram céticos em relação às afirmações da Dra. Barinova e seus colegas, ainda relutantes em compartilhar tudo o que encontraram nos Montes Subaquáticos Horseshoe.

Em seu artigo na *Znanie-Sila*, Barinova citou a imensa capa de lodo que se estende sobre as ruínas como um manto, ocultando praticamente todos os vestígios de evidência física. Essa deposição constante as cobriu gradual e continuamente sobre as ruínas, não durante séculos, mas durante milênios, tornando sua detecção extremamente difícil. Para localizá-las e revelá-las, os modernos instrumentos de pesquisa precisariam tornar transparentes quilômetros de oceano e sondar quantidades de lodo sedimentado capazes de esconder um prédio ou mesmo uma cidade. Porém, quem espera encontrar Atlântida intacta no fundo do mar se engana. Os russos podem ter encontrado vestígios tênues da capital submersa descrita por Platão, mas ainda é preciso um financiamento generoso e, especialmente, uma tecnologia futura para superar desafios especiais, até agora insuperáveis, da arqueologia do fundo do mar.

OS POÇOS DE CONCRETO EM KUNIE

Felizmente, nenhum desses desafios impediu a descoberta de uma imensa "cidadela" a 30 metros de uma pequena ilha japonesa. As águas cristalinas ao redor de Yonaguni quase mostram o "monumento" submerso – uma contrapartida bastante preservada de Atlântida no Oceano Pacífico e o posto avançado de outra civilização "perdida", uma vez chamada de Pátria-mãe do Homem, Mu ou Lemúria.

Talvez estranhamente, surgiram evidências muito mais sólidas da existência anterior dessa civilização tropical do que da cidade submersa de Atlântida. Vinte e quatro anos antes da descoberta da ruína submarina perto de Yonaguni em 1985, estudiosos ficaram intrigados com um mistério totalmente diferente em Kunie, ou Ilha dos Pinheiros, um local muito mais desconhecido na Nova

Caledônia. Com dimensão de 13 por 16 quilômetros, a ilha é circuncidada por centenas de montes de areia de 61 centímetros a 92 centímetros de diâmetro e 1 a 3 metros de comprimento.

Os 1.500 habitantes melanésios de Kunie nada sabiam sobre as estruturas, que foram escavadas em 1961 por um arqueólogo do Museu da Nova Caledônia. Esperando desenterrar restos mortais humanos ou itens funerários, Luc Chevalier se surpreendeu ao encontrar no interior de um monte um tambor de concreto feito de uma argamassa de cal homogênea extremamente dura. Continha inúmeros pedaços de conchas, com exterior salpicado de sílica e fragmentos de cascalho de ferro que pareciam ter endurecido a argamassa. Um poço estreito havia sido submerso verticalmente desde o topo do monte, que foi então preenchido com argamassa de cal líquida e se enrijeceu naquela posição.

Supondo que deva ter sido obra incompreensível de algum visitante moderno, o Dr. Chevalier cavou até a próxima estrutura, encontrando um poço de concreto idêntico. Ele escavou o restante das 400 colinas de Kunie, que escondiam o mesmo tipo de poço de argamassa de cal. Eles não continham um único osso, artefato ou pedaço de carvão queimado para sugerir o uso para enterros, habitação ou práticas cerimoniais. Voltando para Numea, capital da Nova Caledônia, a 65 quilômetros dali, Chevalier submeteu amostras de suas escavações a testes científicos e ficou surpreso com os resultados: os cilindros foram inquestionavelmente feitos pelo homem entre 10.950 a.C e 5120 a.C. Esse período foi reconfirmado a partir de mais testes de radiocarbono realizados por técnicos de laboratório da Universidade de Yale, nos Estados Unidos.

Segundo registros históricos, os romanos inventaram a fabricação do concreto há pouco mais de 2.000 anos. No entanto, a evidência de Kunie prova que alguém em uma pequena ilha obscura no Oceano Pacífico havia dominado o processo milênios antes do início oficial da própria civilização. Mas com que objetivo? Enquanto Chevalier e seus colegas arqueólogos ficaram perplexos com os cilindros de argamassa de cal, engenheiros mecânicos comentaram a semelhança com componentes ou dispositivos elétricos, principalmente baterias com fins de armazenamento.

O HERÓI DA INUNDAÇÃO EM TONGA
Embora nada parecido com os cilindros de concreto avançados da Nova Caledônia tenha sido encontrado em qualquer outro lugar do Pacífico, a vastidão do oceano entre a Ásia e as Américas é repleta de enigmas radicalmente diferentes, mas não menos inquietantes. Na ilha de Tonga, 22.530 quilômetros a leste de Kunie, há um arco de 5 metros de altura que pesa mais de 110 toneladas. Uma estrutura de pedra chamada trílito, com 4 metros de largura, é conhecida por inúmeras gerações de habitantes como o Ha'amonga 'a Maui, ou "Fardo de Maui". Segundo os mitos polinésios, *A Tradição dos Wharewananga*, Maui é retratado como um herói semelhante a Hércules que separa os deuses do terremoto e da tempestade tentando destruir e afundar um longo trecho de território primitivo. Embora ele impeça a inundação total, o antigo arquipélago ficou reduzido a uma série de ilhas. Essa tradição é a memória folclórica de uma antiga massa de terra partida e parcialmente afundada no mar pela violência sísmica, um tema que percorre as tradições de quase todos os povos nativos do Pacífico. Os habitantes de Tonga não atribuem o monumental Ha'amonga a Maui, mas associam sua construção ao herói da inundação.

Eles também apontam o enorme Tauhala como algo que restou dos tempos anteriores ao dilúvio. Um dos blocos de pedra dessa plataforma piramidal tem mais de 7 metros de comprimento, pesando cerca de 40 toneladas. Com uma habilidade de engenharia que desafia a crença, sobretudo para um povo pré-industrial, de alguma forma ela foi erguida e inserida em uma parede de 333 metros de comprimento. Os chefes pré-dilúvio responsáveis pelo Tauhala ainda são lembrados como os Mu'a, literalmente, "Homens de Mu". Uma alusão mais óbvia a uma pátria perdida parece impossível.

MONUMENTOS PRÉ-HISTÓRICOS NO PACÍFICO
Nas Ilhas Marianas, 5.934 quilômetros a noroeste de Tonga, estão os monumentos com forma de cogumelo de Guam, Tinian, Saipan e Rota. Conhecidas como Pedras Lat'te (da palavra *latde*, que na língua nativa significa "casas dos Velhos"), o nome não se refere aos habitantes idosos, mas aos *taotaomona*,

ou "Espíritos do Povo de Antes". Os indígenas chamoro atribuíram esse nome a construtores estrangeiros que chegaram pelo outro lado do mar no passado antigo. Arqueólogos acreditam que a habitação humana nas Ilhas Marianas remonta a 3000 a.C.

Talhadas a partir de um coral áspero, as pedras Latte são compostas por duas partes: haligi, um pedestal em forma de pirâmide e uma pedra hemisférica invertida por cima, conhecida como tasa, de 2,5 metros de altura e 3 metros de largura. Esses monumentos têm em média quase 3 metros de altura e pesam cerca de 30,5 toneladas, embora os exemplares descobertos na pedreira de As Nieves, em Rota, sejam os maiores conhecidos com 6 metros e mais de 50 toneladas. Onde quer que sejam encontradas, as pedras Latte estão principalmente alinhadas em fileiras duplas de meia dúzia a uma dúzia ou mais, geralmente ao longo das margens dos rios ou na costa a fim de celebrar os "Espíritos do Povo de Antes". Baseados em estimativas de resquícios de megálitos (grandes pedras monumentais pré-históricas) caídos e ainda eretos, pesquisadores calculam que até 100 ou mais pedras Latte podem ter ocupado as ilhas Marianas originalmente. Em nenhum outro lugar da Terra elas são encontradas. O significado e propósitos delas seguem totalmente desconhecidos.

As ruínas pré-históricas de outras estruturas megalíticas, incluindo pirâmides e imensas obras portuárias, estão espalhadas pelo Pacífico, de Samoa e Palau até o Taiti e Chatham. Embora as estátuas imponentes da Ilha de Páscoa sejam bem conhecidas, como esses *moai* de 15 toneladas foram transportados de suas origens para acima da costa, onde foram erguidos sobre grandes plataformas conhecidas como *ahus*, está além de nossa compreensão.

Ainda mais espetacularmente inexplicáveis são os 300 milhões de toneladas de basalto magnetizado usados na construção de uma ilha artificial no topo de um recife de corais na costa de Pohnpei – uma ilha desconhecida nas Carolinas, ao norte da Nova Guiné. Seus habitantes a chamam de Nan Madol, os "Lugares do Meio", uma referência a 92 ilhas artificiais dentro de 29 quilômetros quadrados. Todas estão interligadas por uma extensa rede do que parecem ser canais, cada um com 10 metros de largura e mais de 1 metro de profundidade na maré alta. Todo o local era originalmente cercado por uma imensa parede, e apenas partes dela sobreviveram a milênios de crescimento da selva e erosão das ondas. A torre mais alta do local, chamada pelos nativos da Micronésia como Nan Dowas, tinha talvez 13 metros de altura. Embora arqueólogos não consigam adivinhar o responsável por um feito tão incompreensível, os habitantes locais falam em feiticeiros gêmeos que chegaram a Pohnpei no passado sombrio de um reino afundado. Auxiliados por um "dragão voador", eles teriam construído a incomparável cidade de Nan Madol.

No conjunto, essas e muitas outras ruínas espalhadas pelas remotas ilhas do Pacífico são as relíquias sobreviventes, embora danificadas, de uma extensa civilização que há muito dominou metade do globo antes de ser dominada por uma catástrofe natural, ecoada nas tradições folclóricas dos povos nativos da Austrália ao Alasca, do Japão ao Chile. Referidas como Horai, Haiviki, Mu ou Lemúria, trata-se da cultura seminal da humanidade vinda de milênios de mitos para algo mais do que mera fábula. O emocionante processo de transformação começou durante o século XIX, quando um arqueólogo alemão, Heinrich Schliemann, desmistificou a cidade perdida de Troia escavando suas muralhas acima das planícies turcas de Hissarlik. Hoje, pesquisadores como o Dr. Greg Little estão fazendo por Atlântida o mesmo que Schliemann fez por Troia no final do século XIX.

OUTRAS CIVILIZAÇÕES PERDIDAS

Atlântida e Lemúria não são os únicos enigmas de sua espécie materializando-se a partir de lendas. O paraíso de Shangri-La; o Thule e Hiperbórea, no Ártico; as pecaminosas Sodoma e Gomorra; o indescritível El Dorado; Antilia; Hy-Brasil; as Sete Cidades de Ouro; a Ilha de São Brandão; e muitos outros reinos sombrios que uma vez figuraram na consciência humana agora encontram seu devido lugar nas paisagens mitológicas e arqueológicas do início do século XXI.

Os progressos contínuos na tecnologia estão dissipando todas as dúvidas sobre esses reinos perdidos. Os avanços mais recentes em oceanografia, climatologia, geologia, genética e áreas afins estão revelando um panorama sem precedentes do passado inesperadamente profundo da humanidade, onde esses domínios desempenharam um papel mais importante do que se imaginava. Civilizações consideradas lendárias estão surgindo como mecas culturais e capitais imperiais de poderosos impérios que dominaram o mundo há muito tempo, deixando sua marca irrevogável de um mito duradouro. Essas revelações científicas têm sido tão rápidas, numerosas e de longo alcance em seus efeitos que mesmo pessoas bem informadas desconhecem seu impacto em nossa mudança de perspectiva sobre as origens humanas.

Ao longo das páginas seguintes, são apresentadas algumas das descobertas mais emocionantes e recentes que, pela primeira vez, tiram lugares como Atlântida, Lemúria e outros do reino da fábula, trazendo-os de volta à vida após séculos de negligência ou mal-entendidos. Em suas histórias, vislumbramos não apenas nossas origens humanas como uma raça civilizadora, mas também o surpreendente reconhecimento de paralelos e padrões com nossas crises atuais. Conforme revelados à luz de nossa investigação, os lemurianos e, em especial, os atlantes são surpreendentemente modernos, e não apenas por causa da sofisticação tecnológica de que desfrutavam. Assim como nós, eles enfrentaram alternativas importantes entre segurança ou liberdade, autoindulgência materialista ou idealismo de si mesmos. Podemos nos identificar com eles porque, nas escolhas que fizeram e nas consequências que os confrontaram, são muito parecidos conosco.

O passado, por mais antigo que seja, não morre; ele foi vivido por nossos semelhantes, e separado de nós apenas pelo tempo. O resultado de suas ações e energias formou e continua a formar nosso mundo e o futuro. À medida que o drama de suas sociedades esplêndidas e surpreendentemente avançadas é mais uma vez representado em nossa imaginação, algo de sua terrível grandeza e de seu destino violento mexe com nossa mente e nos incita a graus mais elevados de curiosidade. Atlântida, Lemúria, entre outros – certamente vivem em nós, seus descendentes.

CAPÍTULO 1
VISUALIZANDO ATLÂNTIDA E LEMÚRIA

> "NO ESPAÇO INCOMENSURÁVEL
> DO OLHAR DA MENTE, TODAS AS COISAS
> PODEM SER VISLUMBRADAS."
>
> IGNATIUS DONNELLY, 1878

A ilha de Atlas era montanhosa e muito arborizada. Ao sul de seu imponente vulcão adormecido, havia uma planície de 55 quilômetros de comprimento por 37 quilômetros de largura. Era irrigada por uma rede de canais que levavam água para as culturas que floresciam no solo vulcânico bastante fértil e sob o sol temperado. Ao sul desse complexo agrícola, ficava a cidade de Atlântida, capital de um império oceânico que se estendia da Itália, ao leste, até a península de Iucatã, ao oeste. A metrópole era como um gigantesco centro paisagístico de anéis concêntricos, com círculos alternados de terra e água, interconectados por canais que acomodavam tanto o tráfego de navios quanto o de pedestres. Cada uma de suas ilhas artificiais era cercada por muros altos intercalados com poderosas torres de vigia guarnecidas por soldados. A menor ilha ao centro abrigava a residência imperial e o magnífico Templo de Poseidon.

A CAPITAL

A obra *Crítias*, de Platão, define Atlântida com clareza – pelo menos em seu estágio final – como pertencendo à Era Heroica, confirmando um período do século XIII a.C para os eventos que cercaram o império atlante em seus últimos dias. Um visitante da época ficaria impressionado com as muralhas da cidade, não apenas por suas dimensões enormes, mas também pelas folhas de oricalco (cobre de alta qualidade) e mosaicos de minerais semipreciosos que reluziam à luz do sol. Platão escreveu:

> *Alguns de seus edifícios eram simples, mas em outros eram dispostas*
> *pedras diferentes, que se misturavam por puro ornamento, para ser uma*

fonte natural de prazer. Todo o circuito da muralha que contornava a área externa era coberta com uma camada de latão, e o circuito da próxima parede era revestido com estanho, e a terceira, que circundava a cidadela, brilhava com a luz vermelha do oricalco.

A pista de corrida de cavalos no anel terrestre mais externo da cidade e os canais monumentais com túneis grandes que permitiam a passagem de um navio de guerra são descritos em *Crítias*.

Como a civilização abrangeu a idade dos construtores de megálitos até a Idade do Bronze, Atlântida pode ter criado uma imagem um tanto estranha em sua manifestação final, talvez lembrando as paredes ciclópicas de Sacsayhuamán, na América do Sul (perto da antiga capital do império inca, Cuzco), superada por um templo etrusco. Os etruscos eram nada mais do que atlantes tardios que colonizaram a Itália ocidental, então, sua cultura material sobrevivente nos oferece um vislumbre da Atlântida em seu auge cultural.

Uma terracota etrusca no Museu Tarquinia, na Itália, retrata os cavalos alados que puxavam a carruagem de Poseidon em sua colossal estátua no templo de Atlântida; é a única semelhança com a Antiguidade. Colunas atlantes e etruscas, muitas vezes pintadas de vermelho toscano, eram infindáveis e afuniladas ligeiramente de cima para baixo, ampliando assim a perspectiva monumental.

Os telhados atlantes sobrepostos eram de empena alta, às vezes com telhas vermelhas, com um entablamento de imagens esculpidas de deuses. A rocha vulcânica, de grande abundância, era o principal material de construção, e resultou nas cores preta (lava), branca (pomes) e vermelha (tufa calcária), caracterizando a arquitetura atlante, conforme Platão. Suplementadas por folhas decorativas de oricalco e dispostas em um atraente cenário natural de água e vegetação exuberante, estruturas públicas e privadas na Atlântida englobavam a atraente visão de um estado único e poderoso.

O PALÁCIO REAL

O interior da residência imperial não foi descrito nos diálogos de Platão. Felizmente, seus detalhes sobrevivem na descrição de *Scheria* de Homero, mas sob outro nome pelo qual a ilha de Atlântida era conhecida, na *Odisseia*. O palácio ficava no centro de um grande pomar cheio de árvores com maçãs, romãs, peras, figos e azeitonas. No mesmo local, havia um próspero vinhedo, onde as uvas secavam ao sol em grandes cavaletes de madeira. Leitos de vegetais de vários tipos eram dispostos cuidadosamente nas proximidades. O jardim apresentava duas fontes. Uma irrigava todo o local, enquanto a outra fornecia um bebedouro para os habitantes da cidade, depois seguia sob o pátio em direção à mansão. O local compreendia uma sebe intercalada com portões, pois outro pátio separava o palácio dos jardins circundantes, vinha e pomar.

A residência real também estava de acordo com o estilo atlante de opulência monumental. Paredes de pedra incrustadas com folhas de oricalco acobreadas e faixas decorativas de azulejos azuis esmaltados ao topo circundavam inteiramente o pátio. O palácio apresentava um enorme par de portas douradas em postes de prata. De cada lado da soleira, estavam as esculturas de dois cães – um de ouro; o outro, prata. No interior, o salão de jantar apresentava uma mesa central enorme de madeira pesada, escura e esculpida com ornamentos, cercada por cadeiras semelhantes a tronos de encosto alto, adornadas com tecidos coloridos. Estátuas em tamanho real de jovens dourados carregando tochas forneciam iluminação para festas noturnas.

O POVO DE ATLANTIS

Como era o povo atlante? Uma obra-prima da escultura sobreviveu para responder a essa pergunta. A "Dama de Elche" é o busto de terracota em tamanho real de uma mulher descoberta na Andaluzia, na Espanha. A escultura realista foi feita com um alto grau de habilidade e data de uma época pré-romana. As características faciais da mulher e seus trajes singulares pertencem a um povo sofisticado, aficionado, totalmente desconhecido pela arqueologia, mas fortemente sugestivo de sua proveniência atlante. Obra-prima descoberta numa área da Península Ibérica mencionada por Platão como o reino Atlante de Gadeiros, a ligeira inclinação dos olhos (supostamente característica de uma raça atlante) implica que a obra retrata uma senhora de Atlântida residente em seu domínio espanhol.

Vários outros retratos da vida de soldados atlantes ainda estão bem preservados, gravados nas paredes do Templo da Vitória do Faraó Ramsés III, em Medinet Habu, no Vale dos Reis, no Alto Egito. Eles mostram um homem alto, esbelto, de ombros largos, com perfil facial um tanto aquilino, boca firme e olhos amendoados.

Os ruivos eram comuns entre os atlantes, assim como os loiros. Os homens (sobretudo, civis e imperadores) às vezes usavam barba, mas todos os militares, incluindo os comandantes, tinham a barba feita e o cabelo com corte rente. Tradições ancestrais em todas as civilizações mesoamericanas e andinas representam de modo consistente seus pais fundadores atlantes como altos, de barba, pele clara e cabelos ruivos ou loiros. Apropriadamente, os egípcios, que travaram duas guerras de vida ou morte contra os atlantes, consideravam o cabelo ruivo muito desfavorável. Os nativos guanches das Ilhas Canárias estavam entre o último grupo populacional sobrevivente de Atlântida, até seu extermínio pelos espanhóis no século XVI. Suas características físicas eram uma estranha mistura de características cro-magnon e indo-europeias – estatura acima da média, ectomórfico (um tipo físico esbelto), dolicocefálico (crânio longo), loiros e de olhos claros. Enquanto os guanches eram caucasianos, seu dialeto era uma mistura de palavras indo-europeias, egípcias, bascas e muitas delas desconhecidas. Possivelmente, um genótipo atlante distinto, do qual eles descendiam, deve ter se desenvolvido de forma isolada em sua própria ilha.

De acordo com Platão, os imperadores se vestiam com magníficos mantos azuis, e o historiador romano Cláudio Eliano registrou que a realeza usava tiaras feitas de faixas de "carneiros do mar" (talvez fragatas, que são conhecidas por mergulhar no mar para pegar peixes). A julgar pelas vestes da Dama de Elche, as mulheres atlantes prósperas não se esquivavam de elaborados adornos de cabeça. Havia dois discos aparentemente de pano presos em cada têmpora, e seu peito estava adornado por joias.

Os uniformes militares do início do século XII a.C dos fuzileiros navais atlantes são retratados com vivacidade em representações dos "povos do mar" em Medinet Habu, no Egito. Os elmos de bronze eram presos ao queixo, com

25

uma coroa curta e rígida raiada de crina de cavalo, tingida de vermelho escuro. O peito e as costas de bronze eram costurados em forma de X num colete de couro, preso na cintura.

EXÉRCITO, POPULAÇÃO E IMPÉRIO

Em seu apogeu, Atlântida ostentava imensas forças armadas para proteger seu grande império. De acordo com Platão, os atlantes dispunham de nada menos do que 79.600 homens armados. Desses, 7.200 eram hoplitas – soldados de infantaria fortemente armados – arqueiros e lançadores, apoiados por mais 33.600 lingadores e lançadores de dardo. Eles se juntaram a 10.000 bigas, cada um deles com um condutor e um guerreiro portando um escudo leve. Atlântida era uma potência marítima. Seus 14.400 homens – fuzileiros navais, marinheiros, construtores navais e ajudantes de docas – atendiam 1.200 navios, de longe a talassocracia mais potente do mundo antigo.

Esses números sugerem que a população atlante era de cerca de 1.034.800 pessoas no auge de seu poder imperial. Esse número aproximado é deduzido da suposição de que havia cinco trabalhadores (incluindo agricultores, marinheiros, artesãos e comerciantes), três mulheres, três crianças e dois idosos para cada guerreiro. No entanto não inclui as populações de seus reinos confederados, nem dos milhões de colonos sob domínio atlante. O império de Atlântida se estendia desde as minas de cobre norte-americanas da Península Superior de Michigan e as costas do México e Colômbia até as Penínsulas Ibérica e Itália, atravessando o norte da África até a fronteira egípcia, abrangendo mais territórios e povos do que o imperialismo romano, sendo inigualável até a ascensão do império britânico.

O império atlante era governado por dez reis, todos descendentes diretos do deus do mar fundador de sua civilização. Eles gozavam de comando absoluto sobre suas próprias cidades e regiões, mas o exercício do poder era estritamente aplicado dentro das leis de Poseidon. Todo monarca era submetido ao julgamento dos demais governantes em qualquer denúncia feita contra ele. As leis também restringiam os reis de fazerem guerra entre si e exigiam a ação unificada de todos se um ou mais deles fossem atacados.

O chefe da Casa de Atlas atuava como Imperador, cujas decisões tinham precedentes e eram finais. As leis de Poseidon ordenavam aos regentes que governassem com sabedoria e paciência "em solo comum de boa vontade" (*Crítias*, 5). Qualquer um que se desviasse das leis estava sujeito a acusações de perjúrio sagrado e quebra de juramento, crimes capitais sujeitos a punições severas. Assim, o sistema de governo atlante, embora autoritário, não era totalitário.

A DISPERSÃO DO POVO DE MU

Sabe-se mais sobre a aparência física de Atlântida e dos atlantes do que de Mu – ou Lemúria – e seus habitantes. O Coronel James Churchward, a autoridade do início do século XX sobre essa civilização do Pacífico, concluiu que as raças branca, parda e negra se espalhavam pelos territórios de Mu.

Esta restauração fiel de um mural em relevo no Templo da Vitória de Ramsés III, em Medinet Habu, no Alto Nilo, retrata o traje do "povo do mar" atlante capturado pelas forças egípcias na virada do século XVII a.C.

Tratava-se de antigos arquipélagos que se estendiam das costas peruanas da América do Sul até o Mar do Sul da China.

Mu não era um reino, mas uma cultura espalhada por uma série de ilhas e massas de terra antes de serem engolidas pelo oceano. Algumas foram destruídas em violentos cataclismos de abalos sísmicos e vulcânicos; outras afundaram gradualmente abaixo do nível do mar ou foram erodidas. Por ser forçado a abandonar Mu, seu povo se dispersou para leste e oeste. A maior parte da população negra se estabeleceu na Melanésia e se tornou os negritos, mas outros viajaram para o México, onde alguns foram homenageados em monumentais cabeças de pedra esculpidas pelos olmecas, os primeiros civilizadores conhecidos da Mesoamérica, em La Venta, no México.

Os sobreviventes com pele morena criaram raízes em toda a Polinésia e migraram para a América do Sul. Os lemurianos brancos se espalharam. Suas chegadas foram cantadas em mitos, na tradição folclórica Con-Tiki-Viracocha dos incas e o menehune dos havaianos, até o povo de Horai no mito japonês e os naacals da Birmânia. Esses lemurianos não eram indo-europeus nórdicos, mas uma raça branca diferente relacionada aos habitantes caucasianos originais do Japão (os atuais Ainu), os indígenas haidas do noroeste do Pacífico (com seus traços físicos caucasoides) da Colúmbia Britânica, e refletidos no chamado "Homem de Kennewick". É o nome popular dado aos restos de esqueleto de um homem pertencente a uma população caucasiana desconhecida que residia na América do Norte há 11.000 anos, descoberto em 1991 nas margens do rio Kennewick, estado de Washington, Estados Unidos.

A CIVILIZAÇÃO LEMÚRIA

Mu precedeu, mas também foi contemporânea de Atlântida, porém essas duas civilizações eram bem diferentes. Os atlantes eram um povo imperialista tecnologicamente avançado, materialmente sofisticado, construtores de cidades e monumentos impressionantes, interessados em riqueza, poder, cultura e expansão externa, semelhantes aos romanos, que vieram muito depois.

Poucos desses valores eram apreciados pelos lemurianos. Praticamente a única coisa que compartilhavam com Atlântida era a habilidade marítima.

Mas a navegação tinha finalidades diferentes. Os atlantes operavam grandes navios de carga oceânicos, transportando milhões de toneladas de cobre para negociar com seus clientes na Europa e no Oriente Próximo. Eles tripulavam poderosos navios de guerra para conquistar seus inimigos. Por outro lado, o principal objetivo dos lemurianos ao navegar para outras partes do mundo era espalhar os princípios de suas crenças espirituais. Eles não tinham marinha, exércitos permanentes, nem militares de qualquer tipo. Construíam centros cerimoniais, mas não cidades. A agricultura desenvolvia-se, estimulada pela fecundidade natural do solo vulcânico e pelo clima tropical das ilhas. A botânica floresceu e os herboristas chegavam a níveis nunca antes igualados.

Os lemurianos construíram estradas impressionantes (como as que ainda podem ser visitadas em Tonga, na Micronésia, e na Ilha Malden) e ergueram edifícios e esculturas monumentais, como atestam os colossos da Ilha de Páscoa e a cidade de cristal magnetizado de Nan Madol, nas Ilhas Carolinas. Em contraste com a arquitetura atlante, que era predominantemente curva e circular, os estilos de construção lemurianos eram em grande parte em ângulo reto e retangular. No entanto, as influências atlantes não estavam totalmente ausentes na Pátria-mãe do Pacífico.

"Cúpulas ou telhados curvos eram bastante frequentes em conexão com essas estruturas maiores", escreveu o pesquisador Rosacruz W. S. Cerve, "e sempre que um edifício era construído para fins religiosos, a entrada principal tinha um portal com duas curvas crescentes no topo, simbolizando a curva sagrada que era a base de suas doutrinas científico-religiosas". Notavelmente, esse estilo arquitetônico que ele descreveu pela primeira vez em 1931 aparece ilustrado em uma pedra encontrada quase 70 anos depois, e é associada pelo renomado geólogo japonês Professor Masaaki Kimura (Universidade de Ryukyu) com a civilização perdida de Mu. Ela está hoje na posse do Museu da Prefeitura de Okinawa.

As terras eram produtivas, mas também cobertas de selvas tenazes, contra as quais os assentamentos humanos tiveram que lutar por espaço vital. Os lemurianos viviam em pequenas aldeias de modestas casas de madeira e palha, agrupadas em torno de seus grandes centros cerimoniais de pedra, localizados quase sem exceção à beira do mar ou de um rio. Os pontos de encontro sociais compreendiam praças cercadas por enormes escadarias que conduziam a plataformas espaçosas, tendo no topo templos menores feitos de materiais perecíveis. A ostentação religiosa, os rituais, os eventos esportivos – tudo acontecia nos centros cerimoniais.

Os lemurianos eram um povo musicalmente hábil, destacando-se na execução de corais *acappella*, mais um legado preservado entre os polinésios. Eram hábeis em criar pinturas com areia colorida, uma arte que se espalhou com suas migrações para o sudoeste americano, entre os índios navajos, e, na direção oposta, para o Tibete. A mesma fusão ocorreu em Mu, como demonstrado na palavra lemuriana para "arte", *ord*, que, segundo Cerve, "era usada apenas em referência à Divindade".

Os lemurianos desenvolveram sua própria linguagem escrita e a levaram em suas viagens para o leste e oeste, onde se tornou, respectivamente, a escrita do Vale do Indo em Mohenjodaro, a primeira civilização da Índia, e o *rongorongo* na Ilha de Páscoa. Apenas uma ligação lemuriana explica a semelhança desses dois silabários distantemente separados, de outra forma seriam desconexos. Os lemurianos inventaram a computação matemática e a contabilidade na forma de cordas coloridas, um método deixado para trás tanto na Polinésia quanto na Bolívia.

VIDA ESPIRITUAL LEMURIANA

Os lemurianos não estavam muito interessados em comércio interno ou externo ou qualquer tipo de riquezas materiais. O que mais preocupava o povo de Mu eram questões de cura e desenvolvimento espiritual. Eles formaram uma comunidade religiosa sob um único líder espiritual que se acreditava ser a alma perpetuamente reencarnada de um santo, muito parecido com o conceito japonês do Buda Amida (o Buda da Compaixão), ou o Dalai Lama. Esse personagem teocrático, admirado por toda a população como um deus vivo, submetia-se a uma hierarquia de iniciados sacerdotais, que exerciam poder político muito raramente. Não havia estrutura estatal em Mu, que era governada menos pela lei do que por uma ética nacional.

O crime era praticamente desconhecido, e não havia prisões, pena de morte ou polícia. Um destacamento pequeno de guardas, de meio período, respondia apenas ao líder espiritual e seus colegas sacerdotais, que atuavam como juízes quando a ocasião exigia. Criminosos como ladrões, mentirosos e fanfarrões eram submetidos a treinamentos extrarreligiosos como uma espécie de modificação de comportamento espiritual. Casos mais graves, incluindo reincidentes, encrenqueiros ou assassinos fisicamente violentos, eram banidos para sempre para terras distantes e bárbaras. O sacrifício humano era desconhecido tanto em Atlântida quanto em Mu, mas os escravos podem ter sido comuns na cultura anterior durante o período imperial final. A influência penetrante da religião nacional impediu que os lemurianos aderissem à escravidão.

Cerve aponta que, em Mu, "as sepulturas eram sempre dispostas em fileiras que iam para leste e oeste, e a cabeça do falecido era sempre colocada em direção ao leste". Uma estrutura submarina perto da ilha japonesa de Yonaguni e associada à arquitetura sagrada lemuriana também está orientada nesse eixo leste-oeste. Enquanto essa pátria antediluviana era conhecida como "Lemúria" e "Mu", ambos os nomes aparecem de forma intercambiável em todas as tradições míticas do mundo.

Os lemurianos eram aparentemente praticantes sexuais autoindulgentes, cujos laços familiares eram frouxos e não bem definidos. Tais atitudes faziam parte do legado transmitido aos seus descendentes mistos, os polinésios, cujo comportamento sexual foi mais tarde tachado de "promíscuo" pelos missionários cristãos. Livres da necessidade de excesso de trabalho para sobreviver por causa da superabundância de alimentos, e habitando um clima muito quente onde nada mais do que a seminudez era impraticável, os Mu (como ainda são lembrados pelos havaianos e tibetanos) desenvolveram uma sexualidade sem culpa, considerada apenas um aspecto da vida física.

Foi nas artes espirituais que Mu mais se destacou, superando até mesmo os adeptos habilidosos de Atlântida. Eram engajados em sessões de meditação em massa, envolvendo centenas ou mesmo milhares de participantes. O poder psíquico gerado por essas assembleias obstinadas estava além de qualquer coisa comparável antes ou depois. Levitação de objetos imóveis, psicocinese, telepatia comunal, visão remota, cura metafísica, mudança de espaço e tempo, profecia, comunicação interespécies, viagens interdimensionais – toda a gama de fenômenos psíquicos conhecidos vinha sendo desenvolvida e praticada em Mu. Cerve escreveu sobre os lemurianos:

> *Para eles, a parte espiritual do mundo era a mais importante, porque era o único aspecto real e o único lado seguro e confiável da vida. Milhares de anos de conhecimento acumulado lhes ensinaram que o fundamento sobre o qual estavam, composto de materiais terrenos e sujeito às poderosas mudanças que haviam ocorrido e ocorreriam, era uma parte muito pouco confiável e irreal da vida.*

A população de Lemúria não se concentrava em áreas urbanas, mas em centros cerimoniais. As aldeias se agrupavam em torno de monumentos religiosos, evidenciando o foco espiritual da Pátria do Pacífico.

O CONTATO ENTRE ATLANTIS E MU

Embora sem agressão, os lemurianos geralmente não recebiam estrangeiros, que eram deportados. Indivíduos selecionados eram autorizados a permanecer temporariamente em Mu apenas para treinamento religioso, razões diplomáticas ou outros negócios sancionados. Se os atlantes prenunciavam os Césares, os lemurianos mais se assemelhavam aos budistas tibetanos de hoje.

Os lemurianos e os atlantes sabiam da existência uns dos outros; sempre houve contatos limitados. Mas talvez a cordialidade reservada dos lemurianos com os visitantes de Atlântida resultou de uma mistura nervosa de desdém e medo. De acordo com Cerve, os atlantes se referiam a eles como os "Santos Lemurianos" por suas disciplinas espirituais populares, ou "a raça cega", por causa das muitas pessoas que sofriam de distúrbios oculares na ensolarada Mu. À medida que Atlântida se tornava cada vez mais decadente, no entanto, os atlantes materialistas começaram a depreciá-los como um povo supersticioso e atrasado.

Os lemurianos supostamente previram o desaparecimento de suas terras, mas não puderam fazer nada para evitá-lo ou optaram por não fazê-lo, acreditando na transitoriedade fundamental da existência e de um universo que continuamente cria, destrói e recria.

CAPÍTULO 2
ELES VIRAM ATLÂNTIDA

> "ELE ERA SÁBIO. ELE VIA OS MISTÉRIOS E CONHECIA AS COISAS SECRETAS. ELE NOS CONTOU UMA HISTÓRIA DOS DIAS ANTES DO DILÚVIO."
>
> PRÓLOGO, *EPOPEIA DE GILGAMÉS*, 2800 A.C

A primeira pessoa conhecida a descrever Atlântida é também uma das principais figuras da civilização europeia. Junto de Sócrates e Aristóteles, Platão ainda é considerado um dos mais influentes pensadores da história do mundo ocidental. O proeminente metafísico do século XX, A. N. Whitehead, declarou: "A caracterização geral mais segura da tradição filosófica europeia é que ela consiste em uma série de notas de rodapé para Platão". É impossível imaginar uma fonte de fatos mais confiável para Atlântida.

OS DIÁLOGOS DE PLATÃO

A narrativa de Platão sobre Atlântida está contida em dois diálogos. *Timeu* é apresentado como um colóquio entre Sócrates, Hermócrates, Timeu e Crítias, cujo próprio diálogo segue depois. No *Timeu*, Sólon, o influente legislador grego, visita o Templo de Neite (deusa da guerra pré-dinástica), em Sais, no delta do Nilo. Lá, o sumo sacerdote lhe diz que muito tempo atrás os atenienses impediram o Peloponeso e o Egito de invadir as forças atlantes. Ele soube que o reino de Atlântida, localizado em uma grande ilha "além dos Pilares de Hércules" (o Estreito de Gibraltar), era maior que a Líbia e a Ásia Menor juntas, exercendo domínio sobre todas as ilhas vizinhas e o "continente oposto". Em outras palavras, a esfera de influência atlante se estendia para o leste até a Itália e a fronteira da Líbia com o Egito. Mas, no meio de sua guerra contra o mundo mediterrâneo, a ilha de Atlântida afundou "em um único dia e uma só noite" de terremotos e inundações.

O segundo diálogo de Platão, *Crítias*, ficou inacabado alguns anos antes de sua morte em 348 a.C. O texto está na forma de uma conversa (em grande parte um monólogo) entre o professor e predecessor de Platão, Sócrates, e Crítias, um importante estadista do século V a.C. Ele começa descrevendo eventos ocorridos mais de 9.000 anos antes, quando uma grande guerra entre o império atlante e "todos aqueles que viviam dentro dos Pilares de Hércules" (o Mediterrâneo) se encerrou com uma violência geológica.

Antes desses eventos, Zeus, rei de todos os deuses, atribuiu várias regiões do mundo a suas divindades companheiras. Poseidon recebeu o oceano, incluindo uma grande ilha "além dos Pilares de Héracles". Seu clima era bom e o solo rico, e animais, até elefantes, eram abundantes. Havia florestas profundas, nascentes de água doce quente e fria (sugerindo um ambiente vulcânico) e uma impressionante cordilheira na forma de um círculo completo. A ilha já era habitada, e Poseidon se casou com uma nativa. Como presente de casamento do deus do mar para sua noiva, Cleito, ele preparou um lugar para ela, lançando as bases de uma cidade magnífica e incomum.

Ele criou três ilhas artificiais separadas por fossos concêntricos, mas interligadas por canais com pontes. Na menor ilha central, ficava a residência original de sua esposa numa colina, onde o Templo de Poseidon foi erguido mais tarde, juntamente com o palácio imperial nas proximidades. Eles tiveram cinco pares de filhos gêmeos e batizaram a ilha em homenagem a seu primogênito, Atlas. Essas crianças e seus descendentes formaram a família que governou por muitas gerações seguintes, e transformaram a ilha num estado poderoso, principalmente através da mineração de minerais preciosos, que decoravam sua capital e eram negociados com outros reinos. A cidade é descrita com mais alguns detalhes, enfatizando estruturas políticas e militares do império.

Embora seus domínios continuassem se expandindo em todas as direções, os atlantes eram um povo virtuoso governado por uma confederação beneficente e consciente da lei dos monarcas.

No entanto, ao passar do tempo, eles foram corrompidos pela enorme riqueza e desejavam mais poder. Os atlantes construíram uma poderosa máquina militar que invadiu o mundo mediterrâneo, conquistando a Itália e marchando pelo norte da África até a fronteira egípcia, mas foram derrotados pelas forças gregas e levados de volta a Atlântida. *Crítias* é interrompido abruptamente quando

Platão não inventou Atlântida como uma fantasia utópica. Um exame minucioso de seu relato revela que ele citou Atlântida como exemplo histórico para ilustrar os ciclos de ascensão e queda de civilizações.

Zeus, observando toda essa ação pelo Monte Olimpo, convoca uma reunião dos deuses para sentenciar um julgamento terrível em relação aos atlantes.

Esse relato notável foi originalmente levado a Atenas por Sólon, no final do século V a.C. O mais importante reformador jurídico da história grega viajou pelo Egito por volta de 470 a.C, enquanto os colegas legisladores debatiam suas propostas abrangentes em sua terra natal. Durante suas viagens, Sólon visitou a nova capital, Sais, no delta do Nilo. Lá, entrou no Templo da Deusa Neite e teve acesso à história de Atlântida por meio de um relato hieroglífico inscrito em pilares. Voltando à Grécia, Sólon elaborou um rascunho detalhado de tudo o que havia aprendido sobre a ilha perdida para um grande épico que planejava compor. Além de seu papel como grande legislador, Sólon era conhecido como o "primeiro poeta" do início da civilização clássica. No entanto, morreu antes desse projeto ser concluído. Felizmente, suas anotações foram preservadas e repassadas a Platão, que nelas baseou seus próprios diálogos.

A PRECISÃO HISTÓRICA DE PLATÃO

A informação apresentada pelo *Timeu* é inteiramente crível, com muitos detalhes verificados e apoiados pela geologia e pelas tradições de dezenas de culturas diferentes na região ao redor de Atlântida. As únicas (e consistentes) exceções dizem respeito aos valores numéricos aplicados à Atlântida, que parecem excessivos. Atlântida supostamente floresceu 12.000 anos atrás; era maior do que a Líbia e a Ásia Menor juntas; seus canais tinham 30 metros de profundidade; e assim por diante. A única clara dificuldade é de tradução. Psonchis, o sumo sacerdote egípcio que narrou a história para Sólon, falava em anos lunares aos gregos, que conheciam apenas os anos solares. A discrepância perpetuou-se sempre que eram mencionados valores numéricos. Dado o erro comum na tradução, a data, até então incerta para Atlântida, fica mais clara, situando-a no fim da Idade do Bronze, por volta de 1200 a.C.

O tamanho real da ilha atlante também deve ser trazido para a realidade, mas é difícil saber até que ponto, porque a verdadeira extensão da Líbia e da Ásia Menor dos dias de Sólon ou Platão não é conhecida. Durante o século IV a.C, a "Líbia" era um trecho de território estreito vagamente definido que contornava as costas mediterrâneas do norte da África, de Túnis até a fronteira egípcia. A Ásia Menor não poderia ter compreendido toda a Anatólia, mas provavelmente incluía menos da metade do que hoje é a Turquia, que se concentra ao longo da costa, incluindo regiões do interior antes dominadas pelo império hitita. Os territórios combinados da antiga Líbia e da Ásia Menor resultariam em uma ilha menor em área do que Portugal – algo grande, mas ainda muito aquém de um "continente". Sem dúvida, Platão tinha em mente algo bem menos extenso do que as noções modernas da Líbia e da Ásia, o que é confirmado pelas dimensões físicas que ele fornece para a ilha de Atlântida – 588 quilômetros de oeste a leste por 365 quilômetros de norte a sul. Para os geólogos, é difícil imaginar que uma massa de terra desse tamanho possa ter perecido "em um único dia e uma só noite". Mas, quando consideramos a magnitude da violência geológica que atingiu o leste do Oceano Atlântico no período final de Atlântida (veja no Capítulo 13), o súbito desaparecimento do império se torna mais crível.

Um dos detalhes mais reveladores do *Timeu* é a menção ao "continente oposto", a primeira referência escrita em relação à América. Sua inclusão sugere fortemente que os antigos gregos sabiam o que havia do outro lado do Oceano Atlântico 2.000 anos antes de Colombo o redescobrir, ressaltando, assim, a veracidade do relato de Platão sobre Atlântida.

Muitos historiadores acreditam que o próprio Platão viajou para Sais, talvez para verificar o relato egípcio que recebera de Sólon. A existência desse registro sobre o templo foi documentada por dois outros pensadores muito influentes. O último grande filósofo grego, Proclo Lício, 800 anos posterior a Platão, em *In Platonis theologiam* (Teologia Platônica) cita a credibilidade de Atlântida ao apontar que as colunas egípcias inscritas com a história foram visitadas e traduzidas de forma idêntica mais de meio século após a morte de Platão. Elas foram examinadas por outro pensador influente, Crantor, que foi a Sais como pesquisa para uma biografia de Platão. Proclus escreve que Crantor encontrou a história de Atlântida preservada exatamente como descrita nos diálogos de Platão.

Pode não haver outro relato sobre os tempos antigos apoiado por homens de credenciais tão estelares. Os céticos modernos, principalmente os arqueólogos, estão convencidos de que Atlântida era apenas uma lenda. Desconsideram que, além de sua posição como o filósofo influente da civilização ocidental, Platão baseou todo o seu corpo de pensamento em uma busca inflexível da verdade. *Timeu* e *Crítias* não podem constituir apenas uma alegoria ficcional para sua noção de estado ideal, como insistem alguns críticos, porque a Atlântida que ele retrata está longe de sua concepção utópica desenvolvida em *A República*. No entanto, parece provável que Platão, se tivesse completado o segundo diálogo, teria usado a ascensão e a queda de Atlântida como um exemplo histórico para ilustrar as consequências fatais da degeneração de uma civilização. No *Crítias*, ele não passou inexplicavelmente de filósofo para historiador. Em vez disso, parece ser mais provável sua citação da Atlântida corrompida para fornecer uma base de fatos para os diálogos.

O PRIMEIRO MAPA DE ATLÂNTIDA

Que a versão sobrevivente mais antiga da história de Atlântida tenha sido contada pelo filósofo mais influente do mundo ocidental diz muito sobre sua credibilidade. Se os diálogos de Platão não tivessem sobrevivido ao colapso da civilização clássica e à longa Idade das Trevas a seguir, Atlântida seria conhecida hoje apenas através dos mitos dos vários povos afetados por ela. Com a queda da civilização clássica, a história de Atlântida por Platão foi condenada como ficção pagã até ser reconsiderada pelo polímata alemão Athanasius Kircher (1602-1680). Esse padre jesuíta foi um pioneiro matemático, físico, químico, linguista e arqueólogo; o primeiro a estudar a fosforescência; e inventor, entre inúmeras inovações futuristas, do projetor de *slides* e de um protótipo do microscópio. Fundador da egiptologia científica, foi sua a primeira investigação séria de hieróglifos inscritos em templos.

Kircher também foi o primeiro estudioso a investigar seriamente a lenda de Atlântida. Em princípio cético, começou com cautela a reconsiderar sua credibilidade enquanto reunia as tradições míticas de numerosas culturas em várias partes do mundo sobre uma grande inundação. Recordando as explorações dessas várias tradições europeias de reinos semelhantes a Atlântida, ele escreveu:

Confesso que, por muito tempo, considerei tudo isso pura fábula até o dia em que, quando aprendi melhor as línguas orientais, julguei que essas lendas deveriam ser, afinal, o desenvolvimento de uma grande verdade.

Sua pesquisa o conduziu à imensa coleção de fontes na Biblioteca do Vaticano, onde, por ser um estudioso eminente, formidáveis recursos estavam à sua disposição. Foi aqui que ele descobriu uma única evidência que lhe provou que a lenda era realmente um fato. Entre os poucos documentos sobreviventes da Roma Imperial, Kircher encontrou um mapa de couro bem preservado que mostraria a configuração e a localização de Atlântida. O mapa não era romano, mas foi levado do Egito, onde havia sido feito muito antes, para a Itália no século I d.C. Ele sobreviveu ao fim do período clássico e foi trazido para a Biblioteca do Vaticano. Kircher o copiou com precisão, acrescentando apenas uma referência visual ao Novo Mundo, e o publicou em seu livro *Mundus Subterraneus* (O Mundo Subterrâneo), em 1665.

A legenda descreve-o como "mapa da ilha de Atlântida originalmente feito no Egito após a descrição de Platão", o que sugere a criação em algum momento após o século IV a.C, talvez pelo cartógrafo grego ligado aos ptolomeus – gregos descendentes de Alexandre, o Grande e governantes do vale do Nilo de 300 a 30 a.C. Mais provavelmente, a primeiro lar do mapa foi a Grande Biblioteca de Alexandria, onde vários livros e referências à Atlântida se perderam, junto com outros milhões de volumes, quando a instituição foi incendiada por fanáticos religiosos em 392 d.C sob as ordens do imperador cristão Teodósio I. Com sua mudança para Roma, o mapa escapou dessa destruição.

Semelhante às conclusões modernas forçadas pela compreensão atual da geologia da Dorsal Meso-Atlântica, o mapa de Kircher retrata Atlântida não como um continente, mas como uma grande ilha. Indica um vulcão alto e localizado ao centro, provavelmente destinado a representar o Monte Atlas, e possivelmente o mesmo Monte Ampére descoberto em meados do século XX por uma equipe da *National Geographic*, junto de mais seis rios.

Crítias também descreve rios importantes na ilha de Atlântida. O mapa de Kircher mostra seis deles, o que lembra o número sagrado de Atlântida – seis

– uma aparente evidência interna da autenticidade de sua descoberta. Embora tenha desaparecido após a morte de Kircher em 1680, o mapa no Vaticano foi a única representação conhecida de Atlântida que sobreviveu ao fim da civilização clássica. Graças à sua pesquisa e seu livro, sobrevive hoje em uma cópia. Kircher foi o primeiro a publicar um mapa de Atlântida, provavelmente o mais preciso até hoje.

Cópia do mais antigo mapa conhecido de Atlântida, encontrado na Biblioteca do Vaticano por Athanasius Kircher, gênio alemão do século XVII. O original pode ter chegado à Roma vindo da Biblioteca de Alexandria, aproximadamente 100 a.C.

Curiosamente, o mapa é representado de cabeça para baixo, ao contrário dos mapas da época de Kircher e da nossa. No entanto, essa aparente anomalia é evidência das origens genuínas do mapa. Os cartógrafos egípcios, mesmo nos tempos ptolomaicos, projetavam seus mapas com o vale do Alto Nilo localizado no sul ("Superior" refere-se à sua elevação mais alta); no topo, estão as cabeceiras do rio localizadas no Sudão.

O fascínio de Kircher pelo assunto foi desencadeado por outro grande pensador, Francis Bacon (1561-1626). Em *A Nova Atlântida* (1623), Bacon imaginou uma meritocracia moderna baseada nas virtudes da civilização atlante durante sua era de ouro. O próprio romance foi engendrado por relatos contemporâneos de viajantes ao Novo Mundo, onde os indígenas contavam sobre um grande dilúvio ocorrido muito tempo atrás, quando um grande reino insular foi engolido pelo mar. Os europeus ficaram impressionados com a estreita semelhança desses relatos nativos com a versão de Platão de Atlântida, assim como Bacon, cuja obra de ficção foi baseada nesses paralelos. A história é ambientada no início do século XVII, um pouco distante da costa das Américas, em uma ilha imaginária habitada por descendentes da Atlântida perdida.

A CONEXÃO SUECA

Um contemporâneo de Kircher foi Olof Rudbeck (1630-1702), professor sueco de medicina em Uppsala, descobridor do sistema linfático com apenas 22 anos de idade, inventor da cúpula anatômica do teatro, projetista dos primeiros jardins universitários, astrônomo, arquiteto, construtor de estaleiros, músico, historiador do início da Suécia, entre outros. Também estabeleceu o latim como a língua franca da comunidade científica internacional.

A ambição de Rudbeck de criar uma escultura em tamanho real de todas as plantas conhecidas pela botânica resultou em mais de 7.000 imagens criadas. Ele financiou e liderou pessoalmente a primeira expedição profissional além do Círculo Ártico para buscar numerosos espécimes de plantas e animais anteriormente desconhecidos pela ciência. Um estudioso brilhante fluente em latim, grego e hebraico, Rudbeck possuía uma compreensão da literatura clássica que era nada menos do que enciclopédica.

Combinando seu vasto conhecimento do mundo antigo com pesquisas arqueológicas pessoais em seu próprio país, ele concluiu durante um longo período de investigação (1651-1698) que Atlântida era fato, não ficção – e a maior civilização da pré-história. De 1679 até pouco antes de sua morte, 23 anos depois, compôs *Atlantica*, publicada em uma edição bilíngue em latim e sueco. De acordo com a obra de quatro volumes, os mitos nórdicos e algumas evidências físicas entre as ruínas megalíticas de seu país mostram como poucos sobreviventes atlantes podem ter vindo para a Suécia, contribuindo para seu desenvolvimento cultural e lançando as bases – particularmente na construção de navios – para o que muito mais tarde se tornaria a "Era Viking" dos séculos IX a XII d.C.

Embora os atlantologistas tenham desde então rejeitado a crença chauvinista de Rudbeck de que Suécia e Atlântida se tratavam de sinônimos, a principal tese de *Atlantica* – que a Escandinávia estava entre as primeiras terras ocupadas por sobreviventes atlantes – continua a persuadir por meio da vasta quantidade de evidências culturais ainda válidas que Rudbeck reuniu para apoiar seus argumentos. Ele identificou alguns atlantes com a tribo bíblica de Magogue, cujos membros migraram de sua pátria antediluviana após o Dilúvio através do Mar Negro, seguindo rios russos até os distritos de Kimi no norte da Finlândia, movendo-se para a planície ao redor de Uppsala, no meio do que muito posteriormente se tornaria a Suécia.

O rastreamento de Rudbeck das influências atlantes parece ter sido verificado mais de 250 anos depois, quando, no início dos anos 1960, arqueólogos suecos identificaram o local mais antigo conhecido da Idade do Bronze na Escandinávia em escavações em Uppsala. Testes de radiocarbono revelaram uma data de habitação de cerca de 2200 a.C. O sábio sueco havia afirmado que os atlantes chegaram a Uppsala por volta de 2400 a.C. Esse parâmetro de tempo é particularmente significativo porque foi ligado com o Segundo Dilúvio Atlante, causado pelo quase acidente de um cometa carregado de detritos em 2193 a.C, como será descrito no Capítulo 13.

UM BEST-SELLER ATLANTE

As pesquisas atlanto-nórdicas de Rudbeck foram retomadas por outro estudioso do século XVIII, o astrônomo francês Jean Sylvain Bailly (1736-1793), que concluiu que Spitsbergen, no Oceano Ártico, era tudo o que restava de Atlântida. No entanto, antes de continuar suas investigações, Bailly foi vítima da Revolução Francesa. Seu contemporâneo durante esse período turbulento foi William Blake, o famoso poeta e tipógrafo britânico, que escreveu:

> *Aquelas vastas e sombrias colinas entre a América e a costa de Albion*
> *Agora barradas pelo Oceano Atlântico, chamadas colinas atlantes.*
> *Porque de seus cumes brilhantes pode-se passar para o mundo de ouro*
> *Um antigo palácio, arquétipo de impérios poderosos,*
> *Eleva seus pináculos imortais...*

Essas linhas de seu verso épico, *América: Uma Profecia*, encontram sua alma gêmea no poema de Edgar Allan Poe, *A Cidade No Mar*:

> *A morte ergueu um trono numa cidade estranha que jaz sozinha*
> *no escuro oeste. Lá, santuários e palácios e torres... não se assemelham a nada do que é nosso. Nenhum raio do céu santo desce*
> *na longa noite daquela cidade.*

Embora Poe não tenha mencionado especificamente a Atlântida no poema, sua implicação é bem clara.

A própria palavra "Atlântida" era praticamente desconhecida, exceto entre poetas românticos e antiquários eruditos, até o final do século XIX. De repente, em 1882, a civilização quase esquecida tornou-se um nome familiar, quando *Atlantis, o Mundo Antediluviano* foi publicado pela Harper Brothers.

Foi um livro único que conquistou a imaginação do público, porque submeteu a velha lenda pela primeira vez ao escrutínio do método científico, mas de uma maneira tão envolvente que ainda parece mais um romance de mistério do que um volume acadêmico de lenta compreensão. No entanto, por causa de toda a sua maravilhosa clareza, seus argumentos para a existência anterior da civilização submersa são persuasivos. Aqui estava a chave para o sucesso imediato e duradouro do livro. Alguns anos após seu lançamento, 23 edições americanas e mais 26 edições estrangeiras de *Atlantis* se esgotaram, um *best-seller* desenfreado, mesmo para os padrões atuais. O livro ainda é publicado em mais de uma dúzia de idiomas e é considerado por atlantologistas de todo o mundo como a principal obra de suas pesquisas por mais de 125 anos.

O autor desse trabalho notável foi Ignatius Donnelly, o "Sábio de Ninninger", como era conhecido pelos colegas americanos do final do século XIX na cidade que fundou nos arredores de Saint Paul, em Minnesota, Estados Unidos. Depois de atuar como vice-governador do estado, tornou-se deputado com ideias muito à frente de seu tempo. Ele foi o primeiro a defender (e obter) proteção federal do ambiente natural frente ao desenvolvimento industrial descontrolado. Defendia o sufrágio feminino muito antes de se tornar uma questão nacional. Orador radical, na década de 1890, Donnelly foi o candidato do Partido Popular para presidente dos Estados Unidos.

Suas propostas, como a dos Estados Unidos serem uma potência mundial, educação igualitária, compensação dos trabalhadores, oposição aos monopólios corporativos – tudo estava fora de sintonia com a América da virada do século XX. Até mesmo seu livro *Atlantis* acabou sendo atacado por críticos profissionais por motivos às vezes políticos, se nem sempre científicos. Devido ao ridículo incessante e muitas vezes cáustico, ele morreu convencido de que sua vida havia sido um fracasso. Na madrugada de 1º de janeiro de 1901, faleceu na casa de um amigo, enquanto os sinos de São Paulo anunciavam um novo ano e um novo século.

AS ERAS CÓSMICAS DE STEINER

Um gênio do Velho Mundo que encontrou algo além do meramente mítico em Atlântida foi Rudolf Steiner (1861-1925). Nascido em Kraljevic, na Áustria, em 27 de fevereiro de 1861, Steiner foi um cientista, artista e editor que fundou um movimento gnóstico conhecido como antroposofia, baseado na compreensão do mundo espiritual através do pensamento puro e das mais altas faculdades do conhecimento mental. As visões de Steiner sobre Atlântida e Lemúria são importantes porque o movimento educacional Waldorf que ele fundou ainda opera cerca de 100 escolas frequentadas por dezenas de milhares de estudantes na Europa, nos Estados Unidos e em outros lugares.

Em seu livro *Memória Cósmica: A Pré-história da Terra e do Homem*, de 1904, ele sustenta que, antes da destruição de Atlântida, seus primeiros habitantes formaram uma das "raças raiz" da humanidade, um povo que não precisava falar; comunicava-se telepaticamente em imagens, não em palavras, como parte de sua experiência imediata com Deus. De acordo com Steiner, a história de Atlântida foi dramaticamente revelada em um mito germânico, em que o incandescente Muspelheim correspondia à área vulcânica do sul da terra atlântica, enquanto o gelado Nifelheim estava localizado ao norte. Segundo Steiner, os atlantes primeiro desenvolveram o conceito de bem versus mal e lançaram as bases para todos os sistemas éticos e legais. Seus líderes eram iniciados espirituais capazes de manipular as forças da natureza através do "controle da força vital" e do desenvolvimento da "tecnologia etérica". Ele identificou sete "eras" que compõem um Período Pós-Atlântida, das quais a atual, a época euroamericana, terminará em 3573 d.C.

Memória Cósmica passou a descrever a antiga e contemporânea civilização de Lemúria no Pacífico, com ênfase nos poderes clarividentes altamente evoluídos de seu povo. Mas Steiner definiu Atlântida como o ponto de virada em uma luta contínua entre a busca humana por comunidade e nossa experiência de individualidade. A primeira, por sua crescente ênfase no materialismo, derrubou as necessidades espirituais da segunda, culminando eventualmente no cataclismo atlante. Steiner morreu em 30 de março de 1925 em Dornach, na Suíça, onde sua "escola de ciência espiritual" foi fundada 12 anos antes.

UMA GAMA DE ACADÊMICOS ILUSTRES

O sucessor americano de Ignatius Donnelly foi Charles Berlitz (1913-2003). Era neto de Maximilian Berlitz, que fundou as escolas de idiomas Berlitz; ele mesmo falava 32 línguas. É o autor de *O Mistério de Atlântida* (1974) e *Atlântida, o Oitavo Continente* (1984), que reviveu o interesse popular pelo assunto após mais de 40 anos de negligência. Como presidente inovador de uma internacionalmente famosa escola de ensino de idiomas na França, sua experiência em várias línguas, antigas e modernas, o levou a concluir que muitas delas derivavam de uma única fonte pré-histórica. Começando nas Bahamas, Berlitz seguiu sua linha de pesquisa até a civilização perdida de Atlântida. Suas renomadas credenciais como linguista profissional, combinadas com 26 anos de serviço como oficial de inteligência no Exército dos EUA, o ajudaram a restaurar a credibilidade dos estudos atlantes, que continuam até hoje.

Entre os defensores de Atlântida intelectualmente mais brilhantes estava Otto Heinrich Muck (nascido em 30 de janeiro de 1883). Físico austríaco da Universidade de Innsbruck, inventou o U-boot, dispositivo que possibilitava aos submarinos alemães navegar debaixo d'água sem emergir para recarregar as baterias, escapando da detecção dos Aliados na Batalha do Atlântico durante a Segunda Guerra Mundial. Mais tarde, ajudou a desenvolver foguetes alemães na ilha de pesquisa de Peenemunde, no Mar Báltico. Publicado na época de sua morte em 1965, *O Segredo da Atlântida* foi aclamado internacionalmente por sua avaliação científica do relato de Platão sobre Atlântida. Ajudou a reviver o interesse popular pela civilização perdida e continua sendo um dos livros mais importantes sobre o assunto.

Entre os muitos outros estudiosos proeminentes que empreenderam a busca pela Atlântida estavam o grande geógrafo da Roma primitiva do primeiro século a.C, Diodoru Sículo; o teólogo do primeiro século, Filo, o Judeu; o naturalista grego do século II, Eliano, o Estrategista; o biólogo romano do século III, Claudio Eliano; o historiador romano do século IV, Amiano Marcelino; Crantor de Solanto, o filósofo neoplatônico do século IV que confirmou o relato de Platão viajando pessoalmente para o delta do Nilo, onde encontrou o mesmo Templo da Deusa Neite e o pilar inscrito com informações idênticas apresentadas nos diálogos; Christoph Cellarius (1638–1707), um proeminente geógrafo francês; Alexander von Humboldt (1769–1859), fundador da ecologia, que deu nome à Corrente de Humboldt; o químico francês pioneiro L. C. Cadet de Gassincourt (1802-1891); o reverenciado paleobiólogo alemão Oswald Heer (1809-1883); o pioneiro dos estudos sobre os maias Teobert

Maler (1842-1917); Wilhelm Geiger (1856–1943), decano da arqueologia do Oriente Médio; o renomado romancista Arthur Conan Doyle (1859–1930); um dos principais físicos do início do século XX, Hanns Hoerbiger (1860-1931); Leo Frobenius (1873–1938), fundador dos estudos africanos modernos; Lewis Spence (1874-1955), a principal autoridade do início do século XX em mitos mundiais; o poeta britânico laureado John Masefield (1878–1967); Ellen Whishaw (1868–1932), a amplamente respeitada diretora da prestigiosa Escola Anglo-Espanhol-Americana de Arqueologia da Espanha após a Primeira Guerra Mundial; o principal naturalista do século XX, C. P. Chatwin (1873-1964); J. R. R. Tolkien (1892–1973), cuja civilização submersa de Númenor e a cidade de Gondor foram claramente baseadas em Atlântida; e o poeta norte-americano vencedor do Pulitzer, Conrad Aiken (1889-1973), cuja obra de 1929, *Senlin*, celebrava Atlântida. Citando apenas alguns...

Isso diz algo sobre a credibilidade de Atlântida como fato de que muitos dos pensadores mais eminentes da história da civilização ocidental – de Sólon e Platão a Kircher e Rudbeck, e em nosso próprio tempo, com nomes como Berlitz e Hoerbiger – estão entre seus defensores mais proeminentes.

CAPÍTULO 3
TECNOLOGIA ATLANTE-LEMURIANA: FATO OU FANTASIA?

> "CERTA ÉPOCA, A TERRA TEVE UMA CIVILIZAÇÃO INCALCULAVELMENTE ANTIGA QUE ERA, EM MUITOS ÂNGULOS, SUPERIOR À NOSSA, E MUITO À NOSSA FRENTE EM ALGUNS ASPECTOS ESSENCIAIS QUE O MUNDO MODERNO ESTÁ APENAS COMEÇANDO A TER CONHECIMENTO. O QUE É, FOI. TUDO O QUE APRENDEMOS E DESCOBRIMOS JÁ EXISTIA ANTES; NOSSAS INVENÇÕES E DESCOBERTAS SÃO APENAS REINVENÇÕES E REDESCOBERTAS."
> CORONEL JAMES CHURCHWARD, *LIVROS DE A ERA DE OURO*

Escritores de ficção e não-ficção têm feito revelações extraordinárias sobre a sofisticação tecnológica em Atlântida e Lemúria. Em romances como *Men Like Gods* (Homens como deuses, em tradução livre), de H. G. Wells (1923), ou filmes populares como *Atlantis, O Reino Perdido*, da Walt Disney, em 2001, a ciência antediluviana estava presente em tudo, desde modificação genética e elevadores elétricos até aeronaves e submarinos. Infelizmente, os atlantes não tinham uma força aérea ou um exército submarino quando foram derrotados pelas forças egípcias no início do século XII a.C. Se possuíram capacidades militares tão avançadas, seus avanços científicos podem ter pertencido a alguma época anterior que, durante o curso de convulsões geológicas que afundaram grande parte do território, foram esquecidas, assim como a ciência do mundo clássico foi perdida com o início da Idade das Trevas europeia. De qualquer forma, a questão de haver uma tecnologia tão avançada em tempos antigos é o argumento mais difícil para muitos céticos e até atlantologistas aceitarem. Há, no entanto, indicações tentadoras de que um tipo de superciência – ou, pelo menos, uma ciência em muitos aspectos equivalente com a do mundo moderno – existiu nessa antiguidade.

Parece incompreensível e inacreditável para estudiosos tradicionais que qualquer sociedade no Mundo Antigo possa ter alcançado um nível tão alto de progresso material. Mesmo assim, outras civilizações antigas, atualmente mais bem compreendidas do que Atlântida, alcançaram níveis surpreendentemente altos de proficiência tecnológica, realizações que foram esquecidas quando suas sociedades entraram em colapso, por algum motivo, e foram desvendadas milênios depois. Entre os maias, por exemplo, seus avanços na mecânica celeste não foram igualados até o final do século XX. Embora abandonadas com a conquista espanhola, as técnicas agrícolas incas produziam três vezes mais do que os métodos empregados hoje no Peru.

Quando a história de Atlântida era escrita por Platão no século IV a.C, alguns gregos navegavam no *Alexandris*, um navio colossal de mais de 120 metros de comprimento, cujas dimensões não seriam vistas novamente mais de 2.000 anos depois. Um teste de gravidez realizado pelos egípcios da 18ª dinastia foi encontrado na década de 1920. Sem dúvida, muito mais se perdeu com a queda recorrente de civilizações passadas do que já se descobriu. De forma arrogante, supomos que nosso tempo tem o monopólio de seres humanos de grande genialidade e capacidade de invenção. Mas o fato de homens terem sido capazes de desenvolver tecnologias complexas em outras épocas e culturas longínquas não deve ser algo abaixo da nossa credibilidade. Talvez uma dessas épocas perdidas tenha pertencido a um lugar conhecido como Atlântida.

A BATERIA DE BAGDÁ

O suposto domínio da energia elétrica estava implícito em 1938, quando o Dr. Wilhelm Koenig fazia um inventário de artefatos no Museu do Estado do Iraque, em Bagdá. O arqueólogo alemão notou a semelhança improvável de uma coleção de jarros de barro de 2.000 anos de idade com uma série de baterias de armazenamento de células secas. Ele ficou intrigado com os detalhes internos únicos dos jarros, que continham um cilindro de cobre cada, tampado na parte inferior por um disco de cobre e selado com betume. Após a Segunda Guerra

Mundial, um técnico americano do Laboratório de Alta Voltagem da General Electric, em Pittsfield, Massachusetts, nos Estados Unidos, construiu uma reprodução exata dos jarros de Bagdá que Koenig acreditava serem baterias elétricas. Willard Gray descobriu que, quando preenchido com ácido cítrico, uma barra de ferro inserida no vaso com cobre gerava de 1,5 a 2,75 volts de eletricidade. Não era muito, mas o suficiente para, digamos, galvanizar um objeto com ouro. Seu experimento demonstrou que a eletricidade poderia ter sido aplicada de forma prática à metalurgia por artesãos antigos, afinal. A "Bateria de Bagdá", como veio a ser conhecida, certamente não foi a primeira de seu tipo, mas deve ter representado uma tecnologia que a precedeu possivelmente em milhares de anos – que talvez incluísse feitos muito mais impressionantes de engenharia elétrica há muito tempo perdidos.

AVIADORES ANTIGOS

Embora estudiosos tradicionais possam achar sugestões de aeronáutica antiga ainda mais incríveis do que dispositivos elétricos de 2.000 anos, evidências tentadoras existem para pelo menos sugerir que o voo tripulado pode ter ocorrido no mundo antigo. As primeiras viagens pelo ar ocorreram antes mesmo de Platão nascer, quando um cientista do século V a.C, Arquitas de Tarento, inventou uma grande pipa de couro, capaz de carregar um menino. No mais antigo exemplo conhecido de reconhecimento aéreo, esse garoto voador servia como observador dos exércitos gregos em campanha.

Mais surpreendente foi a descoberta feita no vale do Alto Nilo perto do final do século XIX, de acordo com o autor e explorador americano David Hatcher Childress:

> Em 1898, um modelo foi encontrado em uma tumba egípcia perto de Saqqara. Foi rotulado como "pássaro" e catalogado como Objeto 6347 no Museu Egípcio, no Cairo. Então, em 1969, o Dr. Khalil Massiha ficou surpreso ao ver que o "pássaro" não tinha apenas asas retas, mas também uma quilha vertical. Para o Dr. Massiha, o objeto parecia ser um aeromodelo. Feito de madeira, pesa 39,12 gramas e permanece em bom estado. A envergadura é de 18 centímetros, o nariz da aeronave tem 3,2

centímetros de comprimento e o comprimento total é de 18 centímetros. As extremidades da aeronave e as pontas das asas são aerodinâmicas. Além de um olho simbólico e duas linhas pequenas sob as asas, não possui decorações nem trem de pouso. Especialistas testaram o modelo e o consideraram aeronavegável.

Ao todo, 14 modelos semelhantes foram encontrados em escavações no Egito, que datam da era romana até o início do Império Antigo da primeira parte do terceiro milênio a.C. O espécime de Saqqara, por exemplo, foi encontrado numa zona arqueológica ligada aos primeiros períodos dinásticos, no início da civilização faraônica. O contexto de sua descoberta sugere que a aeronave não era um desenvolvimento posterior, mas pertencia aos primeiros anos da civilização no vale do Nilo. Será que esses artefatos egípcios eram realmente "modelos" de algo verdadeiro operado por seus antepassados atlantes?

Céticos tendem a categorizar esses itens deslocados como cata-ventos, não aeronaves, e apontam para as características aviárias discerníveis pintadas em sepulturas atípicas, embora não consigam explicar por que alguém teria sido enterrado com algo tão comum quanto um cata-vento. Seriam esses objetos artefatos emblemáticos para identificar aviadores mumificados e acompanhá-los ao próximo mundo? No mínimo, o modelo de madeira de um planador do Museu do Cairo sugere que os antigos egípcios compreenderam os princípios fundamentais do voo humano artificial. Talvez esse conhecimento tenha sido o único legado que sobreviveu de alguma era anterior, quando esses princípios eram aplicados numa escala mais ampla do que os egiptólogos estavam dispostos a imaginar.

O livro *Vimana – Aeronáutica da Índia Antiga e da Atlântida*, de David Childress, é o exame mais completo sobre a aviação atlante. Nele, Childress conseguiu reunir evidências surpreendentes das primeiras tradições hindus de aeronaves que supostamente voavam em tempos antigos. Conhecidas como vimanas, elas aparecem nos famosos *Ramayana e Mahabharata*, e no menos popular, mas mais antigo dos épicos indianos, o *Drona Parva*. As aeronaves eram apresentadas em detalhes técnicos surpreendentes em vários manuscritos da Índia antiga. *Vimaanika Shastra, Manusa* e *Samarangana Sutradhara*, todas fontes clássicas, também descrevem "carros aéreos", que supostamente funcionavam desde tempos profundamente pré-históricos. Cada um desses épicos menciona uma era anterior que sugere os últimos anos cataclísmicos de Atlântida. A coleção de fontes impressionantes de Childress remonta aos primórdios da literatura hindu. No entanto, é importante entender que essas aeronaves vimanas não tinham quase nada em comum com a aviação moderna; sua força motriz era supostamente diferente dos motores a combustão ou a jato, e tinham pouco a ver com a atual ciência aeronáutica.

Se as histórias de aeronaves atlantes se limitassem a fontes hindus, a tendência seria descartar essa discussão como sendo uma fantasia subcontinental indiana. Os autores dos épicos indianos mais conhecidos, como *Mahabharata*, *Bhagavatam* ou *Ramayana*, estavam principalmente interessados no passado como metáfora de conceitos espirituais. Portanto, é difícil separar a alegoria religiosa da realidade histórica nessas fontes. Mas as vimanas, ou algo muito parecido, também eram conhecidas na América pré-colombiana. Os índios hopi do sudoeste da América do Norte falavam em *pauwvotas* – veículos aéreos de um povo ancestral que voavam imensas distâncias antes de sua bela ilha perecer durante um Grande Dilúvio.

Uma das várias histórias descreve a partida de Con-tiki-Viracocha. Esse herói da inundação andina – depois de cumprir sua missão civilizadora entre os ancestrais dos incas – supostamente se elevou no ar a bordo de um "templo" conhecido como Orichana, depois desapareceu em direção ao sol poente (em direção a Lemúria?). Curiosamente, em Quéchua, a língua inca, a palavra "orichana" refere-se a algo metálico e polido para ter alto brilho e parecer ardente. *Orichana* ecoa o *oricalco* de Platão, o cobre de alta qualidade dos atlantes usado para adornar brilhantemente as paredes de sua capital. Talvez memórias folclóricas desvanecidas das vimanas dos hindus, dos *pauwvotas* dos hopi e do orichana dos incas são tudo o que resta de uma supertecnologia perdida que, milênios antes de nossa Era Industrial, fabricaram algum tipo de aeronave para os habitantes de Atlântida.

SUBMARINOS E PIRÂMIDES

Não menos surpreendentes são os submarinos conhecidos por Heródoto, historiador grego do início do século V a.C, e Plínio, o Velho, naturalista romano do século I d.C. Até Aristóteles escreveu sobre submarinos no século IV a.C. Dizem que seu aluno mais famoso, Alexandre, o Grande, estava a bordo de um navio subaquático coberto de vidro durante um extenso cruzeiro protótipo sob o leste do Mar Mediterrâneo, por volta de 330 a.C.

Embora esses submersíveis possam datar de 23 séculos ou mais, Atlântida já havia desaparecido cerca de 1.000 anos antes. Ainda assim, se tais invenções ocorreram na época clássica, poderiam muito bem ter funcionado durante a Idade do Bronze, que em termos de tecnologia não era muito diferente.

Porém, nenhuma sugestão de aeronaves ou submarinos aparece no relato de Platão sobre Atlântida. Se os atlantes eram capazes de criar uma sociedade tão tecnologicamente avançada, só teriam conseguido porque sua civilização era muito antiga. Sua evolução cultural precisaria ter sido agraciada com milênios de crescimento para desenvolver e aperfeiçoar as artes científicas. Podemos inferir com razão que de fato possuíam – se não exatamente aeronaves e submarinos – domínio de artes monumentais de construção que nunca foram superadas. A Grande Pirâmide do Egito é o exemplo mais óbvio que ilustra tal conclusão. Egiptólogos sabem que não houve precursor de dentro do Egito (a pirâmide de degraus de Saqqara já foi considerada um protótipo, mas testes do fim do século XX dataram sua construção após a Grande Pirâmide). Já os próprios egípcios antigos registraram que Thaut, sobrevivente do dilúvio que trouxe seus companheiros "Seguidores de Hórus" do delta do Nilo no advento da civilização dinástica, foi o arquiteto-chefe da Grande Pirâmide.

VEIAS DE BRONZE

Informações adicionais do outro lado do mundo também sugerem uma tecnologia atlante milhares de anos à frente de seu tempo. Os indígenas menomonie, da região dos Grandes Lagos da América do Norte, falam em "Homens Marinhos" – alienígenas de pele branca do outro lado do Oceano Atlântico, que blasfemaram contra a Mãe Terra cavando seus ossos brilhantes. Era assim que os nativos americanos se referiam aos mineiros de cobre que escavaram mais de meio bilhão de toneladas do metal bruto de 3100 a.C a 1200 a.C. Os estrangeiros de rosto pálido eram capazes de determinar a localização precisa de veias subterrâneas soltando "pedras mágicas" – conhecidas pelos menomonie como *Yuwipi* – que faziam a rocha de cobre "soar, como o bronze faz".

Esse relato indígena está de acordo, ou ao menos sugere, uma técnica de prospecção praticada por mineiros do Velho Mundo há mais de 3.000 anos. Bronze com alto teor de estanho – de uma parte em quatro até uma em seis ou sete – emite um som cheio e ressonante quando atingido por uma pedra. Esse bronze é hoje conhecido como "metal de sino" pelo som que produz. Para os ancestrais dos menomonies, o cobre local e o bronze manufaturado, que não conheciam, deviam parecer a mesma coisa. Quando viram o bronze sendo

Modelo recria a aparência da pirâmide egípcia em Saqqara em aproximadamente 2700 a.C. Incorpora variantes dos algarismos sagrados atlantes em seu projeto arquitetônico (Instituto Oriental, na Universidade de Chicago).

golpeado com uma pedra para testarem a qualidade pelo som, presumiram que o cobre tinha sido magicamente transformado pelos *Yuwipi*.

A "MARAVILHA DO MUNDO" DE LEMÚRIA

As realizações tecnológicas da Pátria-mãe do Pacífico eram completamente diferentes porque todo o impulso da sociedade lemuriana era oposta às necessidades materialistas e agendas imperialistas da Atlântida da Idade do Bronze. Mas a magnitude das realizações de Mu não foi menos espetacular. Entre as mais grandiosas, estava a maior fábrica de alimentos já construída, ainda a maior façanha de engenharia da humanidade, embora não reconhecida pelo mundo exterior.

O que os visitantes modernos descrevem como a "Oitava Maravilha do Mundo" ainda existe em Luzon, nas Filipinas, 250 quilômetros ao norte de Manila, 1.220 metros acima do nível do mar. Uma tremenda escadaria sobe contínua e ininterruptamente a 915 metros acima do solo do vale da província de Ifugao, formando uma série de platôs artificiais. Sua altura supera a do arranha-céu mais alto do mundo, Burj Khalifa, nos Emirados Árabes Unidos, com 828 metros. Os Terraços de Arroz de Banaue, como são conhecidos, cobrem mais de 10.360 quilômetros quadrados da cordilheira. Se colocados lado a lado, seus arrozais formariam uma linha com extensão até a metade da Terra. Mesmo assim, menos de 50% da rede agrícola original sobrevive. Quando funcionavam em sua capacidade máxima há mais de 2.000 anos, os Terraços de Arroz de Banaue produziam colheitas prodigiosas, não apenas por sua larga escala, mas em grande medida pelos seus sistemas de irrigação engenhosamente eficientes. Infelizmente, o atual descaso e o superuso causados por favelas insalubres levaram a UNESCO a rebaixar os antigos arrozais de Ifugao da Lista de Patrimônio Mundial das Nações Unidas para a Lista de Patrimônio Mundial em perigo.

Os 40.470 hectares originais de arrozais de Banaue produziam alimentos suficientes para alimentar vários milhões de pessoas em uma época em que arqueólogos acreditam que os humanos em todo o Pacífico eram menos de 100.000. Apesar da relutância em reconhecer as implicações da antiga capacidade agrícola de Luzon, sua mera existência não apenas atesta a presença de massas populacionais durante a pré-história, mas também a tecnologia avançada e o imenso poder organizacional de civilizações ainda desconhecidas.

ENGENHARIA COLOSSAL

A 2.820 quilômetros a leste das fábricas de alimentos de Banaue, a 1.610 quilômetros ao norte da Nova Guiné e 3.703 quilômetros ao sul do Japão, fica a pequena e desconhecida Ilha de Pohnpei. Ao longo de sua costa setentrional ergue-se, nas palavras de David Childress, um projeto "de tão grande escala que facilmente se compara à construção da Grande Muralha da China e da Grande Pirâmide do Egito em quantidades de pedra e mão de obra empregadas, e a abrangência gigantesca do local". A comparação feita com a Grande Pirâmide do Egito não é exagero, pois alguns dos prismas talhados ou lascados que sustentam Nan Madol são maiores e mais pesados do que os dois milhões de blocos da Pirâmide de Khufu.

Construída num recife de coral a apenas 1,6 metro acima do nível do mar, Nan Madol é uma série de 92 ilhas artificiais retangulares e torres colossais localizada dentro dos 2,6 quilômetros quadrados da área central. As ilhas artificiais são interligadas por uma extensa rede de canais, cada uma com 9 metros de largura e mais de 1,3 metro de profundidade na maré alta. Mais incrivelmente, essa estranha cidade foi construída a partir de 250 milhões de toneladas de basalto prismático espalhadas por 70 hectares.

Os habitantes de Pohnpei, nativos da Micronésia, não alegam a autoria ancestral de uma obra tão colossal. Dizem eles que foi criada por um par de feiticeiros ultramarinos, Olisihpa e Olsohpa, que flutuavam nas enormes quantidades de pedra pelo ar, uma habilidade que aprenderam em sua terra natal, Kanamwayso, antes de ser dominada por uma terrível catástrofe. Entre quatro e cinco milhões de colunas de pedra foram usadas na construção dessa metrópole pré-histórica das Ilhas Carolinas. Essas colunas em forma de prismas variam de 3 a 3,7 metros de comprimento, embora muitas cheguem a 8 metros, com um peso médio de 5 toneladas cada; as mais pesadas chegam a 20 ou 25 toneladas cada. Nan Madol era originalmente cercada por um paredão de 5 metros de altura por 857 metros de comprimento, e algumas muralhas existentes têm mais de 4 metros de espessura. Uma torre alta e quadrada sem janelas conhecida como Nan Dowas é composta de pilares de basalto preto hexagonais de 5 metros de comprimento. Foram colocados na horizontal entre caminhos com pedregulhos grosseiramente cortados e pedras menores. O lado sudeste dessa torre contém o maior bloco da cidade, uma única pedra angular de 60 toneladas. Apesar do impressionante peso da pedra, ela foi erguida e disposta em outra plataforma de pedra enterrada pelos seus antigos construtores. Estima-se que seriam necessários 20.000 a 50.000 trabalhadores de construção civil para construir Nan Madol, um nítido contraste com a população nativa da pequena Pohnpei, que conta com atuais 2.000 pessoas. Seus pilares de basalto magnetizado de 5 a 25 toneladas erguidos a alturas superiores a 13 metros, e os imensos blocos dispostos com perfeição astronômica típica de Stonehenge foram todos supostamente levitados em posição por antigos "feiticeiros" – Olishpa seria responsável pelos pilares e Merlin, pelos blocos. Ambos os locais representam algum reino espiritualmente poderoso no exterior, de acordo com as tradições micronésia e celta, respectivamente. Mitos que exaltam o poder de indivíduos talentosos em levitar pedras maciças se espalham em nosso planeta. Ao construir a cidade grega de Tebas, por exemplo, Anfião levantou blocos colossais e os encaixou usando a música de sua lira. Da mesma forma, a tradição indígena Ho Chunk da América do Norte conta que os montes piramidais no fundo do Lago Rock de Wisconsin foram construídos usando o poder de uma canção comunitária.

Outras construções lemurianas sobreviventes, como as estátuas *moai* de 100 toneladas da Ilha de Páscoa, o portão de coral de 105 toneladas de Tonga ou a valeta Menehune de 7 metros localizada no cânion Waimea na ilha havaiana de Kauai, todos indicam povos altamente qualificados no corte e colocação de pedras maciças de altos padrões e estéticas arquitetônicos. Em cada caso, essas obras-primas extraordinárias foram explicadas pelas tradições orais nativas como o feito de "feiticeiros", deuses ou heróis da inundação de alguma antigamente poderosa, eventualmente engolida, ilha de grande beleza e magia.

PERGUNTAS SEM RESPOSTAS

Em meados da década de 1990, evidências científicas haviam estabelecido alguma credibilidade para essas histórias mundiais. Christopher Dunn é um mestre artesão britânico que vive e trabalha nos Estados Unidos. Entre suas descobertas mais notáveis, estão as impressões inconfundíveis feitas por brocas ultrassônicas em núcleos de edifícios sobreviventes em vários locais de construções egípcias em Assuã e Gizé. Dunn descobriu que a Grande Pirâmide do Egito foi construída como uma "usina de energia" monumental projetada para transformar a energia tectônica da Terra em descarga elétrica. Construídas pelos mesmos atlantes responsáveis pelo resto da Civilização Dinástica, tecnologias igualmente avançadas apareceram no Pacífico. O pesquisador Rosacruz W. S. Cerve explica:

> ... que os lemurianos alcançaram uma grande compreensão científica das leis naturais e, ao mesmo tempo, desenvolveram interiormente certas habilidades humanas em um grau muito maior e mais alto do que atingimos hoje, com todo o nosso orgulhoso avanço na civilização.

Um remanescente desses métodos lemurianos sobrevive em uma prática mágica havaiana, o Olelo Huna de Pohaku. Essa "linguagem das pedras falantes" oculta ocorre quando a mente humana se concentra adequadamente em um cristal para desencadear o conhecimento subconsciente (lembranças de vidas passadas, poderes mentais inatos, etc.) escondido da consciência. O conteúdo cristalino puro das colunas basálticas usadas na construção de Nan Madol – considerado o importante centro cerimonial de Mu por Churchward – implica que sua escolha foi deliberadamente feita por suas propriedades de aprimoramento psíquico.

As realizações materiais da civilização antediluviana não se limitaram à arquitetura monumental. Os lemurianos eram excelentes em herbologia. De acordo com um estudioso lemuriano durante o início dos anos 1990, Mark R. Williams, eles desenvolveram o confrei para estimular a telepatia, a boca-de--dragão para melhorar a fala e o lótus para ajudar a abrir a glândula pineal, ou "chakra da coroa", associado no misticismo hindu à realização espiritual, enquanto lavanda e limão eram aromas empregados em rituais. Acreditava-se que a abóbora e a melancia ajudavam na fertilidade e na potência sexual, e a romã era uma poção de amor feminina.

Abundantes evidências arqueológicas apoiam relatos indígenas em todo o mundo de uma superciência dos habitantes de Mu e Atlântida no passado distante. Apesar de preferirmos pensar em nós mesmos como a geração mais sofisticada tecnologicamente que a história humana já conheceu, nossa civilização foi precedida por outras que se igualaram e superaram nossas realizações materiais em alguns detalhes importantes. Mais relevante do que as conveniências ou luxos proporcionados pelas invenções, no passado ou nos dias de hoje, é a coesão social e o senso comum de destino que um povo vivencia. Nisso, nossa Era Industrial está lamentavelmente atrás da Idade do Bronze Atlanto-Lemuriana, da qual ainda temos muito a aprender.

CAPÍTULO 4
A RELIGIÃO DE ATLÂNTIDA

> **"OS DEUSES UMA VEZ ADORADOS EM ATLÂNTIDA SE TORNARAM OS DEUSES DEPOIS ADORADOS NO EGITO E NA GRÉCIA."**
>
> IGNATIUS DONNELLY, EM *ATLÂNTIDA, O MUNDO ANTEDILUVIANO*

Não foi à toa que Platão descreveu Atlântida como "aquela ilha sagrada". Seus habitantes construíram "muitos templos para diferentes deuses" em cada um dos anéis da capital. A identidade e o significado desses imortais se perderam, mas uma leitura atenta dos diálogos de Platão, além de um exame de divindades egípcias e gregas com pedigrees claramente antediluvianos, deve restaurar parte da visão do mundo espiritual dos atlantes.

O terreno mais antigo e sagrado, localizado bem no centro de Atlântida, e a partir de onde a cidade crescia, era uma colina baixa. Nele, uma nativa, Cleito, se casou com o deus grego Poseidon, concebendo a linhagem real do império. Esse local sagrado era cercado por uma parede circular de ouro, acessível apenas por um sumo sacerdote e pelo imperador atlante em raras ocasiões cerimoniais. O que o recinto sagrado de Atlântida poderia ter escondido, além do lugar onde Cleito esteve com Poseidon, nunca foi revelado. Do outro lado do mundo, os incas, que diziam descender diretamente dos heróis da inundação atlante, ergueram o Coricancha. O "Recinto de Ouro" ficava em torno de seu solo mais sagrado no centro da capital imperial em Cuzco, o próprio "Umbigo do Mundo" do Peru pré-hispânico.

Compartilhando a mesma ilha artificial com o misterioso santuário de Cleito estava um edifício grandioso dedicado ao pai divino de seus filhos. Com 185 metros de comprimento, 92 de largura e 30 de altura, o templo de Poseidon era a estrutura mais importante de Atlântida, o epítome arquitetônico da cultura atlante. Ao descrever um frontão contendo figuras esculpidas para a estrutura, Platão nos ajuda a imaginar uma aparência protogrega; ou seja, não muito diferente dos edifícios sagrados etruscos, com "colunas toscanas" lisas e injustificadas, uma impressão fortalecida por sua afirmação de que o Templo parecia "um pouco estranho na aparência". Sua reação era tipicamente grega a qualquer coisa mais detalhada – especialmente algo estrangeiro – do que a estética esparsa e a simetria pura das formas clássicas. Da mesma forma, os projetos etruscos apresentavam maior atenção às variedades de materiais e ornamentação.

O *Crítias* continua relatando que o exterior do templo era inteiramente adornado por folhas de prata, que contrastavam com a estatuária dourada do frontão. A escolha desses metais preciosos estava de acordo com o princípio esotérico atlante de honrar os opostos, alcançando assim o equilíbrio espiritual – neste caso, o sol (ouro) e a lua (prata), manifestações das energias masculina (solar) e feminina (lunar).

NÚMEROS SAGRADOS

O mesmo conceito aparece nos algarismos sagrados atlantes – cinco e seis – que significavam os antípodas de gênero e representavam as energias masculina e feminina, respectivamente. Os místicos atlantes veneravam um par de algarismos sagrados, cinco e seis, "mostrando igual respeito aos números pares e ímpares", como Platão deixa claro em seu segundo diálogo. O filósofo do século VII a.C, Pitágoras, dizia que os números correspondem a certos aspectos da existência e, ao incorporá-los adequadamente em uma cultura, são dotados de qualidades particulares. A numeróloga americana Patricia Rose Upczak escreveu em 2001:

> *Pitágoras disse que os números representavam qualidades e processos espirituais. Os significados das figuras são exotéricos, ou facilmente compreendidos, e os números são esotéricos, com significados ocultos.*

Peter Tompkins (1919-2007), em seu extenso estudo da matemática egípcia aplicada à arquitetura sagrada, concluiu que "os números são apenas nomes aplicados às funções e aos princípios sobre os quais o universo se mantém. A interação dos números causa os fenômenos do mundo físico". O número cinco representava a energia masculina (cinco dedos de uma mão); plena consciência (os cinco sentidos); realização material; aquisição; o sol, luz e iluminação; o Pai Céu; civilização; sociedade; conquista; justiça; honra; dever; fatos concretos; autocontrole; discernimento; o exterior. Às vezes, o centro sagrado era simbolizado por um círculo envolvendo uma cruz ou um único ponto no centro, onde o imperceptível é percebido (ou seja, se manifesta).

O algarismo seis representava a mulher e a lua; energia feminina; intuição; a Mãe Terra; natureza; nutrir; o interior; arte; emoção; aceitação; tolerância; liberdade (sempre representada por uma mulher); instinto; premonição; escuridão e mistério; criatividade; justiça; aceitação; perdão; fecundidade, como significado pelo *hexalfa* – um hexagrama formado pela intersecção de dois triângulos para representar o fogo e a água, respectivamente. O mais antigo hexalfa conhecido foi usado pelos sumérios no Crescente Fértil da Mesopotâmia, entre os rios Tigre e Eufrates, onde estrelas de seis pontas de madeira ou palha foram plantadas entre suas colheitas a fim de promover a fertilidade.

James Churchward escreveu que o hexalfa era originalmente um emblema lemuriano levado para a Mesopotâmia por indivíduos de cultura Mu, muito antes de se tornar mais conhecido como o Magen David dos judeus (mais lembrado pelos não-judeus como a chamada "Estrela de Davi"). O renomado mitólogo Mircea Eliade (1907-1986) escreveu que seis:

> ... é o número do amor materno... É um número par, significa que é feminino e passivo... o número do casamento do ponto de vista feminino... Seis é essencialmente o número da esposa e da mãe.

Essas implicações metafísicas reaparecem no hexagrama porque exemplificam o *hieros gamos*, o "casamento sagrado" entre o Pai Céu e a Mãe Terra – a união sagrada da força fertilizante de cima com a potencialidade inata de baixo operando no princípio de "Como acima, assim abaixo". Afirmado no início de um antigo texto mágico egípcio, *A Tábua de Esmeralda*, implica a interconexão de todos os fenômenos, visíveis e invisíveis, como a relação entre o homem e Deus. O hexagrama combina o espiritual com o material, ou, como A. E. Abbot diz em sua *Enciclopédia dos Números*, "o externo e o transitório".

O TEMPLO DE POSEIDON

Apreciar o significado místico dos números cinco e seis é compreender a alma atlante e entender por que eles foram incorporados à arquitetura e à vida espiritual de Atlântida; ou seja, criar um equilíbrio entre as forças fundamentais representadas por esses numerais sagrados, mantendo assim um acordo espiritual entre deuses e homens. A própria disposição da cidade era uma expressão desse princípio, construída com dois anéis de terra e três de água; incluindo a ilha central com o palácio imperial, o Templo de Poseidon, deus dos deuses, que compreendia uma sexta parte. Essa área mais interna tinha cinco estádios (um estádio corresponde a cerca de 185 metros; ou seja, no total 925 metros) de diâmetro. Dentro da casa real, estavam dispostos cinco pares de gêmeos.

Havia variações significativas de cinco e seis: "Cada lote (de terra) era de dez estádios quadrados (quase 1.900 metros quadrados), e havia ao todo 60.000 lotes" (*Crítias*, 4). A marinha atlante operava 1.200 navios. Os líderes militares eram "sujeitos a fornecer uma sexta parte do equipamento de uma carruagem de guerra, até um complemento total de 10.000". No Templo de Poseidon, seu colosso era cercado por 100 Nereidas (estátuas de garotos cavalgando golfinhos), e sua carruagem era puxada por seis cavalos alados, uma referência à primeira-dama de Atlântida, Leucipe; seu nome, "Mulher Branca", significava "a onda espumante do deus do mar". A ilha de Atlântida era composta por dez províncias. O *Crítias* de Platão nos informa que "além dos três portos externos, havia uma muralha, começando no mar e correndo em círculo, a uma distância uniforme de 50 estádios (9 quilômetros). Até mesmo os reis atlantes se alternavam a cada quinto e sexto anos.

O interior do Templo de Poseidon era um único e imenso salão. De acordo com *Crítias*, os visitantes entravam pelas portas de 2 metros de altura e, olhando para cima, viam que todo o comprimento de seu teto era inteiramente esculpido de marfim "recortado com ouro, prata e oricalco". Esse cobre de alta qualidade, responsável por grande parte da riqueza que percorreu Atlântida do final da Idade do Bronze, também cobria pilares, pisos e paredes, contra as quais eram regularmente espaçadas as estátuas de ouro dos reis atlantes com suas esposas (mais uma vez venerando homens e energias femininas), junto com "muitas pessoas dedicadas aos reis e outras pertencentes à cidade e seus domínios". Essa reunião de representações da realeza atlante olhava sem piscar para um imenso altar finamente trabalhado no meio do salão.

A construção não tinha janelas, então a luz entrava por um clerestório alto na extremidade de seu interior. A luz do meio-dia iluminava em especial um colosso dourado do deus do mar tão gigantesco que sua cabeça roçava o teto. Ele era retratado em uma carruagem puxada por seis cavalos alados, com a base da estátua cercada por 100 Nereidas. O famoso "Garoto sobre um Golfinho" dos gregos era o emblema de uma escola atlante misteriosa, que iniciava a juventude masculina no desenvolvimento pessoal e espiritual por meio de um relacionamento íntimo com os golfinhos, o que hoje seria entendido como uma espécie de comunicação interespécies. Assim como seu avatar – o golfinho, as Nereidas eram notáveis por sua devotada proteção aos humanos náufragos. Também se dizia que eram oráculos, uma sugestão do porquê serem cultuadas.

AS ORIGENS DE POSEIDON

O nome do oráculo mais importante do Velho Mundo, Delfos, era a palavra grega (*Delphi*) para "golfinho", uma indicação de que seus mistérios eram descendentes dos adeptos atlantes. De fato, o oráculo de Delfos era regido por um *hoisioi*, ou "faculdade" de sacerdotes obrigados a traçar sua linhagem familiar até Deucalião antes de assumir o cargo. Acreditava-se que ele ofereceu os princípios da divindade a Delfos numa antiga Era de Ouro arrasada pelo Dilúvio. Deucalião era o herói grego do dilúvio, que, com sua esposa, Pirra, embarcaram em uma "arca" e escaparam de um cataclismo que engoliu sua terra natal. O Monte Parnaso, local do oráculo, foi consagrado a Poseidon.

O nome de Poseidon (*Enesidaone*) – assim como a palavra "bronze" (*broncea*) – está entre os poucos exemplos identificáveis da extinta língua atlante, porque seu nome se destaca entre divindades do Olimpo como certamente não indo-europeu. "Poseidon" deriva da contração *Posis Das*, "Marido da Terra", e *Enosichthon*, ou "Agitador de Terras" (palavras não-gregas), junto com o grego *Hippios*, "Ele dos Cavalos". Essa síntese implica que Poseidon realmente veio de fora da Grécia, onde acabou sendo adotado como uma divindade suprema. Sem paralelos linguísticos ou míticos entre as culturas orientais, ele chegou, de acordo com Heródoto, da direção ocidental de Atlântida: "Entre todas as nações, apenas os líbios já tinham o nome Poseidon desde o início, e sempre honraram esse deus".

O papel de Poseidon na história de Atlântida continua intrigando investigadores. Eles se perguntam se ele representava a chegada de alguns povos marítimos dotados de cultura à ilha, originalmente habitada por uma raça primitiva, talvez paleolítica. Como Platão escreveu, Poseidon criou canais e nascentes naturais, e "fez a terra produzir abundantes produtos de todos os tipos". Porém, não foi responsável pelos palácios, templos, muralhas, portos e outras estruturas monumentais, que foram construídos pelos atlantes, descendentes dele, e cujo primeiro filho foi batizado com o nome da ilha Atlas. "Ainda não havia navios ou navegação naqueles dias", de acordo com *Crítias*, referindo-se à ilha antes de Poseidon e sua comitiva desembarcarem por lá.

Esses "poseidianos" que chegaram, com suas habilidades de construção e organização superiores e cultura material mais avançada, transformaram os habitantes indígenas em um povo civilizado e civilizador. Isso provavelmente ocorreu por causa da posição estratégica da ilha frente o comércio de cobre e produtos minerados para a Região do Alto dos Grandes Lagos da América do Norte e clientes reais na Europa e no Oriente Próximo.

Mas quem poderiam ter sido esses "poseidianos" pré-atlantes? De onde poderiam ter vindo? Alguns investigadores, como William Donato, acreditam que a Ilha de Bimini, nas Bahamas, com sua "estrada" submarina, detém a maior parte das respostas. Sua credibilidade cresceu substancialmente nos últimos anos por conta de descobertas suplementares de colunas quadradas colossais encontradas na mesma profundidade ao longo de Moselle Shoals, cerca de 5 quilômetros a nordeste de Bimini; um pilar de pedra vertical no extremo sudoeste da ilha; estruturas submersas lembrando tanto hexágonos quanto a letra E; imagens de varredura lateral feitas por sonar de aparentes escadas com fundações retangulares debaixo d'água; e pilhas de efígies de areia branca de 155 metros de comprimento no formato de um tubarão, um gato e outras figuras menos identificáveis ao oeste de Bimini.

Hidrólogos determinaram que esses locais submersos estavam acima do nível do mar cerca de 1.000 anos antes dos primórdios conhecidos da civilização no Oriente Próximo. Cerca de 3500 a.C, Bimini era uma ilha muito maior, porque o oceano era cerca de 8 metros mais baixo do que hoje, e vastas extensões de territórios atualmente inundados teriam ficado acima da superfície. Será que seus habitantes, os poseidianos, após desenvolverem a civilização por lá, partiram cerca de 5.500 anos atrás por causa da ascensão das águas que cobriam sua terra natal? Eles alcançaram a ilha oposta, que mais tarde se tornaria a Atlântida, em algum momento antes de 3500 a.C?

O SIMBOLISMO DE POSEIDON

A arma emblemática de Poseidon simboliza a natureza trina de sua divindade: a criatividade. O três está associado ao poder divino por meio de seu tridente fálico (a genitália masculina), empunhado como um cetro sobre toda a criação. Não é diferente da varinha de três pontas do "Mestre da Criação" hindu, Shiva, significando simultaneamente seu terceiro olho onisciente, que reaparece na pirâmide triangular com seu olho de deus no ápice. A trindade hindu de Brahma, Vishnu e Shiva personifica, respectivamente, *sat*, ou Ser; *cit*, Consciência, e *ananda*, Amor – os componentes da divindade que de forma cíclica criam, mantêm e destroem o universo. Entre os gregos, os Destinos, as Fúrias e as Graças também vinham em três.

Assim como todas essas concepções, Poseidon tinha seus lados exotérico e esotérico. Para a maioria dos atlantes, ele era simplesmente o Deus do Mar e, portanto, uma divindade condizente com sua civilização talassocrática. Contudo, para os iniciados, ele personificava a dualidade sagrada das forças contrárias da vida – números pares e ímpares, masculino e feminino, etc. – que compunham a troca perpétua de polaridades em um ato de equilíbrio.

Na forma de espírito do oceano, Poseidon imediatamente incorporava tanto a superfície, que reflete, quanto as profundezas, que são um enigma. Assim, ele diferenciava o mundo das aparências do submundo, o consciente do subconsciente, esta vida da vida após a morte, ao mesmo tempo em que mostrava que eram componentes da mesma realidade. As Nereidas que o serviam (como estudantes de seu culto misterioso) sintetizavam essa fusão de opostos no garoto andrógino montado no golfinho não humano, visando alcançar uma união espiritual fortalecedora.

O RITUAL NO TEMPLO DE POSEIDON

Embora tenha descrito o Templo de Poseidon com certo detalhe, Platão falou de apenas uma atividade ritual que ocorria lá com regularidade cerimonial. Em *Crítias*, soubemos como os dez governantes atlantes, representando várias regiões dentro de sua rede imperial, se reuniam no Templo de Poseidon alternadamente a cada cinco e seis anos – de novo, os numerais sagrados – durante o final da tarde de um dia santo. Sozinhos e sem a ajuda de padres ou conselheiros, eles "consultavam assuntos de interesse mútuo" – preocupações diplomáticas, comerciais e militares do império.

Em suas decisões, eram guiados pelas antigas leis de Poseidon gravadas em um pilar de oricalco no centro do templo. Essas injunções eram acompanhadas de "um juramento invocando maldições horríveis sobre quem as desobedecesse". Mas, antes de fazer qualquer julgamento, era necessário um sacrifício especial para santificá-los. Os dez monarcas começavam formando um círculo ao redor da coluna, levantando as mãos em oração ao deus do mar para que ele abençoasse a oferenda prestes a fazer.

Eles então se dirigiam a um curral externo, onde touros sagrados podiam circular livremente, subjugando um deles com varais e laços, porque o costume proibia o uso de quaisquer utensílios de metal. Arrastando as presas para o templo, usavam uma ponta afiada ou lâmina de obsidiana para cortar a garganta da fera no topo do pilar de oricalco, permitindo o sangue fluir sobre a inscrição.

Num recipiente para vinho, era colocado um coágulo de sangue para cada um dos reis, que se desfaziam da carcaça, acendiam o fogo do altar, lavavam a coluna e se banhavam. Assim revigorados, mergulhavam taças de ouro no recipiente, derramavam uma libação sobre uma fogueira e juravam por Poseidon governar de acordo com suas leis, e não ceder nem obedecer a nenhuma ordem contrária a elas. Eles então bebiam das taças douradas para significar a promessa, cada homem dedicando sua taça dourada ao Templo.

A cerimônia dos reis que aparece no diálogo de Platão tem um toque de autenticidade além de seu poder de inventar, mesmo porque era muito diferente das práticas religiosas de seu próprio tempo. De fato, duas das taças de ouro – ou algo muito parecido com elas – foram descobertas em uma tumba de colmeia para a realeza conhecida como *tholos* em Váfio, região perto de Esparta, atual sul da Grécia. Ambas datam do final da Idade do Bronze (séculos XVI a XIII a.C), e retratam uma cena compartilhada: um homem atacando um touro com cajado e corda. Não se sabe se essas taças foram levadas por sobreviventes da catástrofe atlante ou colonizadores de Atlântida no Egeu. Porém, as taças retratam a mesma caça descrita em *Crítias*, e em nenhum outro lugar na antiguidade Clássica.

A ERA DE TOURO

Além disso, a maneira pela qual a caça atlante foi conduzida deriva de uma era remota e pré-civilizada, anterior à introdução da metalurgia. Isso contrasta fortemente com a Atlântida de Platão, que ele caracteriza como uma economia rica em cobre, bronze, prata e ouro. O uso de varas e laços em rituais remonta a um tempo muito antigo – Neolítico, Paleolítico, talvez até 16.000 anos atrás, para pinturas em cavernas de locais como Lascaux e Trois Freres na França, quando as leis de Poseidon, em que a cerimônia de caça seria um propósito para comemorar, foram propostas pela primeira vez.

O sacrifício do touro implica significado astrológico; especificamente, o fim da Era de Touro. Terminava, segundo Max Heindel (1865-1919), a famosa autoridade dinamarquesa sobre o Zodíaco, em 1658 a.C. Seu cálculo é notável porque praticamente coincide com a penúltima destruição de Atlântida. Segundo geólogos, em 1628 a.C, uma série de grandes catástrofes naturais assolou a Terra, desde uma erupção sem precedentes na ilha vulcânica de

Tera-Santorini, no Mar Egeu, até um equivalente nuclear no outro lado do mundo, na Nova Zelândia.

O cataclismo do final do século XVII a.C traçou uma linha na História, separando a Idade do Bronze Antiga da Média. Foi nesse período, até o final da Idade do Bronze, por volta de 1200 a.C, que Platão estabeleceu seu relato de Atlântida. Ele não poderia saber que a Era de Touro coincidiu quase perfeitamente com as reviravoltas globais de 1628 a.C.

Ainda assim, se encaixa exclusivamente no sacrifício feito pelos reis atlantes porque, para eles, a vítima era um touro astral cujo abate significou o fim da Era de Touro. Em muitas outras culturas – minóica, micênica, hitita, troiana, assíria, etc., o sacrifício do touro era visto como início da renovação do ritmo de crescimento. O próprio touro significava rejuvenescimento e ressurgimento.

Segundo o muito posterior mitraísmo, o Touro auxiliou na criação da vida cortando sua própria garganta, permitindo assim que plantas e animais brotassem de seu sangue. Esse mito foi reencenado em um rito chamado *taurobolium* para comemorar a morte e ressurreição do herói Mitra, que personifica a próxima era e batiza os iniciados em seu culto.

Beber vinho coagulado com sangue de touro era algo que também acontecia entre outros povos. Ainda no século XV d.C, soldados turcos, seguindo uma tradição antiga, bebiam vinho tinto misturado com sangue de touro antes da batalha para absorver força e resistência a ferimentos.

Claramente, os reis atlantes celebravam uma tauroctonia, na qual o sacrifício do touro não apenas marcava o fim da Era de Touro, mas também era o apelo a Poseidon contra a recorrência de uma catástrofe tão terrível como a que destruiu o mundo em 1628 a.C. A descrição de Platão desse ritual demonstra a autenticidade de seu relato, que encontra paralelos extraordinários nessa era do zodíaco e em outras culturas. A discrepância de 30 anos entre o fim da Era de Touro e a catástrofe global contemporânea significa apenas que os cálculos dos geólogos ou de Max Heindel, ou de ambos, estão errados por um grau insignificante.

Se, pelo que parece, a Era de Touro foi sinônimo de Era de Atlântida – pelo menos até o final da Idade do Bronze Média – então podemos inferir que Touro e Atlântida se iniciaram no mesmo momento. Heindel estabeleceu o início da Era de Touro em 3814 a.C. Aqui, também, sua data é um ajuste notável porque coincide com a provável fundação de Atlântida. Os atlantes precisariam de séculos de desenvolvimento cultural para causar impacto no mundo exterior antes do final do quarto milênio a.C.

PARALELOS COM O PARAÍSO

O primeiro filho de Poseidon com Cleito – Atlas, o rei que deu nome à ilha e todo o oceano ao redor – aparece numa versão não platônica de seu mito (na *Teogonia* de Hesíodo, 700 a.C). São descritos o Jardim das Hespérides e as sete filhas de Atlas (e, portanto, Atlântidas), que guardavam a Árvore da Vida. Suas maçãs douradas conferiam imortalidade a quem tivesse a sorte de comê-las. Elas eram auxiliadas por Ladon, uma poderosa serpente entrelaçada ao redor do galho. As sete Hespérides correspondem aos sete chakras principais, ou centros de energia metafísica que, coletivamente, compõem a personalidade humana. Dessa forma, a Árvore da Vida ainda simboliza a coluna vertebral ao longo da qual os chakras estão dispostos. O culto misterioso das Hespérides prometia imortalidade para iniciados bem-sucedidos, como representado pela Árvore da Vida com sua cobra – um símbolo de regeneração por causa da capacidade do animal de se livrar de sua pele velha e morta e emergir como nova.

As comparações com o Jardim do Éden em Gênesis são inevitáveis e, sem dúvida, o Antigo Testamento representaria uma corrupção do original atlante. Da mesma maneira, a kundalini yoga originou-se na Atlântida, de onde se espalhou pelo mundo. Por exemplo, no mito nórdico, a deusa Iduna também cuidava de uma árvore com maçãs recheadas com a imortalidade, enquanto o mundo celta, Avalon, derivou do antigo galês Ynys Avallach, ou Avallenau, a "Ilha das Macieiras". As obras druidas perdidas *Book of Pheryllt* e *Writings of Pridian*, ambas descritas por gerações de estudiosos, incluindo James Fraser, do famoso *O Ramo de Ouro*, como "mais antigas que o Dilúvio", celebravam o retorno do Rei Arthur de Ynys Avallach, "onde todo o resto da humanidade foi esmagado". Avalon, com suas maçãs que conferiam vida e também destruição pelas águas, era claramente a versão britânica de Atlântida.

A INFLUÊNCIA NO EGITO ANTIGO

As tradições religiosas do vale do Nilo não foram menos influenciadas pela metafísica atlante, como ficou particularmente evidente no deus egípcio da sabedoria, Thot. Para os gregos, ele era Hermes, neto de Atlas pela atlante Maia (filha de Atlas). Segundo a Recensão Tebana do Livro Egípcio dos Mortos, Thot teria dito que o Grande Dilúvio destruiu uma antiga civilização de nível mundial:

> *Vou apagar tudo o que fiz. A Terra entrará nas águas do abismo de Nun (o deus do mar) por meio de uma torrente furiosa, e se tornará como era no tempo primitivo.*

Sua narração da catástrofe está relacionada aos Textos de Edfu. Essas inscrições hieroglíficas do Templo de Hórus, no Alto Egito, localizam a "Pátria dos Primitivos" em uma grande ilha que afundou com a maioria de seus habitantes durante o Tep Zepi, ou "Primeira vez". Apenas os deuses, liderados por Thot, escaparam com sete sábios, que se estabeleceram no delta do Nilo, onde criaram a civilização egípcia a partir de uma síntese de influências atlantes e nativas.

O simbolismo metafísico representava artisticamente Thot no templo como um homem com a cabeça de um íbis. Essa ave caminha pelas margens dos rios com o talento singular de arrancar crustáceos escondidos no fundo da lama com o seu longo bico. Portanto, o íbis representava o processo de sabedoria, que encontra alguma coisa valiosa em algo nada aparente.

Outra divindade egípcia com um pedigree distintamente atlante era *Anpu*, mais lembrado por seu nome grego, Anúbis. Anúbis teria "escrito anais de antes do dilúvio" que destruiu sua ilha natal no distante Oeste, de onde ele chegou para restabelecer sua adoração no Egito. Também era conhecido como o "Grande Cinco", um dos dois numerais sagrados de Atlântida. Os ritos funerários associados à sua divindade tornaram-se práticas mortuárias egípcias após sua importação da civilização submersa. Embora a maioria dos egiptólogos o descreva como tendo cabeça de chacal, seu título, o "Grande Cão", demonstra que sua cabeça parecia a de um canino. E, como cão-guia,

Anúbis guiava lealmente os recém-falecidos através da escuridão da morte. Ele era, na linguagem moderna, um guia espiritual, que confortava a *ba*, ou alma, levando-a ao outro mundo.

As pistas oferecidas nos diálogos de Platão combinam com ideias religiosas gregas e egípcias e fornecem pelo menos um esboço do sistema de crenças na ainda mais antiga Atlântida. O cerne do misticismo atlante parecia trazer a civilização ao acordo da harmonia cósmica que permeia toda a existência, reconhecendo o fluxo e refluxo de pares de opostos. Ali estava o caminho para a ordem social e a paz pública. Em um nível mais pessoal e esotérico, essa mesma busca pelo equilíbrio espiritual visava desenvolver o potencial psíquico da pessoa, despertando os sete centros de energia personificados pelas Hespérides com sua promessa dourada de imortalidade.

CAPÍTULO 5
OS CRISTAIS DE ATLÂNTIDA

> "TALVEZ ESSES BREVES *INSIGHTS* DE USO DE METAIS EM ATLÂNTIDA FORNEÇAM ALGUMA IDEIA SOBRE O INCRÍVEL OBJETIVO DO POTENCIAL DO PODER DO CRISTAL."
>
> DR. JUDITH LARKIN, ACONSELHAMENTO COM CRISTAIS

De todos os mistérios daquele lugar mais do que misterioso, nenhum é mais intrigante do que os cristais de Atlântida. Seriam eles símbolos místicos de poder espiritual e político? Ou baterias minerais para armazenamento de tecnologias arcanas e influências psíquicas? Será que ainda jazem sob terras desconhecidas no oceano em meio às ruínas da metrópole submersa? Ou foram levados pelos sobreviventes da catástrofe para novas terras?

EDGAR CAYCE – UMA CONEXÃO PSÍQUICA

Ao tentar responder a essas perguntas, é impossível evitar pelo menos um encontro passageiro com Edgar Cayce, o psíquico americano do início do século XX, ainda lembrado como "Profeta Adormecido". Desde seu nascimento em Kentucky, em 1877, era conhecido principalmente por suas curas médicas proferidas durante um transe profundo. Mas, depois de seu 45º ano, ele relatava *flashbacks* da vida em Atlântida. Essas "leituras da vida", como ele as chamava, eram registradas por um estenógrafo que participava de todas as sessões e ainda são consideradas por alguns atlantologistas modernos como vislumbres valiosos da civilização perdida.

Suas observações extraordinariamente prescientes valem ser consideradas. Entre elas, destaca-se sua declaração em 1930 de que o rio Nilo corria ao longo do deserto do Saara para desaguar no Oceano Atlântico durante os primeiros tempos de Atlântida. Cientistas de sua época e décadas posteriores zombaram de uma possibilidade aparentemente tão estranha. No entanto, em 1994, quase meio século após a morte de Cayce, uma pesquisa por satélite do norte da África descobriu o leito de um antigo afluente que corria para o oeste do Nilo por todo o deserto do Saara, conectando o Egito com o Oceano Atlântico no Marrocos na pré-história.

Com sua morte em 1945, Edgar Cayce deixou 14.256 registros estenográficos documentando suas declarações clarividentes para cerca de 8.000 clientes diferentes durante um período de 43 anos. A maioria de suas leituras se preocupava em diagnosticar problemas de saúde espiritual e física, sem referências a civilizações desaparecidas. Sua incrível precisão na análise pessoal impressionou não apenas milhares de pacientes que se beneficiaram de seus *insights* curativos, mas também seu reestabelecimento médico. Já em 1910, os procedimentos psíquicos do Profeta Adormecido foram comprovados em um relatório da Sociedade de Pesquisa Clínica de Boston pelo Dr. Wesley Ketchem. Assim, alguns pesquisadores argumentam que usar as "leituras da vida" de Cayce para aprender sobre a Atlântida não é diferente do crescente uso de médiuns pelos departamentos de polícia para ajudar a resolver crimes.

O Departamento Federal de Investigação dos Estados Unidos não apenas emprega detetives psíquicos para alguns de seus casos mais difíceis, mas também recomenda indivíduos particularmente prescientes aos departamentos de polícia em todo o país. O índice de sucesso de alguns desses investigadores pouco ortodoxos é tão alto que suas visões foram admitidas como testemunhos juramentados em processos judiciais. Se juízes e agentes da lei confiam em tais videntes modernos para uma ajuda importante, os arqueólogos podem se beneficiar dos colegas psíquicos. Ou seja, seria contraproducente renunciar à assistência não convencional apenas por causa do preconceito atual contra tais pessoas aparentemente talentosas.

A PEDRA DE FOGO DE ATLÂNTIDA

Para Edgar Cayce, a tecnologia de cristal desempenhou um papel central em Atlântida, para o bem ou para o mal, assim como o Vale do Silício na Califórnia desempenha no mundo moderno.

Edgar Cayce, o famoso vidente americano, era conhecido como "Profeta Adormecido" por descrever Atlântida e sua tecnologia de cristais enquanto estava em estado de transe.

"Havia essas forças destrutivas trazidas através da criação das altas influências da atividade radial dos raios do sol, que foram transformadas nos cristais dos poços que faziam as conexões com as influências internas da Terra", explicou ele. Posteriormente, mencionou "os princípios da pedra sobre as esferas... elas trouxeram forças destrutivas". "Tanto as forças construtivas quanto as destrutivas foram geradas pela atividade da pedra."

Tratava-se de Tuaoi, ou "Pedra do Fogo". Representava o zênite da tecnologia de cristais atlante e possuía o poder de aproveitar as energias geofísicas para fins materiais e espirituais. De acordo com Cayce:

"Era na forma de uma figura de seis lados em que a luz aparecia como meio de comunicação entre o infinito e o finito; ou os meios pelos quais havia as comunicações com essas forças de fora (espaço sideral?). Mais tarde, passou a significar aquilo de onde as energias irradiavam, a partir do centro de onde estavam as atividades radiais guiando as várias formas de transição ou deslocamento por esses períodos de atividade dos atlantes."

Uma estrutura especial abrigava o Tuaoi:

O edifício acima da pedra era oval, ou uma cúpula, onde poderia haver ou havia a reflexão, de modo que a atividade da pedra era recebida dos raios a partir do sol ou das estrelas; a concentração das energias que emanavam dos próprios corpos em chamas – com os elementos encontrados na atmosfera terrestre. A concentração por meio dos prismas ou vidros, como se chamaria na atualidade, era tal que atuava sobre os instrumentos que estavam conectados com os vários modos de deslocamento, através de métodos de indução – parecidos com o caráter de controle por meio de vibrações de rádio ou direções nos dias atuais; através do jeito que a força era impelida da pedra agia sobre as forças motivadoras nas próprias naves. Houve uma preparação para que, quando a cúpula fosse revertida, houvesse

> *pouco ou nenhum impedimento na aplicação direta às várias naves que deveriam ser impelidas pelo espaço, seja no raio da visão de um olho, como poderia ser chamado, ou se dirigido debaixo d'água ou sob outros elementos ou por meio de outros elementos. A preparação dessa pedra estava nas mãos apenas dos iniciados na época.*

Muito antes de sua destruição, os atlantes aprenderam que o uso adequado da tecnologia de cristais amplificava e concentrava as energias espirituais, bem como as forças físicas. Cayce falou de "uma sala de cristal" em Atlântida, onde "os princípios e as verdades ou as lições que foram proclamados por aqueles que tinham descido para fornecer as mensagens do Alto" eram recebidos pelos iniciados de um culto misterioso. Eles "interpretaram as mensagens recebidas por meio dos cristais". Os adeptos atlantes alcançaram níveis de proficiência em todas as artes transformacionais e domínio dos poderes psíquicos inatos da humanidade através da compreensão e do uso de cristais, uma ciência perdida da paranormalidade que começou a ser recuperada em nossos tempos, quase instintivamente, ao que parece, pelo crescente interesse popular nas qualidades espirituais do cristal de quartzo.

AS HISTÓRICAS "PEDRAS DE FOGO"

Pesquisadores que depararam com a história de Edgar Cayce sobre a tecnologia de cristal atlante reagiram com descrença, até começarem a encontrar vestígios de evidências parecidas ou confirmatórias entre outras civilizações antigas. Eles se surpreenderam ao saber que o nome dado a esse cristal de poder mais importante, o Tuaoi, aparecia nas línguas de vários povos diretamente influenciados por Atlântida. Por exemplo, o Planalto do Gizé no delta do Nilo, localização da Grande Pirâmide e de outras menores, e a Grande Esfinge, eram conhecidos pelos antigos egípcios como o "Vale de Tuaoi". Foi aqui que a Tábua de Esmeralda de Thot foi consagrada. Thot (também conhecido como o Hermes grego e o Mercúrio romano) foi lembrado como um sobrevivente de uma inundação que levou a Tábua de Esmeralda de Sekhet-Aaru, ou o "Campos de Junco", antes de o reino de ilhas no oeste distante deslizar para sempre sob as ondas. A Tábua de Esmeralda também era chamada de Ben-Ben, ou "pedra de fogo", pela energia que irradiava.

Não menos notável, os quichés maias escreveram sobre Giron-Gagal, um "cristal de poder", em seu Popol Vuh, ou Livro da Comunidade. O autor anônimo desse trabalho cosmológico relata que Nacxit, o "Grande Pai" de Patulan-Pa-Civan – a versão maia da Atlântida, teve a visão de um dilúvio cataclísmico no cristal. Para salvar o precioso objeto, ele o entregou ao príncipe quiché Balam, líder dos sábios U Mamae, os "Velhos", que escaparam da destruição de Patulan-Pa-Civan navegando pelo oceano até Iucatã. O Popol Vuh descreve o Giron-Gagal como um ardente "símbolo de poder e majestade para que os povos temessem e respeitassem os quichés". A palavra maia *tuuk* significa "ardente"; de acordo com Cayce, Tuaoi era um termo atlante para "Pedra de Fogo". Ele também disse que "os registros (que descreviam os Tuaoi) foram levados para o atual Iucatã, na América, onde estão essas pedras (sobre as quais eles sabem tão pouco)".

No México pré-colombiano, a principal divindade dos toltecas era Tezcatlipoca. Também era conhecido como Huracan, de onde deriva a palavra em inglês para "furacão", porque governou num período de tremenda violência natural, o Ocelotl natiuh, ou 'Sol Jaguar'. Esse foi o primeiro de quatro "mundos", ou "eras", aniquilados antes do tempo presente. A posse mais importante de Tezcatlipoca era um espelho de cristal. Mostrava a ele o passado, o presente e o futuro ao seu dispor. De fato, ele recebeu esse nome por causa desse objeto importante, pois "Tezcatlipoca" significa "Espelho Fumegante"; a fumaça ainda é considerada como o vínculo místico entre os mundos físico e espiritual pelos nativos americanos. As origens atlantes do deus tolteca são evidentes desde sua soberania sobre uma catástrofe mundial até seu espelho de cristal onisciente, lembrando os cristais com poder de visão remota, segundo Cayce, que pertenciam às ciências paranormais em Atlântida. Como mencionado, o Profeta Adormecido citou especificamente o México e o Iucatã no contexto dos cristais Tuaoi, que foram levados para lá por sobreviventes do dilúvio.

Na América do Sul, diziam que um lendário príncipe inca possuía um cristal poderoso, em que ele visualizava sua futura grandeza como imperador. Seu nome era Pachacuti, ou "Reformador da Terra", e ele alegou que o objeto sagrado era uma herança de família transmitida ao longo das gerações de Con-Tiqui-Viracocha, ou "Espuma do Mar", o portador de cabelos vermelhos que surgiu no Lago Titicaca, onde ele estabeleceu a civilização andina. O cristal prognóstico de Pachacuti desapareceu muito tempo atrás, mas sua existência é sugerida por um par de cristais esculpidos nas imagens de condores (emblemas da realeza inca), preservados no Museu Arqueológico de Lima, no Peru.

Do outro lado do mundo, a contraparte suméria do príncipe quiché Balam era Utnapsitim, outro herói diluviano que enfrentou a destruição aquática de uma era anterior numa arca com animais selecionados. Ele pertence às mais antigas tradições míticas da Mesopotâmia, que também incluem um misterioso objeto sagrado chamado de "Pedra que Arde", a "Pedra do Fogo" – o mesmo termo usado por Cayce. Notavelmente, sua palavra suméria original é *Napa-Tu*, versão persa da qual deriva a palavra em inglês "nafta".

Quase no meio do caminho entre os maias da América e os sumérios da Mesopotâmia estão as Ilhas Canárias, na costa do norte africano. Até o seu extermínio pelos espanhóis a partir do século XV, os indígenas que se autodenominavam guanches também falavam de uma enchente catastrófica; isso é possível, por estarem situados nas imediações da Atlântida perdida. A palavra guanche para "fogo" era *tava*; por meio da evolução fonética, um processo linguístico, *tava* pode ser rastreada até o valor sonoro do qual surgiu originalmente: *tua* ou *tuoh*.

Tampouco está faltando uma peça na história do dilúvio do Antigo Testamento. Em Gênesis, o *tsohar* é descrito como "uma luz que tem suas origens em um cristal brilhante", usada por Noé para iluminar o interior de sua arca durante o Grande Dilúvio. Em hebraico, *tsohar* significa "uma claridade, um brilho, a luz do sol do meio-dia", significando algo que "cintila, reluz ou brilha", adjetivos comumente usados em referência a pedras preciosas.

Máscara datada entre os séculos XVI e XVII de Tezcatlipoca, o deus asteca-mizteca da profecia. Por meio de um "espelho de cristal", ele conseguia vislumbrar eventos futuros.

Todos esses povos muito diferentes, separados por grandes distâncias e muitos séculos, nunca se conheceram. No entanto, compartilhavam relatos comuns de uma inundação associada a uma "pedra de fogo" descrita, apesar da completa dissimilaridade de suas línguas, por palavras de mesmo valor: *tuuk*, *napa-tu*, *tava*, *tua*, *tuoh*, *tsohar* – variantes cultural-linguísticas do Tuaoi mencionado por Edgar Cayce.

Tais cognatos provocantes não foram as únicas evidências que seus investigadores começaram a encontrar. Voltando-se para a herança folclórica de outras culturas possivelmente influenciadas por sobreviventes atlantes, eles se surpreenderam ao saber que os cristais poderosos muitas vezes figuravam como elementos de histórias em tradições antigas, embora duradouras, de um grande dilúvio. Os índios das planícies da América do Norte, os pima contam como o heroico progenitor de sua tribo, o Doutor do Sul, "segurava cristais mágicos em sua mão esquerda", enquanto guiava os sobreviventes de um dilúvio cataclísmico com segurança para a nova terra. Curiosamente, a mão esquerda é, hoje em dia, considerada por religiosos como a posição receptiva, o que funcionou bem para o Doutor do Sul, enquanto orava ao Grande Espírito pela salvação diante das águas da destruição.

CRISTAIS LEMURIANOS

O tema cristal não está excluído das tradições da outra civilização submersa, Lemúria. Ele era comemorado na "Terra do Mistério" – também conhecida como a "Terra da Perfeição", como é lembrada em toda a Austrália indígena, que entrou na esfera de influência lemuriana. Como imaginada no mito australoide, era uma cidade enorme cercada por quatro paredões, com o exterior coberto inteiramente por quartzo branco. A Terra do Mistério era descrita como montanhosa, vulcânica e luxuriante no crescimento de plantas, e nela se destacavam grandes edifícios de cúpulas e pináculos – mesmo que a arquitetura fosse desconhecida por esse povo até os tempos modernos. Curiosamente, as "cúpulas e pináculos" da Terra da Perfeição são as mesmas características descritas pelo coronel James Churchward em seu livro *A Civilização Perdida de Mu*, e apresentadas em Okinawa numa tábua de pedra com inscrições, que se acreditava ilustrar várias estruturas lemurianas.

Na entrada para a cidade, havia um par de cristais em forma de cone com 60 metros de altura e 200 metros de diâmetro na base. Uma grande serpente se enrolava em cada cristal, outro tema semelhante ao caduceu que Churchward identificou como lemuriano. (Nos mitos da Suméria, Egito, Grécia e muitas outras culturas, o caduceu era um cajado entrelaçado por um par de cobras, antigo emblema de regeneração ainda reconhecido como símbolo da cura médica em todo o mundo.) Mas, certo dia, uma grande tempestade "elevou a água do oceano com uma força tremenda e a empurrou contra a parede da Terra da Perfeição".

Em 1999, mergulhadores descobriram quatro torres de pedra no fundo do Oceano Pacífico, perto da ilha japonesa de Okinoshima, de frente para o

Estreito da Coreia. O exterior de uma das estruturas está entrelaçado com uma escada em espiral como uma imensa serpente subindo de baixo para cima.

A pedra *Tuaoi*, ou, de qualquer forma, uma tecnologia de cristal semelhante, também pode ter sido compartilhada em Mu. Cerve, em seu estudo clássico sobre Lemúria, parece quase traçar um paralelo com a descrição de Cayce da "pedra de fogo" atlante, quando escreve:

> ... parece ter havido outra pedra com algum tipo de repulsão magnética, irradiando uma energia usada para girar rodas com grandes pedaços de ferro ou metal semelhante presos em suas superfícies. A luz também era produzida em casas ou recintos por meio de alguma pedra ou mineral como os radioativos de hoje, mas que oferecia uma luz muito brilhante continuamente.

O Tuaoi, segundo Cayce, pode se relacionar a Ta-oo, palavra lemuriana, de acordo com Churchward, para a constelação Cruzeiro do Sul – "estrelas que trazem a água". Se assim for, Tuaoi, ou Ta-oo, pode ter sido um título que ambas as civilizações partilhavam por meio de uma tecnologia de cristal comum.

AS TRADIÇÕES CELTAS

Do outro lado do Oceano Atlântico, uma antiga tradição irlandesa conta a história de Eithne, uma deusa que foi confinada em uma "caverna de cristal" por Balor, rei dos gigantes formorianos, os primeiros habitantes da Irlanda. Com sua prisão, o mundo ficou cada vez mais escuro, frio e estéril. Ela e a Terra definhavam um ano no período de um dia, até que ela foi libertada por Lug, líder dos Tuatha Dé Danann, "Seguidores da Deusa Danu". Os deuses recompensaram o heroísmo de Lug com o segredo da vida eterna. Em todo aniversário de seu resgate, a noite mais longa do ano, ele voltava à caverna de cristal, onde se transformava numa cobra enrolada. Quando a luz do sol entrava, Lug se desenrolava e se levantava na forma de um jovem outra vez.

Essa lenda pré-celta da caverna de cristal aparentemente descreve o monte megalítico em New Grange, lembrado em gaélico como Am umagh Greine, o

"Templo do Sol". Milhares de pedras de quartzo branco compõem a fachada da estrutura. Situado no topo de uma colina com vista para o Vale Boyne, 28 quilômetros a noroeste de Dublin, New Grange é um observatório sagrado de 5.200 anos. Uma "caixa" sobre sua entrada foi alinhada para permitir a entrada de um feixe de luz de 20 metros em sua câmara mais interna, onde uma tripla espiral foi gravada na parede oposta. É iluminado apenas uma vez por ano, durante o nascer do sol do solstício de inverno.

O aprisionamento de Eithne, semelhante a Perséfone, com consequências frias para o mundo, e sua libertação por Lug (cujo nome significa "luz") são representações poéticas de eventos reais que ainda ocorrem em New Grange a cada solstício de inverno. Até mesmo o renascimento serpentino do herói a cada ano se materializa no projeto em espiral esculpido e iluminado a cada nascer do sol após a noite mais longa do ano.

Ou seja, a validação dessa antiga tradição é a confirmação do insuspeito poder do mito de preservar grandes verdades em metáfora, até mesmo para a caverna de cristal de Eithne, uma referência à fachada de quartzo do monte. Seus construtores deviam ter sido os formorianos, que chegaram à Irlanda de uma ilha distante conhecida como Lochlann. A semelhança entre a irlandesa Lochlann e a grega Atlantis é mais do que filológica, pois ambas teriam desaparecido no fundo do mar. E Atlas, a figura grega de quem a ilha de Atlântida derivou seu nome, era, assim como o rei formoriano Balor, um titã. A data inicial de New Grange, sua construção circular, orientação solar sofisticada e tradição mítica apontam para origens atlantes.

A ligação em relação aos cristais de Atlântida por meio da lenda irlandesa é levada adiante por outro herói pré-celta, Maildune. Seu relato de uma cidade insular no meio do Atlântico é semelhante à descrição de Platão, incluindo a configuração circular da capital em muralhas concêntricas. Mas a menor parede interna que cercava o templo dedicado a Poseidon, o deus do mar, era decorada com cristal.

Em um poema épico galês que sugere as origens da Idade do Bronze, *Preiddeu Annwn*, ou os "Despojos de Annwn", o Rei Arthur e seus homens escapam de uma ilha que afunda rapidamente no meio do Atlântico. Sua capital era a magnífica Caer Wydyr, a "Fortaleza de Vidro". Nênio, um cronista do século XII, descreveu em sua *Historia Brittonum* uma cidade esplêndida, a capital de um antigo império marítimo, há muito tempo engolida pelo oceano em decorrência das más práticas de seus habitantes não arrependidos. Ele chamou a cidade de Turris Vitrea, a "Torre de Vidro", lembrando a descrição de Edgar Cayce do edifício especial em que o cristal Tuaoi era mantido.

Mais de mil anos antes de Nênio, sacerdotes druidas disseram a Júlio César que os gauleses acreditavam que seus ancestrais foram para o continente europeu vindos das Torres da Ilha de Vidro. Elas teriam, muito tempo atrás, sido imersas no Oceano Atlântico, longe da costa ibérica. O lendário desembarque dos sobreviventes foi feito em Oporto, que os romanos posteriormente chamaram de "Porto dos Gauleses", ou Portus Galle, de onde Portugal derivou seu nome. Ao longo de suas leituras da vida, Cayce se referia aos cristais como "vidro lapidado", "pedra branca", "vidro facetado", etc. Da mesma forma, as descrições celtas para estruturas de "vidro" eram interpretações poéticas para cristal.

No início do século II d.C, Luciano de Samósata, escritor romano, em sua *Historia Vera*, a "Verdadeira História", descrevia uma ilha grande e civilizada que afundou no oceano "eras anteriores à nossa". Antes de desaparecer, uma de suas características marcantes era um "edifício de cristal".

O tema comum de um desastre atlante associado a cristais poderosos aparece em tradições míticas amplamente espalhadas na América do Norte e do Sul, nas Ilhas Britânicas, em Portugal e Roma. Elas apresentam evidências provocantes que apoiam a visão de Edgar Cayce sobre os atlantes, cuja grandeza material e espiritual foi alcançada por meio do domínio da tecnologia de um cristal. Como foi abusado, também foi um meio de destruição.

CAPÍTULO 6
A FACE DO CRÂNIO DE CRISTAL

> "A HISTÓRIA DESCONCERTANTE
> DO CRÂNIO DA CONDENAÇÃO,
> COMO FICOU CONHECIDO, É QUASE TÃO
> ESTRANHA QUANTO O PRÓPRIO OBJETO."
> BRIAN HOUGHTON, *A HISTÓRIA ESCONDIDA*

> "SE QUISERMOS ESPECULAR,
> PODERIA ESTE TER SIDO O ELO QUE
> FALTAVA PARA CONECTAR A HISTÓRIA
> DE UMA CIVILIZAÇÃO ANTERIOR DO TIPO
> ATLANTE COM EVENTOS CÓSMICOS QUE
> CAUSARAM SUA DESTRUIÇÃO?"
> LEHMAN HALSEY, *CRISTAIS E AS CHAVES DE ENOQUE*

Os cristais atlantes descritos nas memórias de mitos mundiais não eram objetos mágicos em si. Em vez disso, atuavam como poderosos amplificadores, aumentando, concentrando e direcionando a energia elétrica, bioelétrica, solar e outras formas de energia focadas neles. Sua eficácia dependia da contribuição que recebiam de um grupo de elite de cuidadores altamente treinados e motivados. Frank Dorland, principal cristalógrafo dos Estados Unidos até sua morte em 1997, demonstrou que:

> ... o cristal é um dispositivo eletrônico vantajoso,
> a primeira ferramenta de estado sólido do mundo,
> mas é a mente humana que controla o cristal. A mente é a fonte
> de alimentação, o cristal é o amplificador refletor. Ele [o intelecto
> humano] é o poder mais belo que existe; no entanto, quando dá
> errado, é o monstro mais repugnante e temível existente.

UM PODER PARA O BEM OU O MAL
É aí que reside o verdadeiro poder dos cristais – sua capacidade de ampliar a força que os seres humanos colocam neles, para o bem ou o mal. O Relatório de Acionistas do Segundo Trimestre da IBM (de 1989) ecoa a declaração de advertência de Dorland: "Um chip de 'memória de cristal' foi recentemente inventado por uma empresa alemã e contém mais de quatro milhões de bits de informação".

O laser é um resultado moderno da tecnologia de cristal, como explica a revista *Physical Review* em termos quase atlantes:

> *A amplificação é alcançada armazenando energia em um pequeno cristal isolante de propriedades magnéticas especiais. A liberação de energia é desencadeada por um sinal incidente, de modo que o cristal transmite mais energia do que recebe.*

Os cristais de Atlântida eram em si amorais. Nas mãos de iniciados responsáveis, eram repositórios de informações importantes, ferramentas de sobrevivência para a cura, conversores de forças destrutivas em energias produtivas. Assim, também, nos tempos modernos, o laser pode estar no centro das situações de vida ou morte. Nas mãos de um cirurgião dedicado, representou um maravilhoso instrumento curativo. Mas, para os militares, já foi um canhão de laser para o chamado programa "Star Wars" do governo americano.

A DESCOBERTA DO CRÂNIO DE CRISTAL
Certamente, o mineral mais extraordinário é o famoso Crânio de Cristal, descoberto em circunstâncias ainda consideradas polêmicas.

Em uma manhã quente em 1926, Anna Mitchell-Hedges vasculhava as ruínas da selva de um templo perdido. Ela estava visitando as Honduras Britânicas (atual Belize) com seu pai adotivo. Aventureiro, explorador e guia turístico, F. A. "Mike" Mitchell-Hedges estava envolvido na escavação de Lubaantun, "Lugar das Pedras Caídas", como era conhecido pelos índios lacadonianos que trabalhavam no local. Cerca de 1.200 anos atrás, esse centro cerimonial clássico de pirâmides e palácios atípicos feitos de pedras em forma de tijolo sustentava uma grande população maia com um florescente sistema de mercado regional.

Mike tinha matriculado Anna em uma escola de ensino médio exclusiva de Nova York e, no semestre que coincidia com seu aniversário de 17 anos, enviou a ela passagens de transatlântico com um convite para acompanhá-lo em Lubaantun. Foi lá que ela de repente vislumbrou algo brilhando entre os blocos antigos: o que parecia ser um altar derrubado por mais de dez séculos de crescimento da floresta e terremotos. Ela correu de volta para seu pai, que estava tomando café da manhã em uma mesa improvisada na frente das barracas de expedição com o Dr. Thomas Gann, arqueólogo encarregado das escavações.

"Papai, tem um tesouro nas ruínas! Eu vi algo brilhando!" Mike sorriu. Fosse o que fosse, poderia esperar até que terminassem de comer. Por fim, os dois ingleses se mexeram e seguiram a adolescente impaciente de volta à selva com alguns trabalhadores nativos.

"Ali!", ela apontou com animação, e os índios começaram a remover com cuidado as pilhas de pedras desmoronadas. Mal tinham começado a limpar os escombros quando Anna correu na frente deles, enfiou a mão embaixo de alguns blocos derrubados e tirou uma grande e reluzente joia. Aproximando-se de seu pai e do Dr. Gann com a pedra preciosa em mãos, ela viu os ajudantes de olhos arregalados caírem abruptamente no chão e cobrirem suas cabeças com os braços. Mais alguns passos e ela estava diante de seu pai com a reprodução realista de um crânio humano em cristal de quartzo claro. Só faltava o maxilar inferior.

Como ela relatou décadas depois, "deparei com o crânio enterrado sob o altar, mas só três meses depois a mandíbula foi encontrada, a cerca de 8 metros de distância".

Mas Anna de fato encontrou o crânio, como ela disse? Embora supostamente tenha chamado atenção do público pela primeira vez nas Honduras Britânicas, parece duvidoso que a Caveira de Cristal tenha se originado lá. Nada em Lubaantun conecta a cultura clássica da cidade com imagens cranianas ou lunares. Nenhum tema de caveira aparece no local, nem o centro cerimonial apresenta qualquer simbolismo referente à divindade que a representa, a deusa da lua, Ixchel. Mike Mitchell-Hedges pode ter descoberto o Crânio de Cristal em Isla Mujeres ou Cozumel, duas ilhas ao extremo leste da península de Iucatã, no México.

UM LOCAL MAIS PROVÁVEL

Conquistadores espanhóis no século XVI batizaram a desabitada Isla Mujeres ("Ilha das Mulheres") por causa de suas inúmeras estátuas, todas retratando a mesma mulher. No extremo sul da ilha, encontraram um pequeno santuário de pedra para Ixchel. Cozumel, a ilha maior, apresentava muitos templos para essa deusa da lua, venerada pelos maias como o principal refúgio sagrado de seu culto.

Mas, na década de 1920, o Iucatã estava envolvido em uma guerra pela independência do México, e as autoridades britânicas alertaram Mitchell-Hedges para ficar fora da área. Se fosse para Iucatã, qualquer artefato que encontrasse lá seria confiscado, seu passaporte seria apreendido e ele, deportado para a Inglaterra. Porém, como cidadão da Coroa, tudo o que encontrasse na Honduras colonial poderia ser guardado com ele.

Apesar dessas advertências oficiais, Mitchell-Hedges arriscou-se em segredo a navegar para Isla Mujeres e Cozumel depois de ouvir contos nativos sobre os "tesouros de ouro" das ilhas. É improvável que tenha encontrado ouro lá, mas pode ter voltado para Honduras com o Crânio de Cristal em sua posse. Voltando a Lubaantun, ele a escondeu num local acessível entre as ruínas para que sua filha o encontrasse como surpresa em seu aniversário. O artefato agora pertencia a ele, tendo sido convenientemente "encontrado" em território britânico. O próprio Mike sugeriu esse possível cenário para a descoberta real do Crânio de Cristal quando escreveu: "Como ele chegou à minha posse, tenho motivos para não revelar".

Esse "motivo" continuou a ressurgir de tempos em tempos com "pedidos" de autoridades estrangeiras para a devolução do artefato furtado. Pelo menos até meados da década de 1990, agentes do governo do México e de Belize apareciam na casa canadense de Anna Mitchell-Hedges, exigindo seu retorno. A

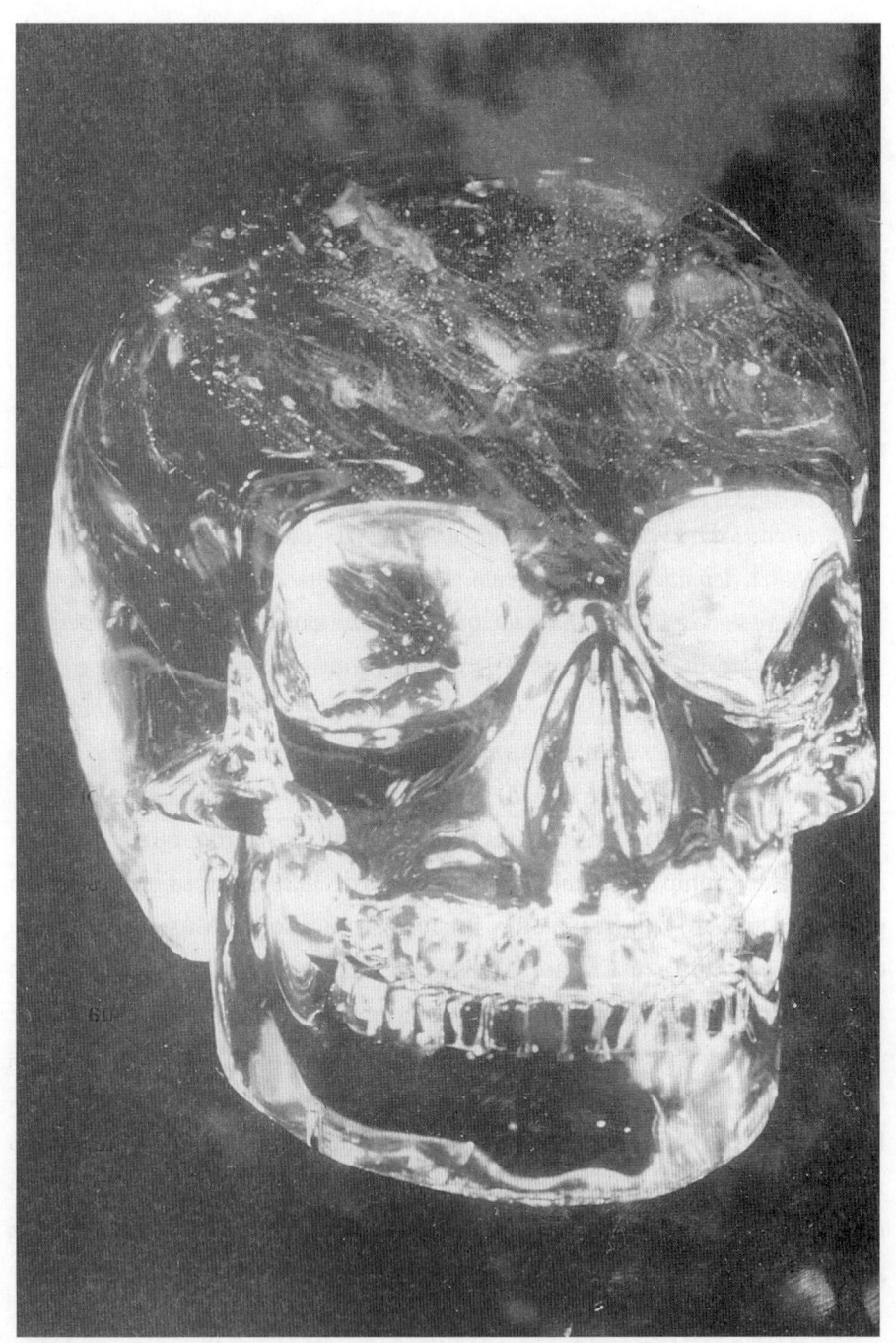

O Crânio de Cristal seria mesmo de Atlântida, onde dizem que a tecnologia de silício atingiu níveis de desenvolvimento ainda não alcançados por nós? Para os maias, simbolizava Ixchel, a portadora da cultura de um reino submerso de grande sabedoria.

velha mal-humorada sempre batia a porta na cara deles sem dar explicações. Quando ela faleceu aos 100 anos de idade em março de 2007, poucos investigadores acreditavam em sua versão da descoberta do artefato.

PROVENIÊNCIA DUVIDOSA

Um notável anomalista, Mark Chorvinsky, pesquisou o Crânio de Cristal por mais de dez anos e concluiu que a versão dos eventos de Anna Mitchell-Hedges era totalmente falaciosa. Após sua morte em 2005, o site da Wikipedia o descrevia como:

> ...um cético no verdadeiro sentido da palavra – de mente aberta, determinado a defender nem um sistema de crenças que dizia que um fenômeno deve ser verdadeiro, nem um que dizia que deveria ser falso – e cujo único interesse era ir a fundo nos mistérios que investigou – um dos principais investigadores de fenômenos estranhos, que muitas vezes reunia recursos com uma rede de amigos e associados em todo o mundo.

Como afirmou Chorvinsky, suas investigações mostraram que a primeira referência ao Crânio de Cristal foi em uma carta de 1933 do proprietário de uma galeria de arte em Londres, Sidney Burney, ao curador do Museu Americano de História Natural. "O Crânio de Cristal de rocha esteve durante vários anos na posse do colecionador de quem o comprei", explicou Burney, "e ele, por sua vez, o obteve de um inglês em cuja coleção também esteve por vários anos; mas, além disso, não pude ir." Ele não menciona Mitchell-Hedges ou as Honduras Britânicas. Em 1944, Burney colocou o Crânio de Cristal em leilão na Sotheby's, no qual representantes do Museu Britânico foram superados pela oferta de £400 de Mike Mitchell-Hedges, que apareceu pela primeira vez na história do objeto.

Qualquer que seja a história real de sua descoberta, Mitchell-Hedges acreditava que o Crânio de Cristal só poderia ter sido criado por uma sociedade tecnologicamente sofisticada muito à frente de tudo conhecido em toda a Mesoamérica. Em vista das próprias tradições maias de Itzamna – o deus

"Homem Branco" barbudo que chegou em Iucatã vindo de algum desastre natural no Oceano Atlântico –, ele concluiu que a obra-prima esculpida foi criada na América Central por refugiados do cataclismo que destruiu Atlântida. Ou pode ter sido criado na própria Atlântida, depois levado para um local seguro no México como uma herança sagrada.

Seus colegas, no entanto, estavam menos convencidos de sua autenticidade, atlante ou não. Preferiram ignorar o Crânio de Cristal, e nenhum profissional com formação universitária se atreveu a comentar sobre o suposto artefato, a não ser se fosse para difamá-lo. Apenas o consideraram como "muito bem feito" para algo que um povo pré-colombiano fosse capaz de produzir, enquanto suas origens hipotéticas em Atlântida eram consideradas indignas de discussão séria. Mais provavelmente, acreditavam que o Crânio de Cristal fora obtido nos dias caóticos da Alemanha ou Áustria pós-Primeira Guerra Mundial, onde artesãos locais eram conhecidos por sua habilidade em esculpir cristal; e onde tal objeto poderia ser obtido por relativamente pouco dinheiro, dadas as extremas dificuldades da época.

EXAME CIENTÍFICO

Com a morte de Mitchell-Hedges em 1959, o Crânio de Cristal passou para sua filha adotiva, Anna, a suposta descobridora. Em 1964, ela o confiou a Frank Dorland, um importante conservador de arte em Los Ossos, na Califórnia, para um longo período de estudo. A partir de indicações dele, o Crânio de Cristal foi estudado por pesquisadores dos laboratórios da Hewlett Packard, em Santa Clara, na Califórnia, em novembro de 1970. Primeiro, ele foi submerso em um tanque de álcool benzílico para visualização com luz polarizada na esperança de revelar algo sobre suas propriedades cristalinas. Mas o que os pesquisadores viram foi mais surpreendente do que esperavam: a mandíbula encontrada separada fazia parte e era conectada ao restante do objeto. No entanto, o crânio havia sido cortado com uma precisão tão infinita que nenhuma ferramenta conhecida poderia replicar o trabalho. Na escala de dureza mineral Mohs, o cristal foi avaliado em 8, de um total de 10, digno de um diamante. Dorland expressou o espanto de seus colegas quando escreveu: "Cortar o maxilar junto com o crânio e esculpi-lo seria muitas vezes mais difícil do que simplesmente esculpir um maxilar separado de outro pedaço de cristal".

Os examinadores da Hewlett Packard concluíram que, dado seu tamanho e o nível incomparavelmente habilidoso de sua execução, nada de qualidade relativa poderia ser criado hoje. Em outras palavras, alguma tecnologia superior perdida foi responsável pelo trabalho esculpido. A crença de F. A. Mitchell-Hedges da origem do objeto em Atlântida começava a parecer menos fantástica.

Na década de 1970, o Crânio de Cristal ganhou fama internacional por meio de uma série de documentários de televisão que, por sua vez, geraram um crescente interesse popular desde então. Gerações inteiras de investigadores amadores levantaram questões tão intrigantes quanto sem resposta. Como o objeto foi criado? Quanto tempo durou esse trabalho? Qual a idade dele? Foi produzido por alguma civilização antiga? Os maias o esculpiram? Se não, quem? Dorland pensava que sabia como tinha sido feito:

> *Acredito que o Crânio de Cristal foi lascado à mão a partir de um único pedaço maciço de cristal de quartzo que originalmente pesava 9,072 kg [contra seu peso atual de 5 kg e 198,45 g].*

De fato, a investigação microscópica do crânio revela tênues marcas de colher quase inteiramente polidas com uma solução arenosa aplicada pelo artista. Mas essas marcas estão confinadas apenas às porções superiores do crânio. Elas não aparecem abaixo da linha dos olhos e orelhas. Além disso, a mandíbula é tão translúcida que quaisquer marcas seriam aparentes. De fato, a mandíbula é o verdadeiro destaque da obra-prima por conta de seu realismo anatômico. Como seu criador pôde tornar tal realismo fluido em um meio tão duro e quebradiço não foi explicado de forma satisfatória.

Cristais derretidos e colocados em um molde com as características inversas do crânio não teriam funcionado, porque o cristal se torna opaco ao derreter. No entanto, a transferência de cristal liquefeito ou fundido a partir de uma fonte vulcânica diretamente para tal molde poderia ter sido bem-sucedida.

A determinação de Dorland de que o cristal veio do condado de Calaveras, na Califórnia, parece confirmada. Os depósitos contêm inclusões de proclorito vermicular idênticas às observadas no crânio de Mitchell-Hedges. Mas como a obra de arte foi criada, permanece algo desconhecido. Muito menos conseguimos saber a idade do crânio. Embora a formação do cristal possa ser datada, sua escultura não.

A avaliação científica do Crânio de Cristal mostra que mede 23,76–75,28 centímetros de largura, 33,02–40,64 centímetros de altura e 18,38–20,32 centímetros de comprimento. Essas medidas realistas sugeriam que o crânio fora modelado a partir de um original humano. Desde sua descoberta, céticos argumentam que o Crânio de Cristal é criação moderna de lapidadores da Europa Central ou mesmo do Sudeste Asiático, apesar da Hewlett Packard concluir que não poderia ser reproduzido atualmente.

UMA RECONSTRUÇÃO FACIAL

Talvez sua autenticidade pudesse ser confirmada se especialistas forenses determinassem que o objeto não é apenas uma representação artística geral da anatomia humana, mas modelado a partir dos restos cranianos de um homem ou mulher real. Se isso pudesse ser verificado, eles poderiam recriar o rosto do indivíduo que originalmente cobria o crânio e a partir do qual a escultura de cristal foi esculpida. No início da década de 1980, a especialidade em reconstrução forense atingiu altos níveis de precisão. Por isso, é atualmente aceita e importante em investigações criminais de departamentos de polícia em todo o mundo.

Assim, intrigados com as possibilidades de aplicar tal metodologia para determinar a autenticidade arqueológica do Crânio de Cristal, pesquisadores americanos consultaram o Departamento de Antropologia do Field Museum de Chicago e foram encaminhados ao Dr. Clyde C. Snow. Mencionada na publicação *American Men and Women of Science* desde o início dos anos 1960, a associação do Dr. Snow com a Fundação de Ciências Forenses e a Academia Americana de Ciências Forenses tem sido ilustre. Na primavera de 1986, Frank Dorland apresentou um molde de gesso que ele fez do Crânio de Cristal. Essa reprodução fiel foi levada ao Gabinete Médico Legal do Condado de Cook, em Chicago, onde o Dr. Snow e o legista chefe da cidade Dr. Irwin Kirshner puderam examiná-lo pela primeira vez em março de 1983. Impressionados com a precisão geral de seus detalhes anatômicos, eles conseguiram determinar que a escultura não era uma representação artística, mas a renderização soberbamente (até incrivelmente)fiel de um crânio humano individual real. Eles concordaram que pertencia a uma jovem no final da adolescência ou início dos 20 anos; baixa estatura, com traços ameríndios. A faixa etária – de 17 a 23 anos – foi determinada pelo grau de desgaste (transferido para a obra com fidelidade!) indicado nos últimos molares. O cristal esculpido não era um composto de vários crânios; seus elementos cranianos estavam intimamente relacionados entre si.

Examinando a dentição, o Dr. Snow ficou surpreso ao observar que os molares, pré-molares, caninos e incisivos foram reproduzidos com precisão, até o anverso dos incisivos em forma de pá, um detalhe difícil de ser notado, mas incrivelmente renderizado no cristal duro. Na face oclusal do lado esquerdo da mandíbula, o primeiro molar apresentava um X na face; em um ser humano, é marcado com um sinal de mais (+). Causou estranheza que suturas localizadas no topo da cabeça estavam ausentes. Mas a maioria de seus detalhes anatômicos era exata. Por exemplo, suas órbitas oculares não são idênticas e estão ligeiramente deslocadas, como ocorre nas órbitas oculares de um crânio humano real. Como observou a investigadora do Crânio de Cristal, Alice Bryant: "Tem o caráter de um estudo anatômico feito em uma era científica". De fato, exibia uma autenticidade médica. Como tantos detalhes desnecessários, quase imperceptíveis, foram incluídos em uma mera "obra de arte", é algo extraordinário.

Com a avaliação do Dr. Snow em mãos, os investigadores contataram Peggy C. Caldwell, antropóloga forense consultora do Gabinete Médico Legal, na cidade de Nova York. Colaboradora do Departamento de Antropologia do Museu Smithsoniano de História Natural, a Dra. Caldwell estava entre os principais pesquisadores dos Estados Unidos em osteologia humana. Ela trabalhou com o detetive Frank J. Domingo (Unidade de Composição Artística, do Comando de Impressão Latente do Departamento de Polícia da Cidade de Nova York), cujo esboço a lápis foi o resultado meticuloso de seus dados forenses. Seu retrato do objeto foi determinado pelos detalhes anatômicos fornecidos por Snow e Caldwell.

Domingo tentou recriar o rosto perdido do mesmo modo que o rosto de qualquer vítima de assassinato. Sua ilustração vívida revelou o rosto de uma mulher americana nativa, embora traços de alguns elementos desconhecidos sejam aparentes. Ela sugere ascendência mista, com traços ameríndios dominantes. Mais significativamente, a reconstrução forense estabeleceu que o cristal esculpido foi, de fato, modelado de forma muito parecida com o único crânio humano de uma mulher (predominantemente) ameríndia. Isso tornaria mais lógica a identificação com a deusa maia da lua, Ixchel. Parece provável que o Crânio de Cristal tenha sido feito na Mesoamérica durante os tempos pré-colombianos para representar essa divindade lunar de poder psíquico e de profecia. Depois de séculos inimagináveis desde a sua criação, o rosto do Crânio de Cristal reapareceu.

OUTROS CRÂNIOS DE CRISTAL

Pelo menos quatro outros crânios de cristal, todos supostamente antigos, são conhecidos. O famoso Museu da Humanidade de Londres conseguiu uma versão grosseiramente executada de um crânio de cristal em 1898. Menos de 100 anos depois, os examinadores descobriram que ele mostrava evidências inconfundíveis de marcas de ferramentas modernas. A partir delas, especialistas determinaram que o crânio do Museu Britânico foi esculpido na época em que foi vendido, no final do século XIX.

No não menos prestigioso Musée de l'Homme, no Palais de Chaillot, em Paris, está exposto um crânio de cristal menor. Medindo cerca de 13 centímetros de altura, pesa 1,866 quilo e 240,97 gramas. Um cartão impresso sob o crânio de cristal diz em francês: "Civilização asteca, provavelmente do século XV. A cabeça em quartzo polido representa o deus da morte." Seu acabamento de má qualidade combina com o da falsificação do Museu da Humanidade britânico, mas parece, pelo menos, ser um artefato mesoamericano.

O detetive Frank Domingo, artista forense do Departamento de Polícia de Nova York, é responsável por essa recriação da face original do Crânio de Cristal, com base em dados anatômicos notavelmente esculpidos no objeto.

Um crânio de cristal pequeno do início do século XVIII ou final do XVII, de propriedade privada e bem mais habilmente criado na Cidade do México, também considerado pré-colombiano, foi mostrado pelas autoridades do Museu Britânico, vindo de uma cultura colonial espanhola. Talvez o crânio de cristal executado de modo mais grosseiro seja o exibido em encontros ocasionais da New Era nos Estados Unidos, e referido pelos seus proprietários texanos como "Max". Embora pareça ser o exemplar mais moderno de seu tipo, os resultados de testes obtidos no início dos anos 1990 por investigadores do Museu Britânico nunca foram divulgados. O que eles descobriram sobre "Max" e não estavam dispostos a compartilhar com o público?

O CRÂNIO DE CRISTAL É PRÉ-COLUMBIANO?

De todos os crânios de cristal conhecidos, apenas o exemplar de Mitchell-Hedges parece ser de fato pré-colombiano. Mas por que algum artista se deu ao trabalho de renderizar detalhes cranianos incrivelmente precisos e aparentemente desnecessários em um mineral tão difícil de trabalhar? Algo tanto sobre a autenticidade quanto o propósito do Crânio de Cristal pode ser discernido de suas únicas características irreais.

Entre as poucas exceções à sua precisão anatômica, estão pequenos orifícios imperceptíveis: um par encontrado na parte inferior da mandíbula e mais dois perfurados perto de cada cavidade da orelha, precisamente no centro de gravidade do objeto. Se fossem inseridas hastes nesses orifícios, a obra de arte poderia ser feita para balançar para frente e para trás, enquanto o maxilar articulado se moveria para cima e para baixo, como se estivesse falando. Em 1993, William Wild, um profissional gemologista e mesoamericanista, determinou que os buracos não evidenciavam marcas de ferramentas modernas, mas foram criados por varetas de madeira endurecidas ao fogo, uma técnica usada pelos maias e até mesmo por joalheiros olmecas anteriores que trabalhavam com pedras preciosas, sobretudo jade.

As conclusões da observação especializada de Wild apoiam uma proveniência pré-colombiana do Crânio de Cristal. As perfurações sugerem que foi usado como um dispositivo religioso, talvez como um oráculo para a divindade que deveria representar. Isolado no interior escuro de seu santuário, iluminado apenas por uma única chama de vela em Isla Mujeres ou Cozumel, uma mão com luvas pretas de um padre poderia fácil e sorrateiramente manipular esse deus *ex machina* religioso girando varetas, com a mandíbula movendo-se para cima e para baixo como o boneco de um ventríloquo, com uma voz desencarnada parecendo proferir prognósticos, porém emanada por um assistente oculto.

Mas e o crânio real, cuja representação foi tão bem feita por um artista pré-histórico? Pode ter pertencido a algum seguidor importante de Ixchel, talvez sua alta sacerdotisa, ou mesmo a fundadora do culto. Ou pode ter sido originado de um sacrifício muito significativo. De qualquer forma, o crânio provavelmente foi removido após a morte e venerado até começar a se deteriorar. Para preservar tal relíquia sagrada para sempre, seus detalhes foram esculpidos em cristal.

O processo de "simpatia mágica" – em que o poder espiritual de uma relíquia é transferido para um objeto simulado – é universalmente antigo. No Cristianismo, acredita-se que os crucifixos abençoados por um sacerdote estejam imbuídos de alguma essência ou potência espiritual da cruz real sobre a qual Jesus morreu. O mesmo princípio pode ter surgido entre o Crânio de Cristal e seu original humano. Mas e o evocativo retrato reconstruído? Quem era aquela jovem? Como explicar o que alguns observadores veem como um misto de raças em suas características faciais? Se ela era genuinamente pré-colombiana, quem seria responsável por tal mistura?

Apesar de décadas de testes e pesquisas, o Crânio de Cristal continua gerando mais perguntas do que respostas.

UM SÍMBOLO DE PODER PSÍQUICO

O Crânio de Cristal pode, de fato, ser um símbolo para a representação de algo físico – o poder psíquico da mente. Nesse contexto, é importante entender que a religião e a ciência de Atlântida eram o que hoje chamamos de "oculto", embora de um grau tão refinado e sofisticado que faz nossa "Nova Era" parecer crua e rudimentar. Atlas, o titã que deu nome à cidade de Atlântida, era, afinal, o fundador mítico da astrologia, o Sustentador dos Céus. Como a principal figura do culto em Atlântida, personificava todos os poderes sobrenaturais inerentes ao potencial humano.

As classes intelectuais da sociedade atlante se dedicaram a cultivar esses poderes ao longo de muitas gerações como um dever religioso. Essa dedicação antiga às disciplinas espirituais resultou em abundância de conhecimento sobre a alma e a mente que estamos apenas começando a apreciar nos dias de hoje. Sem dúvida, esses atlantes psiquicamente proficientes tinham poderes, tecnológicos ou não, que pareceriam "mágicos" em nosso tempo.

O Crânio de Cristal, como acreditava F. A. Mitchell-Hedges, é uma daquelas pedras poderosas da Atlântida perdida? Pelo menos parece simbolizar em si mesmo seu próprio propósito; ou seja, a capacidade ampliada da mente para alcançar o poder limitado apenas pela imaginação humana. E, em nenhum outro lugar, a mente atingiu dimensões tão amplas de poder como em Atlântida. Tudo o que os atlantes sabiam e faziam pode estar dentro da memória cristalina do Crânio de Cristal, como os quatro milhões de bits de informação armazenados no "chip de memória" cristalino da IBM.

A identidade atlante do Crânio de Cristal é sugerida para além de especulações arqueológicas. Como símbolo de cultos, crânios humanos eram amplamente usados por todas as civilizações da América Central. Nas representações artísticas mesoamericanas de quadras de esportes, um crânio decapitado era retratado ao centro. Burr Cartwright Brundage, historiador americano do México pré-colombiano, estabeleceu que o *tlachtli*, um jogo com bolas sagrado dos astecas, era uma reencenação dos movimentos dos corpos celestes e uma recriação ritualística da batalha mística entre o dia e a noite; céu e inferno; o bem e o mal; e vida e morte – o sol (simbolizado pela bola de borracha) e a lua (o crânio).

A DEUSA DA LUA

A caveira era o símbolo particular da deusa da lua: Coyolxauhqui para os astecas; Ixchel para os primeiros maias. Seu mito, com sugestões de origens atlantes e o "poderoso e terrível cristal" de Cayce, lança luz considerável sobre o Crânio de Cristal, especialmente sobre seu significado para as pessoas que o criaram e veneraram.

O nome de Coyolxauhqui significa "Ela que é decorada com sinos tilintantes", referindo-se às estrelas que ela, como a lua, parecia conduzir no céu noturno. Em seu disfarce anterior como a Ixchel dos maias, ela era a "Dama Branca", também refletindo sua identidade lunar. Em uma era antediluviana, conforme seu mito, ela se envolveu em uma terrível luta com o Guerreiro Beija-flor, Huitzlopochtli. Ele a decapitou, depois colocou sua cabeça decepada no topo de uma montanha sagrada em uma ilha no Mar do Nascer do Sol (o Oceano Atlântico). Lá, ela previu eventos futuros para homens e deuses. Os construtores astecas de sua capital imperial, Tenochtitlán, consagravam sua história na pirâmide montanhosa do Guerreiro Beija-flor, que representava o cume original ocupado pela cabeça que fazia previsões. No topo de sua monumental escadaria, havia uma cabeça de pedra executada em granito claro. Era Coyolxauhqui, com seus olhos mortalmente fechados, e assistida por sacerdotes-astrólogos que, sob os auspícios da deusa lunar, predizia o futuro. C. W. Cooper, autoridade no significado de simbolismos, afirma: "Todas as deusas da lua são controladoras do destino".

Recordamos os orifícios do Crânio de Cristal perfurados em seu centro de gravidade como parte da provável função oracular do objeto. Ao sublinhar sua identificação com Coyolxauhqui-Ixchel, F. W. Armstrong, autor de *Homem, Mito e Magia*, aponta que "a lua também está associada ao cristal de rocha, que estimula a faculdade de clarividência". Nesse contexto, fica claro que o Crânio de Cristal era a materialização da lua, a cabeça decapitada da deusa lunar, considerada um dispositivo sublime de previsões e, portanto, o artefato mais sagrado da civilização mesoamericana.

RAINHAS DO CÉU E DEIDADES DECAPITADAS

Frank Dorland acreditava que o Crânio de Cristal pertencia à "Rainha do Céu", uma conclusão aparentemente confirmada pelas tradições asteca e maia. Curioso que essas mesmas associações mitológicas também podem ser encontradas do outro lado do Oceano Atlântico. No mundo romano, Juno (a Hera grega) era intitulada a "Rainha do Céu", e a pedra identificada com ela era o cristal de rocha. Antes, a Eset egípcia (mais lembrada por seu nome grego, Ísis) era venerada pelos romanos como "Regina Coeli". No grande santuário de Titoreia, seu festival era realizado todo equinócio de primavera e de outono, sugerindo a mesma dicotomia morte-renascimento que o Crânio de Cristal significava para os maias e astecas. Eles o identificaram com a lua, que parecia morrer à medida que sua sombra aumentava a cada noite, até que o processo se invertia e ficava cheia novamente. Esse aumento e diminuição dos ciclos lunares foi aplicado aos ciclos de vida na Terra, reafirmando o antigo conceito metafísico de "como acima, então abaixo".

Essas correspondências culturais sugerem uma linhagem muito antiga para o Crânio de Cristal, implicando em algum papel fundamental que ele possa ter desempenhado em um culto de mistério esotérico que antigamente tocou tanto o Velho quanto o Novo Mundos em tempos antediluvianos. De qualquer forma, é notável que Juno–Isis na Europa e Coyolxauhqui–Ixchel na América Central – todas divindades femininas para as quais o cristal era sagrado – estejam tematicamente ligadas a um artefato moldado à semelhança de um crânio de cristal. Alguns pesquisadores até apontaram para a semelhança filológica entre o egípcio "Isis" e o maia "Ixchel". Essa comparação toponímica parece fundamentada pela incrível semelhança de seus mitos em relação ao crânio sagrado.

Os egípcios contavam que Ísis foi decapitada por seu filho Hórus porque ela interferiu em sua batalha com os demônios da noite. Hórus era um deus do sol simbolizado pelo falcão, e a história de seu confronto com Ísis era conhecida desde o início da civilização dinástica no vale do Nilo. A lenda do Guerreiro Beija-flor também era associada ao primeiro dia da civilização asteca, quando ele fundou a capital original do império, Tenochitlán, local da atual Cidade do México. Ele era igualmente uma divindade solar cujo nagual, ou manifestação animal, era a águia, semelhante ao falcão de Hórus. Embora Coyolxauhqui fosse sua irmã (não sua mãe), ele a decapitou, assim como Hórus fez com Ísis, durante uma batalha contra os Centzanhuitzaua, demônios estrelados do céu noturno.

Se a correspondência detalhada entre esses mitos egípcios e astecas não pode ser descartada como mera coincidência cultural, o que sua semelhança pode implicar? O estado asteca não surgiu até o início do século XIV d.C, mais de 1.000 anos depois que o último egípcio fechou a porta da civilização faraônica. Mas os astecas eram a extensão máxima da cultura mesoamericana, com raízes contemporâneas ao Egito, aproximadamente 1500 a.C, quando os olmecas – a primeira civilização conhecida da América Central – floresceram no México. Talvez outra fonte externa tenha impactado separadamente o vale do Nilo e o México, levando o mesmo conceito lunar para os dois povos. Os estreitos paralelos entre esses dois mitos sugerem isso.

UM SÍMBOLO DIFUNDIDO

Esses paralelos não terminam aqui. Em todo o Velho Mundo, desde o subcontinente do Vale do Indo até a Ásia Menor da atual Turquia e o Peloponeso grego, além da Germânia e o oeste da Gália até a Península Ibérica e as Ilhas Britânicas, a suástica, ou cruz com gancho para a direita, era um símbolo universal para a lua. Um bom exemplo de sua identidade lunar pode ser encontrado no Museu Nacional de Milão, onde uma estátua de Ártemis, a deusa grega da lua, usa um vestido longo decorado com minúsculas suásticas. Há inúmeros outros artefatos que demonstram o simbolismo lunar das suásticas em uma dúzia de outras culturas europeias.

Curiosamente, um grande altar de pedra desenterrado nas escavações da Cidade do México na década de 1950 apresenta uma escultura em relevo de Coyolxauhqui com os braços e pernas quebrados e dobrados, formando uma cruz em gancho para a direita. A pedra é circular e bem clara, como a lua, e sua cabeça é mostrada decapitada, sugerindo o Crânio de Cristal desencarnado (que, de fato, aparece separadamente no mesmo disco de pedra). O fato de a suástica, símbolo de uma deusa da lua, aparecer nos dois lados do mundo numa época que, segundo historiadores convencionais, os homens não cruzavam os oceanos, é tão notável quanto mistificador.

MITOS UNIVERSAIS DO CRÂNIO

Tanto Ísis quanto Ixchel eram também deusas da cura. Coincidentemente, dizia-se que a antiga prática oculta ocidental (ainda em uso) de acender uma vela branca na forma de um crânio humano feminino ajudava a curar os doentes. Ademais, Ixchel era a deusa da profecia e do poder psíquico, ressaltando sua identificação com o Crânio de Cristal, que gerações de médiuns insistem ser o artefato paranormal mais potente do mundo.

De qualquer forma, o Crânio de Cristal da lua representa um alto conceito religioso compartilhado pelos povos de pelo menos dois continentes desde os tempos pré-históricos. Quaisquer que sejam as origens da descoberta de Mitchell-Hedges, um tema claramente atlante no mito do crânio pode ser traçado em ambos os lados do oceano. Ímer, o gigante da lenda nórdica, teve seu crânio transformado na abóbada do céu com estrelas do destino, enquanto seu sangue inundava o mundo. Sua história poderia ser uma metáfora poética para o fim da última Idade do Gelo, marcada pela súbita elevação do nível do mar, com a posterior inundação de ilhas e áreas costeiras no Atlântico Norte, um evento geológico mundial causado por grande derretimento glacial.

Um importante pesquisador francês (Andre Foex) conclui, a partir desse evento, que Atlântida não afundou, mas foi atingida pelas marés finais geradas pela mais recente Idade do Gelo da Terra, cerca de 12.000 anos atrás. Por ser um gigante do gelo, a morte de Ímer pode ser sinônimo do fim da Idade do Gelo personificada por ele, com as águas da enchente sendo seu "sangue" cobrindo o mundo. E seu crânio, como o de Ixchel, tornou-se um objeto celestial.

O grego Cronos tinha como símbolo a caveira, um detalhe convincente em vista de sua identificação com Atlântida: os romanos chamavam o oceano de Chronis Mare, o mar de Cronos. O mitógrafo grego Hesíodo localizou Cronos nas Ilhas Afortunadas de Hespérides, além dos Pilares de Héracles (o Estreito de Gibraltar), uma referência helenística à Atlântida. Cronos era o pai (na versão não platônica) de Atlas. Depois de renunciar à liderança da Gigantomaquia (guerra contra os deuses do Olimpo) para Atlas, Cronos invadiu o reino de Albião (irmão de Atlas e antigo nome da Grã-Bretanha), onde ainda sonha com o futuro em uma caverna dourada, ecoando assim o tema de divindade do crânio.

Mas é com a Ixchel dos maias que as implicações abertamente atlantes do Crânio de Cristal se tornam aparentes. Seu nome, como já mencionado, significa "Dama Branca", uma descrição adequada de sua identidade com a lua. Mas pode ter outro significado paralelo. Seu marido era Itzamna, o "Homem Branco", e os Itzas maias, que construíram a magnífica cidade cerimonial de Chichén Itzá no Iucatã, traçaram seu nome e sua descendência até ele. Considerados os fundadores da civilização mesoamericana, o casal chegou a Iucatã após um grande desastre natural no mar.

De sua pátria distante, trouxeram o conhecimento das estrelas, os segredos da escrita, a construção de pirâmides, um sistema de justiça, um novo panteão de deuses, os princípios de realeza, irrigação, planejamento urbano, agricultura, medicina, matemática, tecelagem – todas as características de uma sociedade avançada deixada para trás no oceano. De acordo com seu mito, o cataclismo do qual Ixchel e Itzamna fugiram foi uma terrível inundação causada pela própria "Dama Branca", através do poder de sua serpente celeste. Enfurecida pela ingratidão e ganância dos homens, ela os puniu com um dilúvio devastador que causou um fim dramático ao ciclo da vida numa era anterior. Com Ixchel, os aspectos atlantes do Crânio de Cristal são aparentes. Até mesmo sua "serpente do céu" está de acordo com as teorias sobre o fim de Atlântida, que descrevem a catástrofe como resultado do encontro súbito da Terra com um cometa. Ele bombardeou a superfície do nosso planeta, desencadeando consequências geológicas para a destruição final da ilha, segundo Platão. A "Dama Branca" e seu marido, o "Homem Branco", eram afinal portadores de cultura de uma civilização submersa.

O Crânio de Cristal, símbolo de Ixchel, pode representar a relíquia mais importante da Atlântida perdida. Certamente, nenhum outro objeto conhecido se assemelha mais com a pedra Tuaoi dessa civilização, o "poderoso e terrível cristal" descrito por Edgar Cayce como o principal instrumento da catástrofe atlante (veja no capítulo 12).

ONDE ESTÁ O CRÂNIO HOJE?

Depois que o Crânio de Cristal veio à tona, surgiu a especulação de que talvez se tratasse nada menos do que o Santo Graal. Tal atribuição não era tão absurda para pessoas familiarizadas com a literatura sobre o Graal. Relatos medievais desse objeto sagrado frequentemente o descreviam como uma pedra preciosa clara, às vezes uma "esmeralda", uma designação mais simbólica do que literal. Também assumiu a semelhança de um crânio de mulher, como descrito por Wolfram von Eschenbach em seu épico, *Parzifal* (1212 a.C). O Graal não foi invenção dele nem uma convenção cristã da Idade Média europeia, mas muito anterior a esse período. *Gral* era uma antiga palavra celta ou gaulesa para "poder"; ou seja, "poder supremo".

Cem anos após a morte de Eschenbach, os templários (a quem ele identificou como "Cavaleiros do Graal") foram acusados de adorar um crânio humano, ou sua réplica conhecida como Baphomet. Depois que o rei francês Filipe IV, o Belo, os criminalizou em nome dessa e de outras idolatrias, seus subordinados saquearam a sede dos templários em Paris em busca da caveira que, juntamente com o tesouro templário, nunca foi encontrada.

Diz a lenda que ambos foram levados de Paris, antes que autoridades reais os pegassem, e colocados num navio da esquadra dos templários. Seus navios, famosos por navegar por todo o mundo conhecido, certamente eram capazes de se aventurar por aí, em caso de emergência. Em vista dessa vantagem marítima, o tesouro dos cavaleiros templários e o cristal Baphomet poderiam ter escapado para o outro lado do mundo, longe do alcance de Filipe, o Belo, talvez para uma ilha na costa atlântica do México. Segundo especulações, o Santo Graal do Crânio de Cristal foi consagrado em Cozumel ou Isla Mujeres, onde sua aparência complementa o culto antigo dos neo-maias a Ixchel, a "Dama Branca", já simbolizada por um crânio humano.

Os templários se exilaram tão bem que sua linhagem foi absorvida em casamentos com índios nativos, cujos relatos míticos de povos de pele clara que chegaram pelo mar gerações antes dos espanhóis eram lembranças distorcidas de refugiados templários no início do México do século XIV.

Com o colapso da civilização mesoamericana pouco mais de cem anos depois, o Crânio de Cristal foi escondido, juntamente com todos os outros itens religiosos pré-cristãos anatematizados por padres e missionários cristãos, até a redescoberta fortuita em 1924 pela adolescente Anna Mitchell-Hedges nas Honduras Britânicas – ou, mais provavelmente, sua venda por um nativo desconhecido por uma fração do valor a um comprador de artefatos de

Relevo esculpido no Templo dos Guerreiros de Chichén Itzá retrata a deusa maia Ixchel derramando água de um vaso, significando o Grande Dilúvio que oprimiu sua terra natal atlante.

Londres na década de 1930. Dez anos depois, o objeto foi adquirido por F. A. Mitchell-Hedges, que o apresentou ao mundo.

Com a morte de sua filha, a única proprietária, o paradeiro e o futuro do Crânio de Cristal ficam em dúvida. Durante a primeira metade da década de 1940, ele esteve na gaveta de uma casa de leilões de Londres, onde ficou esquecido até que o pai adotivo de Anna comprou o artefato no fim da Segunda Guerra Mundial. Ao longo de sua vida, sempre que lhe perguntavam quais as provisões para sua guarda após sua morte, Anna Mitchell-Hedges invariavelmente dizia que o "Crânio de Cristal sempre cuida de si mesmo". Agora que ela morreu, só o tempo dirá.

CAPÍTULO 7
CIVILIZAÇÃO EGÍPCIA – UM HÍBRIDO ATLANTE

> "EU DEI UMA VOLTA PELOS
> RIACHOS EM SEKHRET-AARU."
>
> DO *LIVRO EGÍPCIO DOS MORTOS*, CAPÍTULO LXII

O vale do Nilo era originalmente habitado por uma população de baixa densidade de coletores e pescadores dispersos que viviam em pequenos grupos desconectados ao longo das margens do rio. Ali, moravam em pequenos aglomerados de cabanas de madeira de um cômodo. Seu modo de vida primitivo teve pouco desenvolvimento social ou qualquer outro tipo de desenvolvimento por dezenas de milhares de anos.

Então, em 3100 a.C, suas vidas tranquilas foram transformadas pela repentina introdução da construção de templos monumentais, geometria, topografia, trabalho organizado, unidades padronizadas de peso e medida, linguagem escrita, astronomia, irrigação maciça e obras de canais, uma religião codificada, metalurgia, governo estratificado, relações exteriores, construção naval, educação institucionalizada, agricultura, uma variedade de instrumentos musicais complexos, fabricação de ferramentas, medicina, escultura, pintura, tecelagem de linho, indústria de tingimento e cosméticos – tudo notoriamente associado à alta civilização do antigo Egito.

CRUZANDO O SAARA

Talvez a característica mais notável desse fenômeno histórico tenha sido sua aparente criação do nada, sua aparição abrupta contra um contexto de vácuo cultural. Por cerca de duzentos anos, estudiosos tentaram em vão entender o que havia transformado algumas comunidades atrasadas ao longo do rio Nilo em uma terra de pirâmides. Durante meados do século XX, arqueólogos começaram a procurar respostas além do Egito.

Em 1955, os primeiros testes de subsuperfície no Saara recuperaram amostras de núcleo que provaram que o deserto era fértil o suficiente para sustentar rebanhos de gado em 3000 a.C. Somente nas décadas seguintes o norte da África começou a perder sua batalha para a areia.

Quase simultaneamente a essas revelações geológicas, os pesquisadores descobriram a primeira evidência de um povo nômade que habitava o Saara e compartilhava inúmeros pontos em comum com a cultura dinástica do Egito. Esses habitantes ou viajantes civilizados do deserto parecem ter sido os ancestrais imediatos dos egípcios faraônicos, migrando para o leste no vale do Nilo a partir do caos sísmico de sua pátria atlante. Nenhuma pirâmide ainda foi descoberta no Saara, nem é provável que seja encontrada lá, porque os refugiados do cataclismo do final do quarto milênio a.C que assolou Atlântida provavelmente reconheceram que as condições de seca gradual eram cada vez mais inadequadas para habitação permanente. Durante o final do quarto milênio a.C, o deserto vencia a luta contra as planícies férteis, com um consequente declínio nos rebanhos de bisões e gado que antes vagavam por seus gramados.

Mas os atlantes que passavam por ali deixaram sua marca. Ilustrações em Jabbaren e Aouanrhet, pintadas com o mesmo vermelho ocre que os egípcios usavam nos murais em parede de templos, mostram mulheres usando coroas e cocares idênticos aos seus homólogos do Nilo. Meninas retratadas com características faciais egípcias e cabelos loiros em Tassili n'Ajjer, na província de Oran, na Líbia, usam vestes egípcias, incluindo tiaras Wadjet. Wadjet era uma deusa cobra, protetora do Baixo Nilo. As figuras retratam gestos de adoração (mãos com as palmas levantadas à maneira egípcia) diante de divindades com cabeças de animais geralmente representadas no vale do Nilo.

Os mais retratados são o leão, o falcão e a vaca, que ostenta um disco lunar entre seus chifres. Na religião egípcia, essas bestas eram Sekhmet, a deusa da destruição pelo fogo, associada pelos egípcios da vigésima dinastia ao desastre atlante; Heru (ou Hórus), o deus da realeza, personificando a alma real do Faraó; e Mehurt (ou Mehet-Weret). Esse trio compreendia um antigo conjunto no panteão egípcio, todos eles pré-dinásticos, e dizem ter chegado "do Ocidente". Curiosamente, o nome de Mehurt significa "o Grande Dilúvio".

Os pastores, como os arqueólogos passaram a se referir a esses atlantes em trânsito pelo Saara, praticavam a deformação de chifres de gado, um costume compartilhado apenas com os egípcios, e criavam animais ao longo do Alto Nilo. O próprio Egito dinástico teve início repentino com a chegada de (como o arqueólogo britânico pioneiro, W. B. Emery, definiu) uma "Raça Mestre" do oeste. Conhecidos como Semsu-Hr (os Seguidores de Hórus) e Mesentiu (os Arpoadores), eles vieram equipados com todas as características de uma civilização totalmente desenvolvida. Antes de sua importante chegada, o vale do Nilo era apenas povoado por tribos neolíticas de agricultores e oleiros simples que moravam em cabanas de barro nas margens do rio. Suas terras foram alteradas quase que da noite para o dia por todos os elementos de uma cultura que já havia testemunhado um longo período de desenvolvimento em outros lugares.

De acordo com o geógrafo grego do século I a.C Diodoro Sículo:

> *Os próprios egípcios eram estrangeiros que, em tempos muito remotos, se estabeleceram às margens do Nilo, trazendo junto a civilização de sua pátria, a arte da escrita e uma linguagem polida. Eles vieram da direção do sol poente e eram os mais antigos dos homens.*

A GRANDE PIRÂMIDE

A sociedade avançada que rapidamente se enraizou nas areias do Egito não era apenas uma civilização transplantada. Em vez disso, foi o resultado de culturas nativas se misturando com a mentalidade dos recém-chegados Seguidores de Hórus e dos Arpoadores. A característica marcante da civilização egípcia é a Grande Pirâmide de Gizé, há muito conhecida na tradição árabe como um "depósito de sabedoria do mundo antes do Dilúvio". Investigadores minuciosos da estupenda "Montanha de Rá" identificaram sua proveniência atlante. William Fix demonstra que suas câmaras internas eram locais para "ritos de passagem" e iniciação na religião misteriosa do renascimento da alma humana após a morte.

Alexander Braghine, entre os investigadores mais bem informados de Atlântida em meados do século XX, afirmou: "Na solução do problema da origem dos construtores das pirâmides, está escondida também a solução da origem da cultura egípcia e dos próprios egípcios." Ele teve apoio do famoso historiador francês Serge Hutin:

> Tudo parece indicar que as três pirâmides de Gizé – pois a Grande Pirâmide não é a única que deve ser considerada em nossa investigação – foram deixadas aos sacerdotes egípcios iniciados pelos primeiros civilizadores antediluvianos do Egito, os atlantes.

A Grande Pirâmide no Planalto de Gizé foi construída pelos moradores egípcios, que formavam a força de trabalho, em cooperação com os arquitetos atlantes, num esforço bem-sucedido de combinar politicamente os imigrantes do oeste com a população nativa por meio de um projeto de obras públicas. Hutin, pelo menos fundamentalmente, tem o apoio do eminente piramidologista Kurt Mendelssohn, que concluiu que o monumento foi erguido como um ato formador de Estado, exigindo a participação de toda a população para uma unificação nacional. Colocando essa construção no início da civilização dinástica, Mendelssohn acreditava que a conclusão dela coincidiu e de fato trouxe a criação do antigo Egito.

AS DIVINDADES DA PIRÂMIDE

Relatos árabes falavam de um rei pré-diluviano, Surid, que foi avisado do cataclismo que se aproximava e recebeu ordens para estabelecer a Grande Pirâmide como um "local para refúgio". Seu nome é pronunciado "Shu-rid". Shu, o equivalente egípcio de Atlas, também foi retratado como um homem que sustentava a esfera dos céus em seus ombros. Talvez o Surid árabe fosse, na verdade, o Shu egípcio, o mais atlante de todos os deuses. Os mesmos escritores árabes relataram que o grande arquiteto da Grande Pirâmide foi Thot, o deus egípcio da literatura e da ciência, patrono divino do aprendizado, guardião da sabedoria antiga. Ele foi equiparado pelos gregos e romanos com

CIVILIZAÇÃO EGÍPCIA – UM HÍBRIDO ATLANTE

Hermes e Mercúrio, respectivamente, e esses nomes são usados alternadamente junto com Thot em várias tradições, árabes e ocidentais, para descrever o engenheiro-chefe da Grande Pirâmide.

De todas as divindades associadas à estrutura astronômica ou espiritual, o Hermes egípcio é o mais atlante. Seu mito conta apenas que ele chegou ao delta do Nilo antes do início da civilização egípcia, levando junto de si um corpo de conhecimento preservado em "tábuas de esmeralda" de uma inundação que afogou sua terra natal no mar primitivo. Outros escritores contemporâneos descreveram o Egito como a "filha de Poseidon", o deus do mar criador de Atlântida.

A GRANDE ESFINGE

Monumento antropomórfico mais famoso da Terra, o primeiro nome conhecido da Grande Esfinge era Hu, ou "guardião". A palavra grega esfinge descreve vários elementos "ligados", referindo-se à cabeça humana sobre o corpo do leão. A erosão parece fixar sua criação em cerca de 7000 a.C, conclusão que tanto estudiosos convencionais quanto atlantologistas consideram preocupante; os primeiros se recusam a acreditar que ela seja anterior a 2600 a.C, enquanto muitos atlantologistas são incapazes de imaginar um oitavo milênio a.C em Atlântida – investigadores atlantes acham improvável que foram necessários 6.400 anos para se chegar ao Egito em 3100 a.C, após a destruição da terra natal por volta de 9500 a.C. Quem quer que tenha construído a Grande Esfinge, ela foi modificada em diversas ocasiões ao longo do tempo. A cabeça, por exemplo, é claramente dinástica e pode ter sido esculpida em torno do período atribuído a ela pela maioria dos egiptólogos. Sua face poderia ter pertencido ao faraó Quéfren, embora evidências sugiram que ele não construiu a Grande Esfinge, mas apenas a restaurou na sexta dinastia, quando já tinha séculos de existência. Mas não é mais possível determinar de quem é a cabeça ou o rosto original retratado após Quéfren ou retrabalhar em um autorretrato.

No início, o monumento se assemelhava a um leão agachado. Embora possa ou não ter sido construído por atlantes, eles provavelmente foram responsáveis por pelo menos uma de suas modificações, se não por sua concepção. Como leão, a Grande Esfinge significava a constelação de Leão, associada a chuvas fortes, até inundações. Por isso, sugere a imigração de atlantes depois que sua terra natal passou por extensos distúrbios geológicos (veja no capítulo 12) em 3100 a.C, quando levaram a civilização para o delta do Nilo. Curiosamente, o famoso zodíaco de Dendera pintado no teto de um templo do Novo Reino começa em Leão, no equinócio vernal de 9880 a.C. Embora esse ano seja milênios antes do início da civilização no Egito, coincide aproximadamente com a data, embora literal, da florescência da Atlântida relatada por Platão: 9500 a.C.

GUERRA ENTRE ATLÂNTIDA E EGITO

O *Timeu* e o *Crítias* de Platão em grande parte falam da guerra de Atlântida contra os egípcios em uma luta por suas vidas. Esse conflito não era uma alegoria filosófica, mas parece ter sido personificado em uma figura histórica real. Ramsés III foi um faraó da vigésima dinastia que derrotou os Meshwesh, na invasão do delta pelo Povo do Mar em 1190 a.C. Ele depois ergueu um grande Templo da Vitória, Medinet Habu, para comemorar seu sucesso no vale do Baixo Nilo, Tebas Ocidental. Nas paredes, documentou suas campanhas militares em ilustrações e hieróglifos. Eles ainda existem e documentam uma séria tentativa das forças atlantes de subjugar o Egito oito anos após a capital de seu império insular ter sido destruída por uma catástrofe natural em 1198 a.C.

Os textos nas paredes explicam que Sekhmet, deusa da destruição pelo fogo, "os perseguiu como uma estrela cadente" e incinerou sua terra natal, que imediatamente depois "desapareceu sob as ondas". A cidade principal do Povo do Mar era chamada de Neter, definindo um lugar sagrado; Platão também caracterizava Atlântida como "sagrada". Os relatos em Medinet Habu são acompanhados por várias cenas desses eventos, incluindo representações realistas de navios de guerra inimigos e os próprios Meshwesh em várias poses de derrota e cativeiro. Eles são os únicos retratos da vida dos atlantes feitos logo depois que sua capital foi engolida pelo oceano.

Ramsés mostrou sua genialidade militar e sua coragem pessoal na adversidade. A marinha de Atlântida havia afastado as defesas egípcias na foz do delta do Nilo, e suas tropas de fuzileiros navais invasores desembarcaram na costa. Eles superaram todas as resistências iniciais e capturaram grandes cidades, como Busíris. O faraó retirou suas forças e se reagrupou, observando como os invasores avançavam em comum com seus navios, os quais contavam como apoio. No extremo sul do delta do Nilo, ele jogou praticamente todas as suas unidades navais sobreviventes contra o Povo do Mar. Seus navios não apenas suplantavam as embarcações egípcias muito menores, mas também as superavam em número. À beira de serem esmagados, os navios de guerra de Ramsés de repente viraram e dispararam em retirada, com toda a frota invasora os perseguindo.

TIRANDO A VITÓRIA DAS GARRAS DA DERROTA

Ramsés fez seus navios menores atraírem os inimigos para áreas mais estreitas e rasas do rio, familiares aos capitães egípcios, mas desconhecidas pelo Povo do Mar. De repente, se viram incapazes de manobrar livremente e começaram a encalhar. Os egípcios agora manejavam os grandes navios de guerra com uma barragem cheia de potes com fogo, e milhares de arqueiros apareceram de repente ao longo da costa lançando intermináveis rajadas de flechas contra os invasores. Sem suprimentos flutuantes, os fuzileiros navais do Povo do Mar foram encaminhados pelo delta em direção às margens do Mediterrâneo, onde desembarcaram em seus navios restantes.

Mas a guerra estava longe de terminar. A invasão consistiu em um ataque em três frentes do norte contra o delta, para o oeste através da Líbia, e na colônia egípcia da Síria, no leste. A infantaria realizou o ataque líbio à Fortaleza Usermare, perto da fronteira egípcia, até que Ramsés conseguiu reunir suas forças, suportando perdas quase aniquiladoras no processo de defesa; depois recuou os invasores, interrompendo seu ataque em massa. O faraó não teve nem um momento para comemorar. Ele se movimentava com grande pressa. Antes de desembarcar, encontrou os invasores nas praias de Amor, onde sofreram sua derrota final. Ramsés participou pessoalmente dessa última batalha, puxando seu grande arco contra os invasores, conforme descrito em uma passagem dos textos da parede em Medinet Habu. Os povos do mar cativos foram amarrados pelos pulsos atrás das costas ou sobre a cabeça, junto com seus aliados, incluindo veteranos da Guerra de Tróia vindos da Líbia, Etrúria, Sicília, Sardenha e outras partes do Mediterrâneo. Eles viram a invasão atlante como uma oportunidade de saque e se juntaram como aproveitadores. Milhares desses infelizes prisioneiros de guerra desfilaram diante do vitorioso Ramsés III e sua corte. Após um interrogatório por seus escribas, foram castrados e enviados para trabalhar pelo resto de suas vidas como trabalhadores escravos nas minas de calcário de Tura. Assim terminaram as ambições imperiais de Atlântida no Mediterrâneo Oriental.

OS JUNCOS DA SABEDORIA

A derrota atlante no delta do Nilo foi tragicamente irônica porque os próprios egípcios dinásticos alegavam descender da "ilha sagrada". Mas os 2.000 anos que separam Ramsés III de seus ancestrais que migraram de Atlântida por meio do Saara viram o Egito desenvolver sua própria identidade nacional. Pelo menos os sacerdotes de seu tempo ainda conheciam Alu, a "Ilha das Chamas", uma grande ilha vulcânica no oeste distante (o Oceano Atlântico). Combinava fisicamente com a Atlântida de Platão, detalhe por detalhe: canais monumentais, plantações luxuriantes, uma cidade palaciana cercada por grandes muralhas decoradas com metais preciosos – tudo abrigado atrás de um anel de altas montanhas. A referência mais antiga conhecida de Alu aparece em *A Destruição da Humanidade*, uma história do Novo Reino (1299 a.C) descoberta na tumba do faraó Seti I, em Abidos. Sua cidade era o local do Osírion, um monumento subterrâneo do Grande Dilúvio por onde seus ancestrais conseguiram sobreviver ao fugirem para o que depois se tornaria o Egito faraônico.

Do outro lado do mundo, do Egito, os índios apaches do sudoeste americano afirmam que seus ancestrais chegaram depois que um dilúvio mundial destruiu sua terra natal, ainda lembrada como a "Ilha das Chamas" no Mar do Nascer do Sol, que evoca uma ilha com um vulcão ativo no Oceano Atlântico. Uma versão ainda mais antiga de Alu reitera conexões entre a América do Norte pré-histórica e o Egito Dinástico através de Atlântida. No chamado *Livro dos Mortos* – uma coleção de textos de rituais fúnebres

CIVILIZAÇÃO EGÍPCIA – UM HÍBRIDO ATLANTE

– Sekhret-Aaru é citada como a pátria original tanto dos homens quanto dos deuses. Eles viveram juntos nesse reino resplandecente em um "Monte Primitivo" no mar a oeste, durante o Zep Tepi, ou "Primeira Vez", no passado antigo. Sekhret-Aaru significa "campo de juncos", uma metáfora para a alfabetização generalizada, porque os juncos serviram em todo o vale do Nilo como instrumentos de escrita; portanto, um campo de juncos denotava um lugar de grande sabedoria. Com o tempo, no entanto, a maioria dos habitantes humanos de Sehkret-Aaru tornou-se insuportavelmente arrogante, considerando-se iguais aos deuses, que lhes ensinaram tudo o que sabiam. Incapazes de suportar esses mortais ingratos por mais tempo, as divindades partiram na companhia de alguns homens e mulheres selecionados navegando em um "barco solar". À medida que se dirigiam para o Mediterrâneo Oriental, Sekhret-Aaru afundou com seus humanos no fundo do oceano. O barco solar acabou pousando no delta do Nilo, onde sua elite de passageiros desembarcou e compartilhou sua cultura com os moradores locais. Assim nasceu a civilização egípcia, segundo o *Livro dos Mortos*.

A milhares de quilômetros e anos de distância, no México, os astecas afirmavam que seus ancestrais vinham de um reino magnífico em uma ilha do outro lado do Mar do Nascer do Sol (o Oceano Atlântico) no leste distante. Antes de Aztlan (Atlântida) ser engolida para sempre pelas ondas, seu herói do dilúvio, Quetzalcoátl, a renomada "Serpente Emplumada", partiu com seus seguidores – feiticeiros, artesãos e escribas. Chegando à atual Veracruz, na costa do México, contaram com a cooperação das populações indígenas para reconstruir a sociedade, resultando no estabelecimento da civilização mesoamericana.

A comparação desses dois mitos seminais revela seus paralelos bem próximos. Ambos obviamente derivam de uma única fonte no meio do Oceano Atlântico que só poderia ter sido Atlântida – uma dedução enfatizada pelo nome foneticamente evocativo da terra natal de Quetzalcoátl: Aztlan. No entanto, a conexão ganha certeza ao atentar que Aztlan, assim como o Sekhret-Aaru dos egípcios, significa "campo de juncos", também uma metáfora asteca para um reino de sabedoria excepcional, simbolizado pela caneta de tinta de junco.

CAPÍTULO 8
O PATRIMÔNIO DE ATLÂNTIDA NA EUROPA

> "A ANTIGA HISTÓRIA DA GRÉCIA DA EUROPA – DONZELA DE QUEM O CONTINENTE DERIVOU SEU NOME – PODE AFINAL ESCONDER UMA HERANÇA ATLANTE, PORQUE CONTA COMO ELA CHEGOU AQUI MONTADA EM UM TOURO DO OUTRO LADO DO MAR. NOSSAS TRADIÇÕES DIZEM QUE OS REIS MAIS ANTIGOS DA IRLANDA FORAM INICIADOS EM SANGUE DE TOURO, ASSIM COMO OS MONARCAS DE ATLÂNTIDA."
>
> KEVIN MCVEIGH, PROFESSOR DE LITERATURA CLÁSSICA, FACULDADE DE DUBLIN

Logo depois que começaram a escavar as ruínas ao redor de uma antiga metrópole parcialmente coberta pela moderna cidade de Jaén, na Andaluzia, os arqueólogos espanhóis ficaram surpresos não apenas com a enorme extensão do local enterrado, mas também com sua configuração, diferente de tudo visto antes. O centro urbano pré-clássico havia sido disposto em círculos concêntricos de canais alternados que separavam anéis de terra artificiais com uma pequena ilha central grande o suficiente para acomodar uma vila, porém mais provavelmente usada como uma acrópole sagrada. Os fossos tinham largura e profundidade variadas, maiores à medida que se afastavam do centro cerimonial.

Georgeos Díaz-Montexano, que escreveu extensivamente sobre essa descoberta próxima a Jaén, relatou que o canal mais interno ao redor da ilha central tem por volta de 4 metros de largura e 3 metros de profundidade, enquanto os próximos fossos externos têm, respectivamente, 13 metros e 22 metros de diâmetro, e cerca de 3 metros e 7 metros de profundidade. As bases das torres destruídas são espaçadas em intervalos regulares ao redor do perímetro, com configurações circulares e semicirculares semelhantes a exemplos de outro local da Andaluzia, a fortaleza neolítica de Los Millares. As torres de Jaén devem ter sido elevadas, a julgar pelas suas fundações amplas e pela abundância de escombros. Díaz-Montexano ficou particularmente surpreso ao observar que toda a zona arqueológica apresentava técnicas avançadas de construção na aplicação de cantaria (construção com pedras) e argamassa combinada com tijolos de adobe.

A CIDADE ESPANHOLA DOS ANÉIS

Embora estudiosos tradicionais possam ficar perplexos com a descoberta subterrânea, sua semelhança inconfundível com a descrição de Platão da Atlântida é reforçada para além das óbvias comparações físicas. Testes de carbono-14 de restos de esqueletos humanos encontrados no sexto canal ajudaram a datar a construção da cidade entre 2470 a.C e 2030 a.C, com uma média provável de 2200 a.C. Como veremos no capítulo 12, esse período coincide com o segundo cataclismo global de 2193 a.C, que desencadeou uma onda de imigração de Atlântida para a Espanha, onde o governante atlante citado por Platão, Gadeiros, estabeleceu seu reino aliado. A localização em Jaén foi gravemente destruída e rapidamente abandonada antes de 1500 a.C, época em que uma terceira catástrofe natural varreu o mundo. A reconstrução começou depois de 1200 a.C, quando uma nova população passou a residir ali – prováveis sobreviventes da destruição final de Atlântida em 1198 a.C.

Em suas cinco ilhas artificiais e seis fossos, o sítio de Jaén incorporava os algarismos sagrados da Atlântida. No entanto, não foi o primeiro a fazer isso, mas inspirado em algo externo. "O plano não se desenvolveu gradualmente", aponta o atlantologista da Flórida, Kenneth Caroli, "mas estava presente desde o início, como se trabalhasse a partir de um modelo conhecido desde então perdido." Ele teve o apoio de Díaz-Montexano, que escreveu:

> ... toda a cidade foi construída seguindo esse modelo ou projeto original desde o primeiro momento, como se seus arquitetos já estivessem fami-

liarizados com essa disposição circular concêntrica – evidenciada pela relativa velocidade com que a cidade foi construída.

Os romanos conheciam esse lugar estranho como Auringis, do grego *Ouringis*, embora nem romanos nem gregos fossem seus construtores, e o significado de seu nome ainda é duvidoso. Mas Díaz-Montexano especula que Auringis ou Ouringis significa "cidade dos anéis", tradução de "uma antiga palavra indo-europeia que significa, precisamente, o 'Anel'". A despeito de seu verdadeiro significado, a identidade de Auringis como um centro colonial atlântido é afirmada por outro achado andaluz de significado relacionado, a estátua da Dama de Elche, encontrada a apenas 318 quilômetros da "Cidade dos Anéis", onde a mulher retratada pode ter vivido e reinado. Apesar da passagem de milênios, a raça associada à sua misteriosa cidade e estátua pode não ter desaparecido por completo, mas continua viva em um grupo populacional que abrange a fronteira franco-espanhola. A diretora arqueológica americana Ellen Whishaw descobriu evidências suficientes que a convenceram que a Andaluzia foi colonizada por imperialistas atlantes. De fato, Cádiz tem sido com frequência associado a Gadeiros, o rei atlante citado por Platão.

DESCENDENTES DE ATLANTIS NOS DIAS ATUAIS

O povo basco se trata de antigos habitantes das regiões dos Pirineus, onde eram conhecidos pelos historiadores romanos como os Vascones. A tradição folclórica basca ainda fala dos Aintzine-Koak, literalmente, "Aqueles que vieram antes", seus antepassados pré-históricos lembrados como os habitantes de "Atlaintika". Eles deveriam ter vindo da "Ilha Verde", uma poderosa nação marítima que afundou no Oceano Atlântico após um terrível cataclismo; alguns de seus sobreviventes chegaram ao Golfo da Biscaia, trazendo as relíquias sagradas de sua religião misteriosa para os Pirineus. "Basco" é na verdade a palavra inglesa (e francesa) usada para descrever um povo que se refere a si mesmo como os Euskotarak. Eles habitam o Golfo da Biscaia na França e na Espanha, incluindo a base ocidental das montanhas dos Pirineus.

Apenas cerca de 1,25 milhão de pessoas Euskotarak, ou bascas, vivem principalmente na Europa, mas também em comunidades da América do Sul e do Norte (sobretudo no estado americano de Nevada). Baixos, com cabelos ruivos e olhos cinzentos, são geneticamente distintos dos franceses e espanhóis. Racialmente, os bascos foram associados por alguns antropólogos aos povos pré-indoeuropeus que ocupavam o Mediterrâneo ocidental até o século VIII a.C. Se assim for, os Euskotarak podem ser os últimos descendentes diretos de Atlântida, e sua língua atípica talvez fora ouvida no mundo perdido há mais de 3.000 anos.

Os bascos chamam sua língua de Euskara. É única, sem relação com qualquer língua indoeuropeia. Estranhamente, o Euskara tem alguma afinidade com o *finno-urgico patumnili* (falado na antiga Troia), o Etrusco (pertencente aos civilizadores pré-romanos da Itália ocidental), o Guanche (falado pelos habitantes atlantes das Ilhas Canárias) e o Nauatle, a língua dos astecas. Essas línguas estão há muito tempo mortas e são pouco compreendidas hoje em dia. Mas não deixa de ter algum significado o fato de o Euskara guardar comparações legítimas com as línguas de quatro povos atlantes.

OS MONTES SAGRADOS DE ATALIA

Talvez o cognato mais revelador em nossa investigação de Atlântida seja "Atalya". É o nome de um antigo monte cerimonial em Biarritz, no País Basco. "Atalya" também é uma montanha sagrada no vale do México venerada pelos astecas. "Atalaia" é um local no sul de Portugal com *tumuli*, ou túmulos abobadados, que datam do período tardio da florescência de Atlântida, no século VIII a.C. "Atalya" também fica em Grã Canária, onde ainda podem ser vistas as pirâmides construídas pelos guanches em pedra vulcânica preta, branca e vermelha – os mesmos materiais usados para a construção de Atlântida, segundo Platão. Existe uma ligação adicional entre os bascos e os antigos canários: os guanches praticavam um culto singular com cabras em rituais observados na feitiçaria tradicional basca.

O nome "Itália" deriva de "Atalia", quando – segundo a tradição etrusca sobrevivente na *Eneida* de Virgílio – Atlas a governava na pré-história. "Itália" significa literalmente "Domínio do Atlas", cuja filha era Atlântida. De fato, esse parece ser o significado de "Atalia" quando e onde quer que seja usado, mesmo por povos tão diversos e não relacionados, como os bascos, guanches, astecas e etruscos. A implicação é óbvia; ou seja, todos foram impactados em suas histórias por pessoas que trouxeram a cultura de Atlântida. É claro que "Atalia" carrega a mesma conotação em Euskara, Nauatle, Ibérico e Guanche – a descrição de um monte sagrado, uma montanha ou estrutura em forma de monte. Além disso, "Atalia" pode parecer derivado da própria Atlântida, onde a montanha sagrada de Atlas ficava no centro do culto misterioso do império.

A "Atalia" dos bascos, astecas, ibéricos e guanches era provavelmente destinada a comemorar, em palavras e imagens, o pico sagrado original, o Monte Atlas. Nenhuma outra conexão concebível poderia unir povos tão diferentes e amplamente separados como bascos, astecas e guanches, a não ser por intermédio da cultura de Atlântida, que se estendia ao ponto de tocar a todos. Certamente, esses povos tiveram influência atlante.

CONECTADOS PELA LÍNGUA...

Por incrível que pareça, a semelhança do Euskara com o Nauatle e certas línguas indígenas norte-americanas, particularmente o *algonquin-lenape*, é inconfundível. Como escreve o linguista Michel Farrar:

> *O fato é indiscutível e digno de nota, e embora as afinidades das raízes bascas nunca tenham sido conclusivamente elucidadas, nunca houve dúvida de que essa língua isolada, preservando sua identidade em um canto ocidental da Europa, entre dois reinos poderosos, se assemelha, em sua estrutura gramatical, às línguas aborígenes do vasto continente oposto [América].*

Alexander Braghine, um notável atlantologista que viajou o mundo na década de 1930, escreveu:

> *Quando estive na Guatemala, muitas vezes ouvi falar de uma tribo indígena que vive no distrito de Peten (norte da Guatemala): essa tribo*

fala uma língua parecida com o basco, e ouvi falar de uma ocasião em que um missionário basco pregou em Peten usando seu próprio idioma com grande sucesso. Quanto à semelhança das línguas japonesa e basca, vi uma vez uma lista de palavras análogas com o mesmo significado em ambas as línguas, e fiquei estupefato com a quantidade de palavras. A palavra iokohama, por exemplo, significa em basco "cidade litorânea", e todos conhecem o grande porto de Yokohama, no Japão.

Presume-se que alguma cultura perdida foi fonte original dessa relação, de outra forma inexplicável, entre os bascos e os habitantes nativos do Novo Mundo, estendendo-se ainda mais para o Japão, provavelmente por meio de contatos atlantes com Mu. Donnelly apontou que uma das poucas palavras indo-europeias derivadas de Euskara era *broncea*, ou "bronze":

As minas de cobre do País Basco foram amplamente exploradas desde tempos muito antigos, seja pelo povo de Atlântida, ou pelos próprios bascos, uma colônia de Atlântida. É provável que a palavra para bronze, assim como o próprio metal, remonte à ilha de Platão.

... E PELO SANGUE

A ligação ibérica a outros povos, muitas vezes díspares, por meio do Euskara, é sustentada por um paralelo genético revelador. Os bascos têm uma alta porcentagem do tipo sanguíneo do grupo O, encontrado em até 75% da população. Paul Lemesurier, autor de *O Segredo da Grande Pirâmide*, aponta que as terras onde esse tipo sanguíneo predomina incluem as costas atlânticas da Europa Ocidental e do Norte da África, as Ilhas Canárias e as áreas costeiras da bacia do Mediterrâneo. Essa área geneticamente definida corresponde aos territórios que Platão disse serem dominados por Atlântida. Lemesurier observa que o grupo sanguíneo do tipo O ocorre em até 94% das múmias exumadas nas Ilhas Canárias, onde a língua Guanche demonstrou afinidade com a Euskara.

Essa porcentagem tão alta tem o apoio de Stanley Mercer, historiador especializado nas Ilhas Canárias. Esses laços genéticos e linguísticos entre guanches e bascos definem um povo intimamente relacionado, se não único, que preservou memórias folclóricas da catástrofe atlante que seus ancestrais comuns escaparam: "Uma vez, houve um cataclima prodigioso em que fogo e água se enfrentaram", diz a história basca de Atlaintika. "Mas a maioria dos bascos se refugiou em cavernas e sobreviveu".

OS GUANCHES DAS ILHAS CANÁRIAS

Os guanches citados acima como primos atlantes do povo basco eram habitantes nativos das Ilhas Canárias. "Guanche" é uma contração de Guanchinerfe, ou "Filho de Tenerife", nome da maior das ilhas. Eles foram descobertos por exploradores portugueses em meados do século XV, mas depois exterminados pelos espanhóis por meio de guerras e doenças. Alguns, longe dos guanches de sangue puro, ainda podem sobreviver, mas sua linhagem é duvidosa. Embora sua população estimada de 200.000 pessoas residisse na maior parte das Ilhas Canárias, ela estava concentrada em Tenerife, Grã Canária, Fuerteventura, Las Palmas e Lanzarote. Altos, louros e de olhos claros, os guanches eram uma raça de pele branca que alguns investigadores modernos acreditam ter sido os últimos exemplares do homem Cro-Magnon.

Os guanches ergueram pirâmides maciças e finamente trabalhadas, não muito diferentes das do Egito e da Mesoamérica, embora em escala menos colossal. Muitas dessas estruturas foram construídas a partir de tufo vulcânico nativo, pedra-pomes e pedra de lava, os mesmos materiais que Platão descreveu como componentes das construções em Atlântida. A principal divindade dos guanches era Atlas, conhecido por eles como Ater. Variantes do nome refletem os atributos pelos quais ele era conhecido na Grécia: Atamanm (Sustentador do Céu); Atara (Montanha Sagrada), etc. Aproximadamente 25% dos nomes de pessoas guanche começavam com "At".

Os guanches disseram aos portugueses que suas ilhas antigamente faziam parte de uma pátria maior engolida pelo mar, um cataclismo ao qual seus antepassados sobreviveram ao subir ao topo do Monte Teide, o grande vulcão de Tenerife. A tradição oral guanche dessa catástrofe era concluída com as palavras, *Janega qyayoch, archimenceu no haya dir hando sahec chungra petut* – "O poderoso Pai da Pátria morreu e deixou os nativos órfãos".

Como era de se esperar, a história de Atlântida foi preservada nas Ilhas Canárias, talvez com muito mais detalhes do que o relato de Platão antes da imposição do Cristianismo. Talvez o mais revelador de todos os materiais sobreviventes que ligam o povo canário à Atlântida seja encontrado nos *Trois Aethiopicus*, de Marcellus. Em 45 a.C, ele registrou que:

> ... os habitantes da ilha atlântica de Poseidon preservam uma tradição que lhes foi transmitida por seus ancestrais sobre a existência de uma ilha atlântica de tamanho imenso de não menos de mil estádios [cerca de 185 quilômetros], que realmente existiu naqueles mares, e que, durante muito tempo, governou todas as ilhas do Oceano Atlântico.

Marcellus teve o apoio de Plínio, o Velho, dizendo que os guanches eram de fato descendentes diretos do desastre que afundou Atlântida. E Proclo relatou que eles ainda contavam a história da Atlântida em seus dias, cerca de 410 a.C.

A Atlântida nas Ilhas Canárias não termina com essas fontes antigas. Como os atlantes no relato de Platão, os guanches se reuniam para rezar formando um círculo em torno de um pilar sagrado com os braços levantados e a palma da mão aberta à maneira egípcia. Os cristãos derrubaram todos os pilares que encontraram, mas pelo menos um exemplar perfeitamente preservado sobreviveu no Barranco de Valeron, em Tenerife.

ADORADORES DE CÃES

As Canárias ganharam seu nome provavelmente em meados do século I d.C pelos visitantes romanos das ilhas, que observavam o culto dos cães (*canarii*) pelos habitantes em associação com a mumificação. São mais dois rituais que têm laços com o vale do Nilo, onde o deus mortuário Anúbis tinha a cabeça na forma da de um cão. Mas as ilhas também parecem ter sido assim caracterizadas cinco séculos antes, quando o historiador grego Heródoto escreveu sobre os Kyneseii, que habitavam o oeste distante, em uma ilha bem além do

Mar Mediterrâneo. "Kyneseii" significa "adoradores de cães". Séculos antes da descoberta das Ilhas Canárias, houve relatos medievais dos cinocéfalos, um povo com cabeças de cães que vivia em algum lugar nas proximidades do noroeste da África.

Na história do Antigo Testamento, o filho de Jafé, após o Dilúvio, diz que ele:

> ... abandonou seus semelhantes e tornou-se o progenitor dos Cynocephalii, um grupo de homens cujo nome denotava sua inteligência centrada na admiração pelos cães.

Seguindo essa linha de pensamento, nota-se que, quando homens são representados com cabeças de cães, é por serem considerados pioneiros do progresso humano por caminhos até então desconhecidos. Os cães sempre desempenhavam papeis importantes na sociedade egípcia. Heródoto descreve que os homens egípcios raspavam a cabeça em luto após a morte de um cachorro da família ou de amigos humanos. Segundo o Livro II de sua *História*, não era permitido o consumo de vinho, pão ou qualquer outro alimento que estivesse na casa no momento da morte do animal. Os ricos faziam tumbas especiais para cães. Toda uma cidade sagrada, Cynopolis, era o centro de um culto canino remanescente no povo canário, e o local de um cemitério imenso para cães, que eram mumificados e enterrados.

Porém, não há indicação de que os egípcios faraônicos sabiam da existência dos guanches. Numerosas comparações indicam difusão para o sentido leste, já que as influências atlantes se espalharam às Ilhas Canárias, pelo Mediterrâneo e até o delta do Nilo em tempos-dinásticos. A mumificação, a adoração aos cães e a construção de pirâmides como práticas dos guanches desapareceram pelos séculos seguintes no Egito, mas eram um resquício das épocas atlantes. As características culturais "egípcias" das Canárias só podem ser explicadas pela sua origem no Atlântico, não no vale do Nilo, onde chegaram mais tarde, cerca de 3100 a.C. Em outras palavras, a civilização se espalhou para as Ilhas Canárias e para o delta do Nilo a partir de Atlântida. E foi muito mais longe, para o outro lado da Europa Antiga, nas costas do mar Egeu na Ásia Menor.

DARDANO E ELECTRA

Na mitologia grega, Dardano era filho de Electra – em outras palavras, filho de Atlântida; sua mãe era uma "Atlântida" – uma filha de Atlas, seu avô. Segundo Virgílio, em *Eneida* (Livro VIII, 135-138), "Dardano, o primeiro pai de nossa cidade, Ílio, a fortaleceu e, como relatam os gregos, nasceu de Electra, filha de Atlas". Ela avisou Dardano sobre um dilúvio que se aproximava, e ele partiu para a costa noroeste da Ásia Menor. Lá, se tornou monarca de um novo reino, Troia. Os estreitos controlados pelos troianos receberam seu nome e ainda são conhecidos como Dardanelos. Os troianos às vezes se referiam a si mesmos como "dardânios" para enfatizar a descendência de seu antepassado atlante. Dardano deu a eles a Palladium, uma pedra sagrada de Atlântida, como peça central da religião e que reverenciavam até ela ser tomada pelos gregos vitoriosos na Guerra de Troia.

O mito histórico de Dardano significa a chegada a Troia de pessoas que levavam a cultura de Atlântida após uma catástrofe natural importante, mas não final, há 5.000 anos. Coincide com a data mais antiga ou o horizonte de eventos que os arqueólogos encontraram em Ílios, a capital troiana.

A mãe de Dardano merece uma atenção especial. O mito de Electra tem semelhanças com os de suas irmãs, as Plêiades, pois eram mães de pessoas que reiniciaram a civilização após o Grande Dilúvio. Curiosamente, "Electra" significa "âmbar", uma ornamentação muito valorizada no mundo antigo, mas disponível em apenas duas fontes principais: as margens do Mar Báltico, em grande parte da atual Lituânia, e as ilhas atlânticas dos Açores, Madeira e Canárias. Como Atlas nunca foi associado ao norte, o nome âmbar de Electra e a fonte atlântica do mineral se combinam para reafirmar sua origem atlante.

Sua conexão com a Ásia Menor através de Dardano sugere a extensão mais oriental da influência atlante. Os troianos eram nada mais que seus próprios mestres, apesar das origens ancestrais e de uma aliança militar com a Atlântida. Assim como Electra, as outras Plêiades correspondiam a locais importantes dentro do império atlante ou de sua esfera de influência. Sua irmã Taygete, por exemplo, era na verdade um reino atlante confederado nas Ilhas Canárias, como demonstrado por uma província guanche na grande ilha de Tenerife, conhecida como Tegueste. Platão relata que as forças de Atlântida ocupavam o oeste da Itália, onde Enomau, filho da Plêiade Asterope, fundou a Pisae etrusca, mais conhecida hoje como Pisa. Seu pai era Poseidon, o deus do mar criador de Atlântida, que deu a Enomau uma carruagem vitoriosa, com a qual fundou a Olimpíada. Por isso, até mesmo nossos Jogos Olímpicos estão impregnados com a ancestralidade atlante.

Da mesma forma, os nomes dos governantes atlantes listados por Platão estavam associados a vários reinos que compunham a confederação imperial. Como afirma em *Crítias*: "Cada um dos dez reis tinha poder absoluto na sua própria região e cidade." Na Península Ibérica, por exemplo, Elásipo era o nome original, ainda usado pelos fenícios nos tempos clássicos, da principal cidade de Portugal, da qual derivou a Lisboa de hoje, assim como a espanhola Cádiz (conhecida pelos romanos como Gades) descendia do segundo rei Gadeiros, citado em *Crítias*.

Nas Ilhas Britânicas, o Euaemon que Platão menciona era o herói pré-celta do dilúvio da Irlanda, Eremon, enquanto o rei atlante da Idade do Bronze da Grã-Bretanha pode ter sido Mestor porque seu nome – literalmente, "conselheiro" – talvez se referisse ao computador astronômico Stonehenge. De fato, esse monumento megalítico evidencia várias características reconhecidamente atlantes. Os algarismos sagrados, cinco e seis, incorporados na arquitetura atlante se repetem em Stonehenge, e a própria estrutura ecoa a planta arquitetônica concêntrica de Atlântida. Stonehenge foi estabelecido pela primeira vez em 3000 a.C, atingiu o ápice de sua construção 1.500 anos depois e foi subitamente descontinuado por volta de 1200 a.C. Assim, seu desenvolvimento, uso e abandono são paralelos à imigração atlante no final do quarto milênio a.C – o zênite da Atlântida como a principal civilização da Idade do Bronze e sua destruição final em 1198 a.C.

CAPÍTULO 9
LEMURIANOS E ATLANTES NA AMÉRICA DO NORTE

> *"... ESSAS LENDAS E GRAVURAS NOS TOTENS CONFIRMAM FORTEMENTE O FATO DE QUE OS ANTEPASSADOS DESSES ÍNDIOS VIERAM DE MU..."*
> CORONEL JAMES CHURCHWARD, *O CONTINENTE PERDIDO DE MU*

De proporções gigantescas, duas terraplenagens de efígies foram chamadas de "Man Mounds" pelos pioneiros que viajaram pelo sul de Wisconsin, nos Estados Unidos, na década de 1830. Elas representam um espírito da água que trouxe os ancestrais do clã dos lobos dos Winnebago, ou índios Ho Chunk, para segurança na América do Norte após o Grande Dilúvio.

GIGANTES COM CAPACETES DE CHIFRES

Um dos geoglifos ainda existe, embora mutilado, na encosta de uma colina em Greenfield Township, nos arredores de Baraboo. A construção de uma estrada passou por cima de suas pernas por volta da virada do século XX, mas a figura está intacta. O gigante tem 65 metros de comprimento e 10 metros de largura nos ombros. A imagem antropomórfica está voltada para o oeste, como se estivesse vindo do leste, onde o Dilúvio deveria ter ocorrido. Seu capacete com chifres o identifica como Wakt'cexi, o herói da inundação.

O terraglifo não é uma colina primitiva, mas foi formada com belas proporções. Increase Lapham, um agrimensor que mediu essa terraplenagem em meados do século XIX, ficou impressionado: "Todas as linhas dessa efígie singular são graciosamente curvas, e sua construção teve muito cuidado".

Um companheiro da figura da colina de Greenfield Township, também no condado de Sauk, cerca de 50 quilômetros a noroeste, foi afogado por um projeto de barragem no início do século XX. Ironicamente, o espírito da água que tirou os ancestrais Ho Chunk de um dilúvio cataclísmico foi vítima de outro dilúvio moderno.

A identidade atlante de Wakt'cexi, materializada nas colinas com efígies de Wisconsin, se repete em um local do outro lado do oceano. O Wilmington Long Man é também a representação de uma figura antropomórfica – com 95 metros, a maior da Europa – na face de uma colina no sul de Inglaterra, cerca de 65 quilômetros de Bristol, e data dos últimos séculos de Atlântida, de 2000 a 1200 a.C. As semelhanças com a terraplenagem de Wisconsin são ainda mais próximas ao saber que a figura da colina britânica foi originalmente retratada usando um capacete com chifres, apagado no início do século XIX.

Um terceiro terraglifo humano se localiza no deserto de Atacama, na região costeira do Chile. Conhecido como o Gigante do Cerro Unitas, é o maior do mundo, com 120 metros de comprimento. Também usa um capacete com chifres, mais parecido com uma elaborada coroa da qual saem raios.

As colinas com efígies do Velho e do Novo Mundo parecem ter sido criadas por um único povo representando um tema comum; ou seja, a migração de sobreviventes da catástrofe de Atlântida liderada por homens cujo símbolo de autoridade era o capacete com chifres. De fato, tal interpretação é reforçada pelo Povo do Mar atlante; invasores do Egito no início do século XII a.C, quando foram retratados na arte da parede de Medinet Habu usando capacetes com chifres.

DESCENDENTES DE MU

Os índios mesoamericanos, andinos e norte-americanos tinham muitos relatos de visitantes de pele clara vindos do outro lado do mar, que chegaram após uma terrível enchente e ficaram para reconstruir a civilização junto com os povos nativos. Nas atuais áreas costeiras do sul da Califórnia, de San Jose a San Diego, residiam os índios chumash. As tradições do Grande Dilúvio, de onde vieram seus ancestrais, combinadas com suas surpreendentes características caucasoides e prodigiosa marinharia, os definem como um povo à parte no continente norte-americano. Mais especificamente, eles usavam variantes da palavra "Um" para se referir às ilhas na costa do sul da Califórnia, como Santa Barbara, que os chumash chamavam pelo nome de "Limu". "Mu" também era usado para descrever coisas relacionadas ao mar e locais da vila, como Pismu, a atual Praia de Pismo.

No sul do Novo México, os navajos preservam uma lenda de inundação com detalhes distintamente lemurianos, como a invasão gradual, mas inevitável, das águas sobre a terra de um povo antigo, cujos espíritos agora residem em uma grande "choupana" no fundo do mar. Pinturas de areia feita pelos navajos contêm descrições esotéricas desse evento e suas consequências migratórias. Pode parecer estranho que um povo que vive tão longe do oceano perpetuasse tal informação, porém os navajos são relativamente recém-chegados ao sudoeste. Eles foram pra lá há apenas cerca de 300 anos, vindos de sua terra natal ancestral ao longo das costas da Colúmbia Britânica do noroeste do Pacífico, de frente para a Lemúria perdida.

PEDRAS DO LABIRINTO E SUÁSTICAS

Um artefato dessa migração pós-inundação é a Hemet Maze Stone, uma pedra cinza estampada com o intrincado desenho de um labirinto em um quadrado de 1,7 metro. O petróglifo está localizado na encosta de uma montanha a oeste de Hemet, na Califórnia, cerca de 145 quilômetros a sudeste de Los Angeles. O acúmulo em sua superfície de uma pátina leve, conhecida localmente como "verniz do deserto", sugere que a escultura foi executada entre 3.000 e 4.000 anos atrás. Mesmo assim, arqueólogos tradicionais, baseados em evidências físicas tênues, insistem que ela teria apenas alguns séculos de idade.

Cerca de 50 dessas pedras com labirinto foram identificadas nos condados de Orange, Riverside, Imperial e San Diego, e pelo menos 14 exemplos de arte rupestre labiríntica são conhecidos na área remota de Palm Springs. Todas foram encontradas a 240 quilômetros uma da outra, e quase todas são retangulares, embora variem em tamanho de 10 centímetros a 1 metro de diâmetro. Elas estão invariavelmente localizadas em montanhas cobertas de pedregulhos, e são talvez os restos de uma rota de peregrinação dedicada a comemorar um evento seminal do passado distante.

O labirinto em si tem a forma de uma suástica, um símbolo sagrado para inúmeras tribos nativas americanas em todo o continente. Entre os índios hopi, tal cruz em forma de gancho significa a migração de sua tribo do leste após uma grande enchente que oprimiu a humanidade primitiva. Embora não se saiba se os antepassados hopi realmente esculpiram a Hemet Maze Stone, o significado atlante de seu mito ancestral é sugerido por seu desenho orientado para o oeste. Essas implicações são complementadas por um exemplo do final do século XV de arte plumária mexicana, num desenho semelhante à suástica (com orientação invertida, no entanto) pertencente a uma figura atlante transparente no mito mesoamericano, Chalchiuhtlicue: Nossa Senhora da Saia Turquesa [em tradução livre] foi a deusa asteca da morte no mar.

As pinturas de areia hopi, dispositivos espirituais para a remoção de doenças, são muitas vezes transformadas em suásticas, com o paciente se sentando no centro. No canto inferior esquerdo do contorno quadrado da Hemet Maze Stone, há uma cruz em forma de gancho simples, muito menor, invertida ou orientada para a direita, conhecida no budismo como *sauvastika*. Tanto as suásticas quanto as *sauvastikas* são imagens comuns em toda a Ásia; o pé direito e o esquerdo de Buda, respectivamente, se referem às suas viagens missionárias pelo mundo. Na Hemet Maze Stone, simboliza o crescente e minguante da mudança lunar, coincidindo com o ir e vir de migrações tribais e/ou proselitismo sagrado. Como tal, a *sauvastika* budista e o petróglifo da Califórnia parecem ter um mesmo simbolismo paralelo que tanto os asiáticos quanto os americanos antigos podem ter recebido independentemente de uma fonte comum. James Churchward, o especialista mais conhecido em Mu, escreveu que a suástica era o emblema proeminente da civilização do Pacífico. Ele se referiu a ela como a "chave do movimento universal", uma caracterização que complementa tanto o simbolismo hopi quanto o budista.

KHARA-KHOTO

Churchward acreditava que os colonizadores e missionários lemurianos navegavam tanto para o leste quanto o oeste a partir de sua terra natal no Pacífico Central. Eles chegaram no atual deserto de Gobi antes de sua transformação ecológica. Lá, construíram um estado imperial conhecido como império Uigur, que dominou partes da Ásia entre meados do século VIII e IX d.C, antes de um desastre natural destruir a cidade principal. As fontes de Churchward estavam todas dentro das bibliotecas do mosteiro hindu que ele conheceu na década de 1870. Infelizmente, essas fontes nunca foram publicadas por causa do sigilo que autoridades religiosas lhe impuseram.

Mas uma espécie de evidência material foi descoberta em 1906, quando o arqueólogo americano Robert McClelland escavou a cidade histórica de Khara-Khoto no deserto de Gobi, ao sul do lago Baikal. McClelland descobriu que o nível inferior de Khara-Khoto ficava em um estrato composto por pedregulhos, cascalho e areia entre 12 e 15 metros de espessura. Cavando ainda mais para determinar a profundidade total dos destroços aparentemente vindos de uma catástrofe, encontrou as ruínas de outra cidade, que Churchward acreditava que só poderia ter sido a capital Uigur, e "assim confirmando geologicamente que um cataclismo destrutivo havia atingido e soterrado a capital. Também confirma a lenda de que a capital foi destruída por uma enchente".

O fato de uma catástrofe natural ter destruído o império Uigur, o Mu ou Atlântida ressalta a geologia violenta de nosso planeta. Se exemplos mais conhecidos extinguiram as cidades romanas de Pompéia e Herculano, ou a civilização pré-tolteca de Cuicuilco, ao sul da Cidade do México, então certamente essas mesmas forças geológicas poderiam ter atingido centros culturais mais antigos em outras partes do mundo.

O fato de cataclismos naturais desencadearem migrações em massa de povos além das limitações geográficas impostas a eles pela ciência tem sido discutido por estudiosos independentes. Uma riqueza crescente de evidências físicas apoia esses chamados pesquisadores "difusionistas", que acreditam que as Américas foram impactadas por vários povos de várias partes do mundo milênios antes de Colombo. E o acúmulo de provas em nome da difusão cultural em relação às Américas mostra como as influências atlantes predominaram nos períodos iniciais ou de formação das civilizações pré-colombianas.

AS ERAS DA PRÉ-HISTÓRIA NORTE-AMERICANA

De fato, os arqueólogos definem quatro grandes eras na pré-história norte-americana, com inúmeras subdivisões. A mais antiga, a Cultura do Cobre, pertence à região do Poverty Point em Louisiana, nos Estados Unidos, com suas inúmeras características atlantes (importação de cobre do Michigan, disposição concêntrica, incorporação dos algarismos sagrados, uso religioso de cristais, etc.), em 1500 a.C, e sua súbita florescência três séculos depois. Esses parâmetros de tempo coincidem perfeitamente com o período imperial de Atlântida e sua destruição final.

O segundo período é conhecido, por falta de outro nome, como Adena. Começou há cerca de 3.000 anos com a construção de grandes colinas de pedra. Depois, veio o período Hopewell por volta de 200 a.C, quando complexos trabalhos de terraplenagem e bizarras colinas com efígies apareceram em todo o vale de Ohio. Com o inexplicável desaparecimento de Hopewell por volta de 400 d.C, uma era de trevas, durante a qual as conquistas civilizadas das culturas Adena e Hopewell foram negligenciadas, sobrepôs-se à América do Norte até o século X. Então, o período Mississippi Culture floresceu de Wisconsin ao Golfo do México em grandes cidades com colinas de templos colossais, mas desmoronou em grande parte 300 anos antes da chegada dos europeus modernos no século XVI.

INFLUÊNCIAS ATLANTENAS NA ERA PRÉ-COLOMBIANA

Os índios das planícies não viviam em casas individuais. Eles moravam como famílias extensas em estruturas comunais, às vezes conhecidas como *longhouses*, assim como as erguidas por várias tribos costeiras do noroeste do Pacífico ou, mais comumente, em tendas. No entanto, os moradores por trás das grandes muralhas das cidades do Mississippi no centro-oeste de Illinois (Cahokia) ou no sul de Wisconsin (Aztalan) de fato ocupavam casas individuais feitas com palha e barro cozido (chamado de "tijolo Aztalan"), grandes o suficiente para uma só família morar. Na verdade, eram suas habilidades agrícolas que os distinguiam dos índios das planícies, que não eram agricultores, mas caçadores, e trocavam carne crua pelas colheitas dos construtores nas colinas. Foram construídos por esses agricultores, cuja linhagem se estendia até Atlântida, as cidades pré-colombianas de Cahokia em Illinois, em que a colina Monks Mound tinha sua base maior do que a Grande Pirâmide do Egito, ou Aztalan em Wisconsin, um centro cerimonial para sacerdotes astrônomos.

LEMURIANOS E ATLANTES NA AMÉRICA DO NORTE

De fato, praticamente todas as tribos indígenas nas Américas têm seu próprio relato de uma grande inundação, e seus antepassados fugiram para uma nova terra. Versões contadas por povos indígenas que habitavam no leste – os oneida, os cherokee, os mohawk, etc. – descrevem uma catástrofe violenta às vezes associada a um evento celeste, tal como um cometa ou meteoro, enquanto nativos do rio Mississipi – os navajo, os tlinget, os haida, etc. – falam de uma inundação de territórios ancestrais menos repentina, mas destruidora. Essa disparidade é apropriada porque reflete com precisão dois desastres diferentes: a Atlântida pereceu "em um único dia e noite", como escreveu Platão, quando sua montanha vulcânica desabou no mar. Mas as terras de Mu sucumbiram num período de meses ou anos, em um processo mais gradual que até deixou várias estruturas lemurianas intactas, na costa de Okinawa.

Talvez a influência mais abertamente atlante na América do Norte tenha sido encontrada entre os mandans na Dakota do Norte e do Sul, onde sua cerimônia de *O-kee-pa* foi pessoalmente testemunhada e documentada pelo grande retratista americano George Catlin, no início do século XIX. Ele relatou que o *O-Kee-Pa* era uma celebração anual do Grande Dilúvio, em que os mandans pintavam suas peles de branco para imitar seus ancestrais. Eles teriam chegado do outro lado do Oceano Atlântico num poderoso navio simbolizado na cerimônia por uma grande arca de madeira no centro da aldeia. Além disso, os mandans eram racialmente diferentes das tribos vizinhas, às vezes com olhos cinzentos, pele mais clara e cabelos castanhos, sobretudo entre os jovens. Catlin concluiu que eles eram descendentes mistos de Madoc, um príncipe galês que, supõe-se, desapareceu no mar há 1.000 anos. No entanto, a teoria galesa não explica a obsessão cultural dos mandans com o Grande Dilúvio, e todos os pontos usados para compará-los ao povo de Madoc foram descartados muito tempo atrás. Mais provavelmente, os mandans preservaram uma memória cerimonial de sua herança atlante.

As influências pré-históricas também chegaram às costas californianas de uma civilização do Pacífico. O escritor histórico Vada Carlson aponta que "Os índios kootenay de Washington e Colúmbia Britânica têm uma lenda afirmando que seus antepassados vieram para a América partindo da 'Terra do Sol'. 'Terra do Sol' e 'Império do Sol' eram nomes comuns de Mu antes de ser submersa". O noroeste do Pacífico apresenta a maior parte das tradições folclóricas nativas que descrevem chegadas ancestrais da pátria perdida.

MISTÉRIOS ANTIGOS PRESERVADOS

Churchward parece ter interpretado corretamente a destruição de Mu a partir de características recorrentes em vários "totens" levantados pelos índios haida da Colúmbia Britânica, no Canadá. Esses pilares de madeira altos e esculpidos não funcionam como totens porque os animais retratados não são adorados. Em vez disso, são dispositivos memoriais ou de brasões que preservam e relacionam em imagens o passado mítico-histórico de determinada família ou tribo. Às vezes, uma águia atacando uma baleia é usada como espécie de brasão para designar os primórdios de uma família, cujos membros atuais podem se gabar de que seus ancestrais chegaram ao longo da costa noroeste do Pacífico após o dilúvio que destruiu sua pátria tribal.

Churchward afirmou que pelo menos alguns desses "totens" retratam simbolicamente a morte de Mu (a baleia), provocada pelo julgamento do Grande Espírito (a águia). Essa suposição é sugerida pela evidência interna do totem. Por exemplo, os haida ainda falam do "Homem de Cabeça de Aço", seu pai fundador, que chegou às costas do Canadá após uma inundação causada quando a baleia Namu foi morta por um deus do céu, o Pássaro Trovão.

Os "moradores de penhascos" da América do Norte eram os Anasazi, ou os "Inimigos Antigos", como eram conhecidos pelos Apaches Jicarilla, Navajo, Paiute do Sul e outras tribos do sudoeste. Começando por volta de 100 a.C, os anasazi construíram cidades no alto das áreas rebaixadas das montanhas ou em vales remotos, como o Mesa Verde, no Colorado. Embora suas origens imediatas sejam obscuras, suas *kivas* – estruturas cerimoniais circulares – incorporavam inúmeras características da religião Omphalos, praticada em Atlântida. O Omphalos, ou "Umbigo do Mundo", era uma pedra oval que servia como objeto central de um culto misterioso, com foco no princípio da imortalidade humana via reencarnação. De origem em Atlântida, espalhou-se com a diáspora de sobreviventes que fugiram da catástrofe natural que destruiu a Idade do Bronze, enviando-

LEMURIANOS E ATLANTES NA AMÉRICA DO NORTE

-os para o leste até Delfos e para o oeste pelas Américas. Lá, esse "Umbigo do Mundo" era representado por uma caverna natural ou um templo subterrâneo que significava o centro sagrado da existência. Nesse recinto santificado, eram celebrados rituais para o eterno renascimento da alma humana. Talvez, como nenhuma outra construção parecida tenha sobrevivido desde a pré-história, a *kiva* tipifica esses princípios esotéricos enumerados pela primeira vez em Atlântida.

Os anasazi (ou, pelo menos, seus xamãs) poderiam ter algum sangue atlante ainda correndo em suas veias, e conseguiram preservar os antigos mistérios. Ou podem ter aprendido com um povo ainda mais antigo que teve contato direto com adeptos de Atlântida. De qualquer forma, mais de 1.000 anos separam a destruição final da Atlântida e o momento em que os anasazi começaram a construir suas *kivas* e habitações nos penhascos.

Platão descreve os atlantes como grandes mineiros e ferreiros, e a riqueza nacional dependia em grande parte do cobre de mais alto grau do mundo para produzir bronze extraordinário; ele se refere a esse metal superior como "orichalcum". Pouco conhecido do público em geral, é o maior enigma arqueológico da América do Norte; ou seja, a escavação de pelo menos meio bilhão de libras de minério de cobre num empreendimento de mineração estupendo que começou repentinamente na região dos Grandes Lagos Superiores da Península de Michigan, cerca de 5.000 anos atrás. Embora a identidade desses mineiros pré-históricos seja desconhecida, a tradição indígena Menomonie os lembra como os "homens marinhos", estrangeiros barbudos de pele branca que navegavam do Oriente.

Coincidentemente com as operações de Michigan, iniciou a Idade do Bronze do Velho Mundo; cobre de alta qualidade, nunca abundante em toda a Europa, combinava-se com zinco e estanho para a produção de bronze. Tanto a mineração de cobre americana quanto a Idade do Bronze do Velho Mundo se interromperam repentinamente em 1.200 a.C. Essa também é a data da destruição final de Atlântida, que fica entre os dois continentes.

CAPÍTULO 10
O PATRIMÔNIO ATLANTE NA AMÉRICA MÉDIA*

> "O MUNDO FOI INUNDADO E O CÉU
> CAIU SOBRE A TERRA. QUANDO
> A DESTRUIÇÃO E ANIQUILAÇÃO SE
> CUMPRIRAM, OS ESPÍRITOS DO BACAB
> COMEÇARAM A ORGANIZAR O POVO MAIA."
>
> OS LIVROS MAIAS DE CHIILAM BALAM (CAPÍTULO V)

OS OLMECAS

As civilizações mexicanas que foram confrontadas pelos europeus modernos no século XVI ainda eram culturas típicas da Idade do Bronze, inalteradas por milênios e essencialmente congeladas no tempo desde o seu início. Os astecas do século XVI não eram culturalmente mais avançados do que os olmecas, que vieram 30 séculos antes. Assim como os maias e os toltecas, suas sociedades eram muito parecidas com as mesoamericanas. Talvez a qualidade mais estranha da civilização mesoamericana tenha sido a rapidez de seu aparecimento. Por pelo menos 20.000 anos, a América Central foi povoada por tribos desarticuladas de caçadores-coletores, cujo nível de cultura material não ia além de armas bem primitivas e algumas ferramentas grosseiras. Então, em 1500 a.C, uma civilização sofisticada e poderosa irrompeu nas costas do Atlântico e do Pacífico, espalhando-se rapidamente por grande parte do México.

Arqueólogos referem-se a essa primeira civilização americana como olmeca, embora seja apenas um nome para conveniência científica, pois a identidade real desses primeiros povos não é conhecida. Onde antes havia selvageria, os olmecas introduziram alfabetização, escultura, arquitetura monumental,

---

*Nota do Tradutor [N.T.]: América Média é uma tradução livre para Middle America, região geográfica que compreende o México, a América Central, além de 13 ilhas e 18 territórios no Caribe.

uma religião complexa, produção têxtil avançada, astronomia, calendários, comércio, estratificação social, sistemas de pesos e medidas, divisões de trabalho, metalurgia, padronização do artesanato, governo e todos os aspectos de uma civilização completa. Ela não se desenvolveu lentamente ao longo dos séculos, mas apareceu de uma só vez, como se de repente fosse importada de algum lugar fora do México.

Essa impressão é ressaltada pelas numerosas representações de pessoas de outras partes do mundo que sobreviveram nas esculturas olmecas. São retratados rostos não ameríndios, incluindo homens de barba com características do Oriente Próximo e de asiáticos; tinham fortes semelhanças com os cambojanos modernos, juntamente com africanos ocidentais retratados em colossais cabeças de pedra esculpidas com basalto preto.

Por volta de 1200 a.C, os olmecas vivenciaram um aumento abrupto da população e atingiram o auge de sua influência. Depois disso, entraram em um lento declínio, eventualmente se fundindo no próximo estágio da civilização mesoamericana.

OS MAIAS

Os maias surgiram na planície de Iucatã por volta de 400 a.C e, embora claramente derivados dos olmecas, desenvolveram sua própria cultura em cidades-estados. Eram todas construídas conforme um plano geral comum, mas não havia duas iguais. Seus estilos variavam muito, resultando em uma civilização de grande cor e originalidade. Há muito tempo, é considerado um povo de pacíficos astrônomos-sacerdotes mais interessados nos céus do que em assuntos mundanos, mas a tradução recente de glifos maias mostra um retrato completamente diferente.

As cidades-estados maias faziam guerras incessantes entre si, e as disputas pelo poder eram comuns. Também se envolveram em mutilações e sacrifícios humanos, embora não na escala terrível cometida muito depois pelos astecas. Apesar de suas implacáveis batalhas para ascender, os maias conseguiram prodigiosas façanhas astronômicas, por exemplo, calculando com precisão a posição de certa estrela há 1 milhão de anos. Estranhamente, essa astronomia avançada foi sua ruína. Os maias eram tão apaixonados pela ciência que fizeram dela sua religião. Embora adorassem um panteão de vários deuses, todos eram subordinados ao Grande Deus do Tempo, que governava todo o universo. Tudo e todos deviam obedecê-lo, e nenhum sacrifício era grande demais se fosse a seu favor. Assim, quando sacerdotes astrônomos determinaram que o Senhor do Tempo desejava o fim de sua civilização, todo o povo maia obedientemente abandonou em massa suas cidades por volta de 900 d.C.

Das filhas de Atlas – as sete Plêiades –, um nome é particularmente evocativo: Maia. Atlantologistas consideram irresistível sua identificação filológica com os antigos maias de Iucatã. A primeira cidade de Iucatã, Mayapan – da qual

El Carocol – o "Caracol", como os conquistadores o chamavam – era um observatório na cidade cerimonial Chichén Itzá, em Iucatã. Seus construtores maias afirmaram que a ciência astronômica foi introduzida por meio de um herói da inundação, Itzamna.

o povo derivou seu nome – foi fundada por Chumael-Ah-Canule, o "Primeiro depois do Dilúvio", de acordo com *A História de Zodzil*, uma coleção do século XVI de tradições orais maias. Ele escapou do Hun Yecil – o "Afogamento das Árvores" – que engoliu Patulan, seu reino, uma grande ilha do outro lado do Oceano Atlântico.

Outra fonte maia, o *Chilam Balam*, contava sobre aqueles que o seguiram de perto:

> *... os sábios, os Nauáles, os chefes e líderes, chamados de U Mamae (os Velhos), estendendo sua visão sobre as quatro partes do mundo e sobre tudo o que está abaixo do céu, e, não encontrando nenhum obstáculo, vieram da outra parte do oceano, de onde o sol nasce, um lugar chamado Patulan. Juntas, essas tribos vieram da outra parte do mar, ao leste, de Patulan.*

As semelhanças entre o Patulan maia e a Atlântida grega, filológicas ou não, são evidentes.

AS CIDADES CERIMONIAIS DOS MAIAS

A história dos nauáles segundo *Chilam Balam* foi representada graficamente em um friso esculpido que contorna o topo da chamada Acrópole na cidade cerimonial de Tikal, na Guatemala. Esse friso era um retrato de eventos significativos na história dos maias até o final do século IX, quando o local foi abandonado. Ele começava com a imagem de um homem remando para longe de uma ilha, cuja cidade era lançada ao mar durante uma erupção vulcânica, enquanto um cadáver flutuava nas águas entre ele e o condenado Patulan.

Quando Teobert Maler, um grande fotógrafo e explorador arqueológico austríaco, encontrou o friso em Tikal, exclamou: "Até aquele momento, eu descartava a Atlântida de Platão como nada mais do que uma fantasia grega. Mas agora sei que ele disse a verdade". Dada a descoberta de Maler no início do século XX e o evento que ela retrata, as correspondências entre os maias da América Central e os maias atlantes são tão válidas quanto esclarecedoras.

Assim como os astecas, que vieram depois e alegavam ser descendentes ancestrais do reino vulcânico perdido de Aztlan, no Oceano Atlântico, os maias falavam de uma grande enchente que afogou a maioria dos Bacabs. Eles eram governantes de pele clara (semelhante aos reis atlantes descritos por Platão) que sustentavam o céu, assim como faziam tantos Atlas. As representações de Atlas pelos Bacabs ainda podem ser vistas no famoso centro cerimonial maia de Iucatã, em Chichén Itzá; o perfil esculpido em relevo de um homem barbudo com características faciais do Oriente Próximo aparece no extremo oeste da grande quadra de bola. Nas paredes dentro do santuário, no topo da Pirâmide da Serpente Emplumada de Chichén Itzá, estão as semelhanças entre quatro Bacabs barbudos que significam as quatro direções cardeais, pois sustentam o céu. Eles usam uma grande concha nas costas, identificando suas origens marítimas e exibindo um perfil mais europeu.

Por volta do ano 900 d.C, os maias abandonaram em massa suas cidades em Iucatã por causa da estrita adesão a um calendário ritual, que literalmente conduzia suas vidas; o calendário informou a seus sacerdotes-astrônomos que o momento havia chegado. Teorias na forma de práticas agrícolas autodestrutivas, terremotos, guerras etc., para entender o fechamento repentino das cidades-estado dos maias, sempre foram explicações inadequadas para seu colapso universal, que na verdade foi causado por eles mesmos ao obedecerem sua ciência ligada aos deuses.

O destino dos maias é mais enigmático do que o motivo pelo qual eles perderam sua civilização. A maioria se espalhou pela selva, onde regrediu ao primitivismo. Outro contingente de maias viajou para o norte ao longo da costa do Golfo do México, subindo o rio Mississippi, até chegarem ao que hoje é Collinsville, em Illinois, nas margens opostas a St Louis, no Missouri. Outros ainda se mudaram para o norte e o nordeste do México, onde as gerações posteriores se autodenominavam "toltecas", e desenvolveram uma cultura distinta e altamente militarista que floresceu no início do século XIV.

Os maias que foram parar nas margens opostas à atual St Louis estabeleceram um grande centro populacional que os arqueólogos chamaram de Cahokia, em homenagem a uma tribo histórica local. Bens comerciais fluíam para Cahokia, incluindo garras de urso para fins rituais vindas das Montanhas Rochosas no oeste, até mica decorativa das Carolinas no leste; cobre da Península Superior de Michigan e conchas da Flórida.

Esses neo-maias levaram consigo o mesmo calendário sagrado que continuou a regular sua existência. Após dois séculos de prosperidade, seus sacerdotes ordenaram que abandonassem Cahokia, assim como haviam anteriormente abandonado suas cidades-estados em Iucatã.

DE AZTALAN A TENOCHTITLÁN

Os astrônomos-sacerdotes de Cahokia navegaram pelos rios Mississippi, Rock e Crawfish até o sul de Wisconsin, onde construíram Aztalan – uma cidade cerimonial de 21 hectares – em 1200 d.C. Fiéis às suas habilidades, essa nova cidade era uma réplica reduzida de Cahokia e serviu como lar, observatório e centro comercial nos próximos dois séculos.

Versão maia de Atlas, a figura mítica central de Atlântida, segurando um glifo para "céu", assim como seu equivalente grego. Impressão em gesso feita com pedra esculpida no centro cerimonial de Coba, em Iucatã.

Também conhecida como o "Lugar Perto da Água", Aztalan tinha suas próprias colinas com templos cercados por três enormes paredes intercaladas com torres de vigia de dois andares. A cidade também era um importante centro de comércio, que abastecia toda a Mesoamérica com cobre extraído da região dos Grandes Lagos Superiores, por volta de 1100 a 1300 d.C. Foram escavados em Aztalan fragmentos de cerâmica decorados com o emblema de Chicomoztoc, um motivo espiral sagrado que significava a descida em espiral de um recém-nascido vindo de um útero.

Os maias eram apenas um dos vários povos – que veneravam seus pais fundadores de Atlântida – que uma vez dominaram desde a região do Rio Grande, ao norte, até o istmo do Panamá, ao sul. Os astecas, que dominaram a América Média bem depois da diminuição do poder maia até a chegada dos espanhóis no início do século XVI, alegam duas origens distintas: uma recente e outra antiga. Arqueólogos acreditam que eles entraram no vale do México como uma pequena tribo do norte por volta de 1320 d.C, uma conclusão já preservada pelos próprios astecas. Esse local mais ao norte era Chicomoztoc, ou o "Lugar das Sete Cavernas". O nome também se refere ao cobre de alta qualidade e ao útero eterno ou umbigo do mundo do qual surgiram os sete clãs que compunham os astecas. Ambos os elementos são características de Aztalan.

A 5 quilômetros a oeste de Aztalan, fica o Lago Rock, que possui pirâmides de pedra a 19, 12 e 7 metros abaixo da superfície da água. Anteriormente, era uma necrópole, ou "cidade dos mortos", com 10 quilômetros de costa cobertos por inúmeros túmulos e terraplenagem de efígies. O Lago Rock era o ponto de origem mais recente dos astecas – Chicomoztoc.

Ao longo de muitos séculos, um poderoso rio que corria ao norte do Lago Rock – pouco mais do que uma lagoa – desaguou-se no vale ao seu redor, elevando o nível da água e submergindo monumentos construídos pelo homem. Em meio a uma seca severa, tanto o centro cerimonial quanto seu lago sagrado ao lado foram abandonados. Exacerbando as dificuldades climáticas, houve o colapso repentino do comércio de cobre, quando depósitos foram descobertos no centro do México por mineiros toltecas no início do século XIV. A partir daí, o povo de Aztalan perdeu o monopólio desse metal. Demolindo seu centro cerimonial, esses proto-astecas fizeram uma longa viagem rumo ao sul até o México, onde construíram sua cidade, Tenochtitlán. Depois de algumas gerações, cresceu e se tornou a capital de seu império e o centro cerimonial final da civilização mesoamericana.

Com seu lago artificial ao redor, canais bifurcados e o Templo de Ehecatl, semelhante ao de Atlas, em seu centro, Tenochtitlán foi projetada para mostrar a todos no México antigo que os astecas eram os descendentes diretos da Serpente Emplumada, que lhes confiou o poder absoluto hereditário para governar a América Central. As capitais nacionais, naquele tempo e atualmente, foram projetadas principalmente por razões políticas, sobretudo a subjugação psicológica dos oponentes. De Tenochtitlán, os astecas seguiram o exemplo de seus antepassados atlantes, lançando guerras imperialistas, que logo resultaram no império que buscavam.

No entanto, dois séculos depois, os astecas foram aniquilados pela conquista dos espanhóis. Apenas 200 conquistadores conseguiram derrubar completamente um império inteiro de milhões de pessoas, o que não pode ser explicado somente pela superioridade das armas de fogo europeias. Muito antes de os espanhóis pisarem nas costas mexicanas, os astecas estavam psicologicamente desarmados pelas lendas milenares de um visitante barbudo e de pele clara, que chegou pelo mar vindo do leste e, com seus seguidores, fundou a civilização mesoamericana. Os astecas nunca tiveram certeza se esse homem chamado Hernán Cortés era realmente o mesmo herói da cultura sagrada ou seu descendente direto. Paralisados pela incerteza, não conseguiram resistir aos invasores, apesar de sua enorme vantagem numérica.

ENTRE OCEANOS

Nesse grande padrão de movimentos de massa do sul para o norte, e novamente para o sul, podemos perceber a ação de um calendário e a unidade fundamental de todas as culturas mesoamericanas. Com efeito, e apesar de todas as suas diferenças individuais, os astecas foram o desenvolvimento mais recente dos toltecas e maias – na verdade, de todos os povos que os precederam, remontando aos olmecas de 3.000 anos antes.

Muito antes dessas migrações continentais distantes ao longo de milhares de quilômetros e muitos séculos, os astecas traçaram suas origens mais profundas não na América, mas em uma ilha desaparecida do outro lado do Mar do Nascer do Sol – nome para o Oceano Atlântico. Seus pais fundadores eram pessoas que levavam a cultura da distante Aztlan (não confundir com a Aztalan, que surgiu muito depois, embora o nome da cidade de Wisconsin possa ter derivado da localização ancestral mais antiga).

Embora tenha sido a influência dominante na América Média, Atlântida também foi impactada por pessoas que levavam a cultura de Mu. A localização geográfica do México entre os oceanos Atlântico e Pacífico foi um atrativo para essa outra civilização marítima. Então, parece crível que ambas desempenharam papéis importantes no desenvolvimento inicial da Mesoamérica e até interagiram uma com a outra.

Os lemurianos já eram residentes de longa data no continente americano, onde seu caráter folclórico menos agressivo trabalhava de maneira talvez mais sutil, mas não menos eficaz. Acabaram transformando a civilização naquela curiosa e até bizarra mistura de estilos e elementos peculiares à Mesoamérica, mas que sugeria temas típicos da Ásia e da Europa. De fato, essa estranha mistura de forças às vezes inimigas de Atlântida e Mu com culturas nativas resultou numa série de sociedades relacionadas que ainda intrigam os investigadores.

Eles se perguntam, por exemplo, como esse povo poderia criar um computador astronômico sofisticado, a famosa Pedra do Sol, ou escrever poesias de alta sensibilidade, enquanto realizava sacrifícios humanos – 20.000 vítimas tiveram seus corações ainda pulsando arrancados de seus peitos. Tais atrocidades rituais eram cometidas pela elite asteca, que usava o assassinato em massa para intimidar e controlar os grupos de trabalhadores de pele mais escura.

As histórias mesoamericanas registraram que o sacrifício humano havia sido proibido pela Serpente Emplumada barbuda, mas a prática foi restabelecida após sua queda. O Templo dos Guerreiros de Chichén Itzá, palco de tantos atos horríveis, é decorado com uma linha esculpida de figuras atlantes barbudas – todas representando Kukulcan, a Serpente Emplumada – segurando uma representação do céu. Atlas, a imagem mítica central de Atlântida era retratada na arte grega como um titã barbudo sustentando o céu em seus ombros. A Serpente Emplumada também foi retratada no templo usando uma grande concha, um emblema de sua habilidade de navegação incomparável.

Do outro lado do mundo, o *uraeus* era um distintivo de autoridade usado pela antiga realeza egípcia; tratava-se da imagem de uma cobra combinada com as características de um abutre – literalmente, uma serpente emplumada. Embora o *uraeus* significasse a unidade do Alto e do Baixo Nilo na pessoa do Faraó, os próprios egípcios afirmavam que todas as suas insígnias sagradas haviam sido transmitidas pelos deuses depois de abandonarem Sekhret-Aaru, que afundou no Oeste Distante.

Os astecas alegavam ter ascendência de Aztlan, retratada em suas ilustrações em cascas de bétulas como uma ilha vulcânica ao leste. É evidente que a egípcia Sekhret-Aaru e a asteca Aztlan se referem à Atlântida de Platão e à migração de seus povos, ao leste e oeste. Ou seja, os rostos supostamente do Oriente Próximo retratados na arte olmeca são na verdade os retratos dos atlantes que estabeleceram uma grande colônia no México. Da mesma forma, as características "cambojanas" de outras esculturas olmecas pertencem, na verdade, aos lemurianos, que exerceram uma influência importante, mas menos imperial, na Mesoamérica primitiva.

De fato, o impacto causado pelos visitantes de Lemúria, embora ainda visível nas paisagens cultural e arqueológica, não foi tão profundo nem tão difundido quanto as mudanças feitas pelos seus primos vindos do Oceano Atlântico. Não é surpreendente que o México, com sua posição geográfica no meio do caminho entre Atlântida e Mu, tenha sido tocado por essas duas civilizações marítimas.

UMA MISTURA DE RAÇAS

As habilidades marítimas dos antigos combinavam com as correntes oceânicas, que atuavam como verdadeiras estradas no mar, para tornar a América um ponto de encontro de diversos povos muito antes da chegada dos espanhóis no século XVI. Embora tenham sido os primeiros e tenham formado raças civilizadas que impactaram os continentes americanos, os atlantes foram seguidos por visitantes da Idade do Bronze e da Europa

Clássica, do norte da África medieval e do Oriente Próximo, Ásia e Índia – séculos, até milênios, antes de Colombo. Por exemplo, Vada F. Carlson, autor de *A Grande Migração*, escreve que:

> *Siguenza y Gongora, um mexicano do século XVII, pode estar correto quando afirmou que todos os índios do Novo Mundo eram descendentes de Poseidon (governante de Atlântida) e que Poseidon era bisneto de Noé.*

É de se perguntar o que levou Siguenza y Gongora a concluir que os nativos do México fossem descendentes de Atlântida. É concebível que ele tenha escutado as tradições orais de Aztlan recitadas por xamãs nativos.

De fato, tais tradições ancestrais ainda eram relatadas no século XVI pelos últimos astecas que sobreviveram à conquista espanhola. Siguenza y Gongora citou relatos indígenas locais de que havia pessoas de pele branca vivendo entre eles milhares de anos antes de os espanhóis pisarem nas praias do México. Isso parece contradizer James Churchward, que escreveu que o México pré-histórico foi o destino de uma raça de pele morena do "continente perdido". Mas não há desacordo fundamental entre Siguenza y Gongora e Churchward, porque homens de pele clara que levavam consigo a cultura atlante representavam apenas uma fração de todos os povos pré-colombianos, compreendendo a aristocracia dominante da antiga civilização mesoamericana, conhecida nos tempos maias como os Pilli. Até o conquistador Hernán Cortés comentou sobre a pele mais clara e os cabelos ruivos do imperador asteca Montezuma II e os membros de sua família imperial.

Alguns dos moradores de pele parda possivelmente eram lemurianos, mas a grande maioria dos nativos que forneciam o trabalho manual certamente era ameríndia. Eles desenvolveram sua própria identidade racial ao longo de pelo menos 20.000 anos após a migração para fora da Mongólia, usando uma ponte de terra há muito destruída (ou engolida pelo mar) que atravessa o Estreito de Bering.

QUATRO ERAS DE CATÁSTROFES

Talvez a imagem asteca mais conhecida pertença a uma de suas principais conquistas científicas. A chamada Pedra do Sol, que está em exibição pública perto do centro da capital Tenochtitlán, não é um "calendário", mas um almanaque astrológico usado para prever dias propícios e desfavoráveis para atividades específicas. Simultaneamente, incorporava o aspecto destrutivo do tempo na personificação divina de Tonatiuh, o deus do sol representado em seu centro. As quatro eras principais, ou "Sóis", que dividiam o passado e precediam a era presente, retratavam desastres de nível mundial. Elas estão ao redor de Tonatiuh, cada uma em seu quadrado, contendo imagens para identificá-las.

Paralelamente aos quatro cataclismos globais da Idade do Bronze identificados por cientistas em 1997 no simpósio do Fitzwilliam College, os astecas também acreditavam em quatro catástrofes mundiais que deixaram a humanidade à beira da extinção antes da era atual, ou "Sol". A primeira delas envolveu um confronto mortal com o reino animal, que foi derrotado à custa da vida da maioria dos seres humanos. Esse primeiro Sol, conhecido como 4-Ocelotl, ou "Jaguar", tinha seu próprio quadrado simbolizado na famosa Pedra do Sol e retrata um felino feroz. Embora os astecas tenham florescido até o século XVI, sua crença em 4-Ocelotl era sem dúvida um conceito tradicional entendido por culturas anteriores, incluindo os toltecas e maias, se não os olmecas. Assim como a astronomia sofisticada usada para criar a Pedra do Sol, seu conceito remonta às origens da civilização mesoamericana.

Na mesma Pedra está 4-Atl, ou "Água", um Grande Dilúvio; dele chegou o pai fundador de barba amarela, Quetzalcoatl, ou a "Serpente Emplumada", para iniciar a civilização na América Central. Essa era mais recente aparece na Pedra do Sol como uma pirâmide sendo engolida por um dilúvio caindo de um balde virado. Dessa catástrofe, chegou Quetzalcoatl.

Essas representações de eras anteriores lembravam aos astecas que, caso não vivessem de acordo com a vontade do céu, poderiam esperar outro cataclismo para exterminá-los. As antigas civilizações europeias já haviam desaparecido 2.800, 1.400 e 1.000 anos antes da existência dos astecas. Os astecas ficaram congelados em um passado antigo, e não mudaram culturalmente desde seus progenitores olmecas de três séculos anteriores.

A Pedra do Sol, uma das mais famosas esculturas astecas, tem aproximadamente três metros e meio de diâmetro e quase um metro de espessura.

EHECATL COMO O DEUS ATLAS

O Templo de Ehecatl de Tenochtitlan constituiu uma evidência maravilhosa para a herança atlante da civilização mesoamericana perpetuada pelos astecas em sua principal cidade. Como manifestação da Serpente Emplumada, o templo de Ehecatl em Tenochtitlan devia ser uma recriação da original que ficava na ilha vulcânica atlântica de Aztlan. A versão asteca era uma pirâmide de cinco degraus concêntricos, pintados de vermelho, branco e preto; situada bem no centro da cidade, indicava seu significado primordial. Dentro estava consagrada uma estátua do deus como um homem sustentando o céu em seus ombros. Na descrição de Atlântida em *Crítias*, a cidade era projetada em anéis concêntricos, e o número sagrado – cinco – era incorporado na arquitetura atlante. Platão relata que os principais materiais de construção eram pedra vermelha, branca e preta, resultando praticamente nas cores nacionais de Atlântida.

Como se tudo isso já não aproximasse Ehecatl e Atlas, tanto os imortais astecas quanto os gregos eram reverenciados como fundadores da astrologia. Existe até uma comparação filológica entre Ehecatl e Atlas. Parece claro que os astecas consagravam suas origens ancestrais de Atlântida no local mais sagrado de sua cidade mais importante. Na verdade, um dos conquistadores (Cieza de Leon) até comparou a parte externa da capital asteca à Atlântida!

A INFLUÊNCIA DE LEMÚRIA NA CIVILIZAÇÃO MESOAMERICANA

Se não foram tão profundas quanto as contribuições atlantes, as influências lemurianas nas civilizações mesoamericanas – os olmecas, maias e astecas etc. – tiveram certa duração, particularmente Zac-Mu-tul – o "Homem Branco de Mu-tul".

De acordo com os maias, ele fundou a cidade de Mu-tul depois de chegar junto com colegas "magos" pelo mar do oeste. Tanto seu nome quanto o da cidade que ele construiu expressa com clareza que eles traziam a cultura de sua pátria no Pacífico Central, quase idêntica a Mu-tu no Taiti e Mu-tu-hei nas Ilhas Marquesas. A Mu-tul dos maias não apenas exibe uma importante conexão que se estende a oeste por milhares de quilômetros até a Polinésia, mas também sugere que Zac-Mu-tul recebeu esse nome em homenagem à sua terra natal no Pacífico.

Às vezes citado ao lado de Churchward quando o assunto é Mu no México, August Le Plongeon foi o especialista sobre os maias mais notável de seu tempo (final do século XIX). Infelizmente, no entanto, pesquisas posteriores apontaram que ele estava incorreto em muitas de suas traduções e suposições básicas, sobretudo em seu livro, *Rainha Moo e a Esfinge Egípcia*. A mais fundamental foi sua má interpretação do códice Troano como uma crônica histórica. É, de fato, um tratado sobre a interpretação mística de sinais ou presságios. No entanto, o Dr. Le Plongeon estava correto ao detectar pelo menos alguns elementos do catastrofismo antigo descrito no documento, que realmente se referem à passagem dos Halach-Unicob – "Senhores", "Homens Verdadeiros", "Linhagem da Terra", "Grandes Homens", ou "Sacerdotes-Governantes". Esses ancestrais dos maias desembarcaram em Iucatã vindos de Tutul-Xiu, um reino radiante do outro lado do Oceano Atlântico, engolido pelo mar muito tempo atrás.

O SENHOR E A SENHORA TURQUESA
Conexões mais certas entre Mu e o México pré-colombiano são encontradas em Xiuhtecuhtli, o "Senhor Turquesa" (também conhecido como Huehueteotl, o "Velho Deus", em Naua-átle), quando assumiu sua encarnação como a divindade mais antiga dos astecas. Figura onipresente encontrada em toda a Mesoamérica, ele foi retratado em inúmeras estátuas e estatuetas como um homem idoso sentado em uma posição de lótus, enquanto usava um capacete parecido com um queimador de incenso. Nisso, ele se parecia muito com outros imortais a 5.313 quilômetros a sudoeste do Oceano Pacífico da costa de Oaxaca, onde ficavam os primeiros santuários conhecidos desse deus do fogo.

Assim como os *moai*, ou as estátuas colossais da pequena Ilha de Páscoa – originalmente conhecidas como Te Pito te Henua, o "Umbigo do Mundo" – as representações de Xiuhtecuhtli enfatizam seu umbigo estendido. Um manuscrito pré-hispânico, o códice Fejérváry-Mayer, afirma que Xiuhtecuhtli "mora no centro do mundo", posição reafirmada pelos emblemas em seu chapéu: cruzes com pontos médios circulares. Igualmente, os *moai* da Ilha de Páscoa são cobertos com *pukao*, grandes turbantes feitos de rocha vulcânica vermelha: tufo.

Geralmente representado com um rosto vermelho ou amarelo, Xiuhtecuhtli usa uma barba no queixo, algo curioso no deus de um povo que não usava barba. Sua cabeça atípica sugere origens estrangeiras, assim como sua esposa, Chalchiuhtlicue, a "Senhora da Saia Turquesa" asteca. Deusa do mar de "Aztlan aquático", era retratada artisticamente sentada em um trono, e ao seu redor, homens e mulheres se afogavam em enormes redemoinhos. O códice *Florentine* associa seu marido com a luz do sol e a ressurreição, o mesmo tema encontrado entre as barrigas salientes das estátuas monumentais da Ilha de Páscoa; em algumas delas, foram gravados símbolos solares. Talvez a união de Xiuhtecuhtli com Chalchiuhtlicue significasse o "casamento" de conceitos espirituais na Mesoamérica, respectivamente, de Mu e Atlântida.

AS COLUNAS DE BASALTO

Outra relação com o Pacífico, encontrada no antigo México, foi descoberta em sua primeira cidade. Fundada por volta de 1600 a.C – data que coincide com a terceira e penúltima catástrofe com cometas da Idade do Bronze – a capital olmeca de Vera Cruz foi em parte construída com colunas de basalto de 9.000 quilos cada uma. O material era extraído em Punta Roca Partida, na costa do Golfo e ao norte do vulcão Tuxtla em San Andres, a mais de 80 quilômetros de distância. Como tanta pedra foi movida com sucesso em terrenos desafiadores desconcerta estudiosos convencionais, convencidos de que os olmecas ainda não conheciam a roda e possuíam apenas ferramentas primitivas. No entanto, antigos engenheiros de construção moldaram o basalto em vários pilares sem falhas, e os utilizaram na arquitetura sagrada mais importante da zona arqueológica, conhecida hoje como "Complexo A". Nela, ficam a pirâmide de 30 metros de altura e outras estruturas mais importantes dos olmecas.

A única outra cidade no mundo feita de colunas de basalto fica a 11.270 quilômetros do outro lado do Oceano Pacífico, na pequena Ilha Carolina, chamada Pompeia. Construída sobre um recife de coral submerso, Nan Madol originalmente continha 250 milhões de toneladas de basalto prismático. De acordo com os moradores da atual Micronésia, esse local foi surpreendentemente construído no passado antigo por um par de feiticeiros gêmeos de Kanamwayso. O povo desse reino esplêndido tinha grandes poderes "mágicos" e navegava pelo Pacífico há muito tempo. Estrelas cadentes e terremotos lançaram chamas em Kanamwayso, que afundou no oceano. Ela ainda é habitada pelos espíritos de quem pereceu no cataclismo e preside os fantasmas de todas as pessoas que perecem no mar.

Claramente, essa tradição de Kanamwayso no Pacífico Ocidental é a memória popular de eventos cataclísmicos que atingiram Lemúria no final do século XVII a.C. Na época, alguns membros de sua elite intelectual fugiram do desastre natural e desembarcaram ao longo das costas mexicanas de Oaxaca, onde iniciaram a civilização Mesoamericana. Somente essa conclusão pode explicar a semelhança notável, mesmo única, entre a construção da cidade de basalto em Vera Cruz e Nan Madol, com quase metade do globo terrestre de distância.

A chegada dessas pessoas com cultura transoceânica, que reimplantaram suas artes, ciências, política e religiões de Atlântida e Mu/Lemúria, pode explicar como, quando e por que a civilização de repente brotou do nada no México. Certamente, o resultado foi um híbrido da novidade introduzida e da influência nativa, apresentando elementos de ambos em uma síntese única – o mesmo processo que formou a civilização egípcia (veja mais no capítulo 7). Mas os recém-chegados eram materialmente mais avançados e formaram uma aristocracia governante não apenas dos olmecas, mas também de todas as sociedades posteriores na América Central, incluindo maias, toltecas e astecas, como mostradas nas características físicas barbudas e não ameríndias de Montezuma II, o último imperador asteca, cuja linhagem ia direto até a Serpente Emplumada.

Ao longo do tempo, a elite dominante procurou preservar sua identidade distinta, apesar dos inevitáveis cruzamentos com os povos nativos. Somente essa disparidade racial original pode explicar as diferenças significativas que existiam entre as massas indianas e seus monarcas. Todas as civilizações pré-colombianas foram uma mistura de forças externas do Atlântico e do Pacífico sobre as culturas nativas, com as influências ainda mais variadas por meio de visitantes, náufragos ou não, vindos de Cartago, Roma, África Ocidental, Irlanda, China e Japão.

CAPÍTULO 11
DE ATLÂNTIDA E LEMÚRIA PARA A AMÉRICA DO SUL

> "OS GUARANIS PARAGUAIOS E BRASILEIROS POSSUEM UM CICLO DE LENDAS A RESPEITO DE SEU HERÓI NACIONAL, TAMANDARÉ, QUE, JUNTO DE SUA FAMÍLIA, FOI O ÚNICO SOBREVIVENTE POUPADO DA CATÁSTROFE QUE DESTRUIU A 'CIDADE DOS TELHADOS BRILHANTES'."
>
> ALEXANDER BRAGHINE, *A SOMBRA DE ATLÂNTIDA*

Musaeus foi o quinto monarca de Atlântida listado por Platão. Embora não saibamos mais nada sobre o rei, seu nome há muito tempo intriga os investigadores. Eles acreditam que o nome dá pistas para uma colônia atlante na Colômbia. "Sobre a interpretação comum das tradições míticas", observou o escritor britânico do final do século XIX J. S. Blackett, "essas Atlântidas deveriam ser províncias ou locais na América do Sul." Suas suspeitas não eram infundadas, como indica a tradição nativa.

BOCHICA – SUSTENTADOR DO CÉU

Ocupando os altos vales ao redor de Bogotá e Neiva na época da conquista espanhola, os chibchas eram um povo indígena que reverenciava a memória de seu pai fundador, Sué-Muisca – tanto que também se autodenominavam muisca para honrá-lo. Eles acreditavam que ele havia nascido em "O Dourado", um reino próspero situado em uma ilha distante no Oceano Atlântico, onde Bochica, um gigante de pele clara com uma longa barba, sustentava o céu em seus ombros. Cansado desse fardo, Bochica o deixou cair acidentalmente um dia, e a Terra foi consumida em chamas, depois inundada com uma grande enchente.

Em meio a esse cataclismo mundial, Sué-Muisca escapou de sua terra natal, antes que ela fosse engolida pelo mar, e desembarcou na costa da Colômbia. Lá, compartilhou a alta sabedoria de sua terra natal perdida com os chibchas, que o conheciam como o "Civilizador" e o "Branco". Depois de ensinar os índios a viver em uma sociedade organizada, Sué-Muisca partiu para a distante Cordilheira dos Andes para levar seu esclarecimento aos ancestrais dos incas. Antes de partir, designou quatro chefes para governar seguindo sua autoridade e seu exemplo. De acordo com os chibchas-muiscas, após o incêndio e a inundação globais, Bochica reassumiu seu fardo dos céus, mas ainda causa terremotos sempre que muda o peso sobre os ombros.

A história de Sué como a versão indígena colombiana de Atlântida fica transparente nos numerosos fundamentos semelhantes aos do relato de Platão. Bochica é evidentemente o primeiro rei de Atlântida, Atlas, retratado no mito grego como um titã com barba sustentando o céu. Além dessa comparação clara, parece impossível para um povo de pele escura e imberbe, isolado do mundo exterior, ter imaginado um gigante branco e de longa barba causando um incêndio de proporção global. O evento desencadeado por Bochica foi o mesmo desastre com cometas que desencadeou o dilúvio atlante, da mesma forma que o reino oceânico de Sué foi atingido.

O "DOURADO"

Essa catástrofe natural era, de fato, lembrada pelos chibchas em sua cerimônia mais importante. A Catena-Manoa significava, literalmente, a "Água de Noa", com uma notável semelhança com o herói da inundação do Antigo Testamento, Noé. Para demonstrar sua linhagem de Sué-Muiscas durante a Catena-Manoa, cada novo Zipa – o chefe chibcha – personificava a pátria submersa cobrindo seu corpo nu com pó de ouro aplicado com resina pegajosa. Ele então pulava nas águas de Guatavita, uma lagoa sagrada nos arredores de Bogotá. O pó de ouro lavado durante seu mergulho representava as riquezas do "Dourado" perdidas no mar. O Zipa então era envolto num manto azul, lembrando as vestes azuis usadas pelos reis de Atlântida, conforme descrito no diálogo de Platão.

Esses detalhes abertamente atlantes associados à Guatavita são reforçados pelo próprio local. O lago é um astroblema (cratera causada pela queda de um meteoro), que desde então foi cheio com água. Embora a data geológica de sua formação seja incerta, o impacto que criou Guatavita combina com os cometas responsáveis pela destruição de Atlântida, como refletido na Catena-Manoa dos chibcha e na história sobre o "Dourado". Em outras palavras, os índios reconhecem a cratera-lagoa como o resultado da mesma catástrofe celestial comemorada em seu ritual da "Água de Noa".

A chegada do povo de Sué-Muisca na costa colombiana representa a missão civilizadora dos sobreviventes da enchente ao "continente oposto", conclusão ressaltada pelos próprios nomes dos atores envolvidos: na língua dos chibcha, o nome tribal honorário escolhido pelos índios era Muisca, ou "os Musicais", assim como o rei atlante Musaeus, que em grego significa "Das Musas": patronos divinos das artes, de onde deriva nossa palavra "música".

OUTROS HERÓIS DE INUNDAÇÕES SUL-AMERICANOS

Os nativos colombianos não eram os únicos a celebrar as influências atlantes. Os índios da região do rio Orinoco, na Venezuela, disseram aos frades espanhóis do século XVI que Shikiemona, o deus do céu, muito tempo atrás causou a "Grande Água". Essa inundação mundial afogou os primeiros humanos porque transgrediram suas leis sagradas. Compartilhando a Venezuela pré-colombiana com o Orinoco, estavam os índios caraíbas. Eles relembraram a história de Amaicaca, seu próprio herói do dilúvio que escapou de uma catástrofe natural numa "grande canoa". Ele se estabeleceu no topo do Monte Tamancu depois que as águas do dilúvio baixaram.

Ao longo das costas brasileiras, os índios de língua Jê falavam de Mai-Ra, o "Caminhante", ou "Fabricante", o último antigo rei da "Terra sem Mal". Como seus habitantes não estavam à altura de seus altos padrões

DE ATLÂNTIDA E LEMÚRIA PARA A AMÉRICA DO SUL

O "Homem Dourado", retratado em ouro, foge de sua terra natal pelo mar com seus companheiros atlantes rumo à Colômbia, onde os índios chibchas o homenagearam como seu pai fundador.

de moralidade, ele incendiou a ilha e a afundou no mar. Enquanto essas calamidades aconteciam, Mai-Ra partiu da condenada "Terra Sem Mal" com um pequeno bando de sobreviventes, escolhidos por sua virtude. Eles desembarcaram nas costas atlânticas da América do Sul, onde cruzaram com povos nativos e geraram as atuais raças indígenas, que aprenderam a medicina, a agricultura e a magia de Mai-Ra.

No mito da enchente dos wichi, indígenas argentinos da região do Gran Chaco descrevem "uma nuvem negra quando a enchente cobriu todo o céu. O relâmpago caiu, e ouviu-se um trovão. No entanto, as gotas que caíam não eram chuva. Eram fogo".

Entre os indígenas maidu do leste do Vale do Sacramento e sopé das colinas no nordeste da Califórnia, e os pomo, que residem na costa da Califórnia ao norte da área da Baía de São Francisco, Kuksu foi o criador do mundo. Há muito tempo, ele o incendiou com chamas celestes em resposta à maldade da humanidade. Antes que toda a Terra fosse reduzida a cinzas, ele extinguiu o incêndio com um dilúvio terrível.

Na versão dos indígenas paraguaios da Serpente Emplumada (veja mais no Capítulo 10) –, o líder louro e com barba dos companheiros sobreviventes do "Lugar do Nascer do Sol", que trouxe a civilização aos povos do México – era conhecido como Zume, com quem retornamos à Colômbia. A óbvia semelhança filológica e a narrativa de Zume juntamente com o Sué-Muisca dos chibchas demonstra o amplo alcance do impacto causado na América do Sul pré-colombiana pelas prováveis imensas ondas de migração da Atlântida. Mas suas maiores influências estavam entre as pessoas mais famosas do continente – os incas.

O HOMEM BRANCO DA ESPUMA DO MAR

Assim como os astecas no México, os incas foram a última manifestação de uma cultura milhares de anos, mas sob diferentes denominações. Embora o termo hoje seja aceito como o nome de um povo específico e caracterize toda uma civilização, "Inca" originalmente se aplicava à aristocracia de indivíduos consanguíneos pertencentes à mesma família que governou o Peru nos séculos XV e XVI. Em suas conversas com os espanhóis, o imperador Atahualpa fez uma clara distinção entre a elite inca e "aqueles indígenas", as massas peruanas. Estudiosos há muito tempo se perguntam o que poderia ter causado uma clivagem racial tão profunda entre um povo pré-espanhol. Os próprios incas ofereceram uma explicação. Eles alegaram descendência direta de um estrangeiro, At-ach-u-chu, que chegou à Bolívia muito tempo atrás. Ele era descrito como um viajante do leste, alto, ruivo e barbudo, que desembarcou nas margens do Lago Titicaca após sobreviver a um terrível dilúvio. Seus anfitriões indígenas o chamavam de "Mestre de Todas as Coisas", e ele fundou na civilização dos Andes a agricultura, religião, astronomia, pesos e medidas, organização social e governo.

At-ach-u-chu era o mais velho de cinco irmãos, os Viracochas, ou "homens brancos". Ele costumava referir a si mesmo pelo título "Homem

DE ATLÂNTIDA E LEMÚRIA PARA A AMÉRICA DO SUL

Branco da Espuma do Mar", Kon-tiki-Viracocha. "Espuma do Mar" parece ser a descrição poética da onda na proa de seu navio, que o trouxe após uma inundação que afogou sua terra natal. Como suporte arqueológico para esse aspecto de seu mito, alguns pesquisadores apontam estruturas submersas no alto das montanhas da Bolívia. As ruínas foram encontradas no fundo do Lago Titicaca, 23 metros abaixo da superfície, perto da cidade portuária de Puerto Acosta. Trata-se de um longo cais ou quebra-mar (com talvez de 100 metros de comprimento), com colunas de pedra e paredes maciças.

O local submerso no Lago Titicaca foi investigado pelo famoso oceanógrafo Jacques Cousteau no final da década de 1970, quando foi fotografado pela primeira vez, embora poucas pesquisas tenham sido realizadas desde então. As estruturas são obviamente muito antigas, talvez a mais antiga evidência física de civilização nos Andes. As construções podem ter sido inundadas quando uma grande agitação geológica atingiu o Lago Titicaca, na mesma perturbação sísmica que drenou a costa de Tiahuanaco, uma cidade pré-inca próxima.

BURACOS PREENCHIDOS COM ÁGUA SAGRADA

Por mais intrigante que seja o achado submerso, a cultura andina indicava uma fonte diferente. O nome do progenitor inca, At-ach-u-chu, parece derivado de Atcha, uma variante do "Campo de Juncos" de Sekhret-Aaru. Segundo os antigos egípcios, era uma cidade distante e esplêndida, mas desaparecida, ecoando a Atlântida perdida. At-ach-u-chu poderia significar, então, o "Homem de Atcha (Atlântida)". De fato, o mito de At-ach-u-chu situa seu nascimento em Yamquisapa, um rico e poderoso reino insular no Oceano Atlântico afundado pelo mar após ser incendiado com uma "chama celestial" por causa da idolatria de seus habitantes pecaminosos. Esse evento era lembrado como o *Unu-Pachacuti*, ou "Mundo Virado pela Água", uma catástrofe natural de proporções globais. Era comemorado em Ushnu, um buraco profundo localizado na atual Plaza de Armas, a praça principal de Cuzco, no Peru, capital dos incas e o próprio "Umbigo do Mundo". Oferendas de água, leite, suco de cacto fermentado, cerveja e outros líquidos preciosos eram derramados em Ushnu no centro de uma área cerimonial, a Haucaypata. Foi em Ushnu que as águas do Unu-Pachacuti supostamente foram drenadas após a chegada de At-ach-u-chu. O buraco também era considerado uma entrada para o submundo sagrado.

Os antigos etruscos do oeste da Itália atribuíam significado idêntico aos buracos cavados no solo exatamente nos pontos médios de suas cidades, como Tarquinia e Populônia. Cada buraco era um *mundus*, onde água benta representando o Dilúvio era depositada na forma de um ritual. O mesmo tipo de oferendas subterrâneas era feito na Hydrophoria grega e pelos fenícios em Hierápolis, na Síria. Entre os anasasi, hopi e outros povos nativos do sudoeste americano, em uma cerimônia ancestral, os atores eram encharcados com água, enquanto tentavam sair de uma câmara subterrânea conhecida como *kiva*. Eles simbolizavam a "emergência" dos sobreviventes do Grande Dilúvio (veja mais no Capítulo 9).

As vastas diferenças culturais e geográficas que separam os participantes incas, índios norte-americanos, etruscos, gregos e fenícios desses rituais sagrados contrastam com sua grande semelhança, que pode ser explicada apenas em termos de uma experiência real compartilhada independentemente, mas em comum, por todos eles.

ONDAS DE RECÉM-CHEGADOS

Os incas Unu-Pachacuti citavam três cataclismos globais separados por muitos séculos entre si, e que cada um deles gerou migrações de recém-chegados à América do Sul. Primeiro foram os ayar-manco-topa, sobreviventes de enchentes que desembarcaram na costa norte do Peru. Lá, construíram as primeiras cidades, pirâmides e outras estruturas monumentais. Entendiam matemática aplicada, curavam doenças com medicamentos e cirurgias e instituíram todas as características pelas quais a civilização andina ficou conhecida. Os ayar-manco-topa correspondem a uma época da arqueologia andina conhecida como período Salavarry, quando surgiram plataformas piramidais sul-americanas com cortes retangulares ao longo das regiões costeiras do norte do Peru, por volta de 3000 a.C. Esse período de tempo coincide com o súbito aparecimento de outras civilizações no vale do Nilo, no vale do Indo, no vale de Boyne irlandês, na Mesopotâmia e na Ásia Menor, todas desencadeadas por massas de atlantes que fugiam dos estragos de um cometa assassino.

Muito tempo depois, uma segunda onda de estrangeiros apareceu na América do Sul. Eram os ayar-chaki, ou "Andarilhos", liderados por Manco Capac e sua esposa, Mama Ocllo. Eles iniciaram uma "Era de Florescimento" nos Andes, quando "Mestres Artesãos" construíram Tiahuanaco há cerca de 3.500 anos. De fato, os testes de radiocarbono no centro cerimonial boliviano revelaram uma data de construção inicial de aproximadamente 1600 a.C.

A terceira e última onda de imigração estrangeira na América do Sul pré-histórica pertenceu aos ayar-auca, um "povo guerreiro", veteranos de campanhas militares perdidas no Mediterrâneo Oriental e sobreviventes da destruição final de Atlântida, em 1198 a.C. Sua identidade atlante é confirmada pelos próprios incas. Eles descreveram os ayar-auca originais como quatro gigantes gêmeos que sustentavam o céu, assim como o Atlas grego. Mas eles acabaram se cansando de seus esforços em prol de uma humanidade ingrata e o deixaram cair no mar, criando um dilúvio mundial que destruiu a maior parte da humanidade. Um dos ayar-auca chegou a Cuzco, onde se transformou em *huaca*, ou pedra sagrada, mas não antes de acasalar com uma mulher local e gerar o primeiro inca. Futuramente, Cuzco, conhecido como o "Umbigo do Mundo", tornou-se a capital do império inca. O ayar-auca é evidentemente a tradução peruana da catástrofe da Atlântida na Idade do Bronze incorporada ao mito da fundação imperial dos incas.

É notório que o "Mundo Virado pela Água" dos incas parece ter uma conexão com um manuscrito medieval europeu. Publicado pela primeira vez em meados do século XIX, o *Oera Linda Bok,* originalmente escrito à mão, era a venerável herança de uma família frísia compilada a partir de uma tradição oral medieval com raízes num período ainda mais remoto.

Céticos o descartaram, sem ao menos considerá-lo uma farsa. Mas a condenação geral do "Livro do que Aconteceu nos Velhos Tempos" foi mais inspirada pela recusa em revisar seu conteúdo incomum do que pelas considerações acadêmicas usuais.

O *Oera Linda Bok* conta as origens dos povos frísios em uma ilha vulcânica, Atland, e a história migratória após sua destruição. Uma breve passagem menciona um de seus líderes, que conduziu seus seguidores para o oeste do Oceano Atlântico, e nunca mais se ouviu falar dele. Alguns pesquisadores concluem que esse frísio navegou para a América do Sul, chegando ao Lago Titicaca, onde estabeleceu a civilização andina que leva seu nome: Inka.

OS FILHOS DE MU

Embora as evidências culturais em ambos os lados do mundo mostrem um impacto atlante na formação da civilização andina, as influências lemuria-

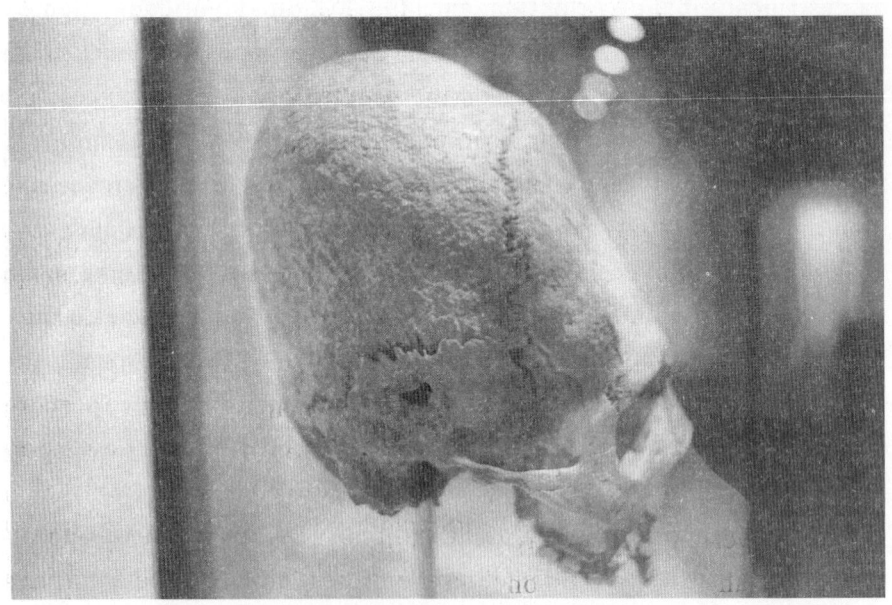

A realeza inca praticava a deformação do crânio para se distinguir dos plebeus. Isso também identificava sua descendência dos ayar-chaki, ou "Mestres Artesãos", que escaparam de uma catástrofe natural navegando para a América do Sul num passado remoto.

nas desempenharam um papel não menos seminal, como seria de esperar, por causa da localização da costa peruana no Pacífico. Na versão chimu dos primeiros migrantes da enchente, por exemplo, os ayar-manco-topa eram liderados pelo rei Naylamp, que desembarcou com seus seguidores em "um bando de grandes canoas". Os chimu eram um povo pré-inca e criaram uma poderosa civilização, Chimor, que dominou a costa peruana de 900 d.C até sua derrota pelos incas no final do século XV.

A capital, Chan-Chan, fica ao norte de Trujillo e foi fundada, segundo historiadores chimus, por Taycana-mu. Ele havia sido enviado em uma missão para estabelecer uma cultura por seu superior, "um grande senhor do outro lado do mar", que governava um reino no Oceano Pacífico. Tayacana-mu fundou a cidade de Chan-Chan.

O então chamado "Palácio do Governador" em Chan-Chan – a cidade fundada por Tayacana-mu – apresenta uma parede decorada com um friso representando uma cidade submersa: peixes nadando sobre pirâmides ligadas umas às outras. O coronel James Churchward pode estar se referindo diretamente ao mural de Chan-Chan quando escreveu: "existem ruínas que, por sua localização e pelos símbolos que as decoram, falam do continente perdido de Mu, a Pátria do Homem".

A cena sem dúvida lembra a civilização submersa do Pacífico, da qual os ancestrais dos chimus – literalmente, os "Filhos de Mu" – chegaram às costas peruanas após a catástrofe de 3100 a.C. Foi dos descendentes de Tayacana-mu que todos os monarcas chimus posteriores traçaram sua descendência linear. É auto-evidente que esse sítio nativo americano e sua história de fundação representam pessoas que levaram a cultura lemuriana para o Peru.

Segundo relatos espanhóis sobre os nativos peruanos, o centro administrativo chimu de Pacata-mu foi batizado por causa do nome de seu primeiro governante. Em outro sítio arqueológico no planalto central do vale de Andahuaylas, foi encontrada uma tigela de pedra de 3.440 anos contendo ferramentas de metalurgia junto com ouro em folhas finas; é a primeira evidência de metalurgia preciosa nos Andes. O nome do local onde tal descoberta foi feita é Muyu Moqo.

Pacata-Mu era um importante centro religioso e possuía um complexo labirinto do tamanho de quatro campos de futebol, cercado por altos muros de tijolos de barro. O labirinto era aparentemente o cenário de atividades rituais em grande escala, a julgar pelos restos de lhamas sacrificadas, além de pequenos e curiosos quadrados de tecido sem valor utilitário aparente. No entanto, esses quadrados ainda são usados pelos aborígenes norte-americanos dos estados do sudoeste para colocar oferendas religiosas de tabaco. O nome e a localização de Pacata-Mu no litoral norte do Peru, sobre penhascos e rochas com vista para o Oceano Pacífico, ressaltam suas origens lemurianas.

MEGÁLITOS SUL-AMERICANOS

Taycana-mu, Pacata-mu, Muyu Moqo, etc. encarnam em seu caráter e seus nomes a fonte lemuriana, compartilhada com Atlântida, da civilização andina. Michael E. Moseley, especialista em arqueologia andina, escreve sobre essas tradições fundadoras de culturas: "A tradição claramente contém mitos e alegorias, mas também menciona lugares e eventos identificáveis em registros arqueológicos".

Entre os mais relevantes, está Silustani, uma área cerimonial pré-inca perto das margens do Lago Titicaca, na Bolívia. Ela possui um círculo habilmente disposto de pedras eretas, diferente de qualquer coisa comparável na América do Sul, mas reminiscente de sítios megalíticos comuns na Europa Ocidental.

Mais famosas são as Chulpas de Silustani, torres enormes e bem construídas que os arqueólogos acreditam – com base em poucas vidências – terem sido usadas para fins funerários. As Chulpas possuem estranha semelhança com torres de pedra maciças que ficam sob 30 metros de água no Mar da Coreia, na costa ocidental do Japão, não muito longe da pequena ilha de Okinoshima. Conexões entre as estruturas submersas de Okinoshima e as em terra, próximas da água, em Silustani são sugeridas através da civilização perdida de Mu, embora antigas influências atlantes, como as encontradas no círculo de pedra anômalo, possam estar presentes.

Os chimu não eram os únicos povos pré-colombianos com sugestivas origens lemurianas. Na Venezuela, Ka-Mu era o pai fundador dos índios aruaques, que conduziu seus ancestrais até uma enorme caverna como refúgio de um cataclismo. Após o dilúvio recuar, eles o seguiram de volta ao mundo, guiados pelo canto de um pássaro. Esse tal pássaro se repete em várias tradições de dilúvio mundo afora, não apenas no Gênesis da Bíblia. Os carib contavam praticamente a mesma tradição, cujo herói ancestral era conhecido como Ta-Mu. Na língua Chibchana, o "Dourado" – a pátria submersa de onde o povo Sué-Muisca chegou às costas da Colômbia – era Amuru.

Abundantes evidências culturais e até arqueológicas dos incas e de outros povos que os precederam constituem um poderoso argumento para a antiga chegada de viajantes vindos de Atlântida e Lemúria, que se tornaram os primeiros motores e agitadores para a civilização andina. Seu legado não se limitou aos mitos e tradições orais dos índios nativos, mas se concretizou em monumentos de pedra do Peru e da Bolívia, e se tornou evidente nas múmias de cabelos claros da costa do Pacífico na América do Sul.

CAPÍTULO 12
COMO E QUANDO ATLÂNTIDA E LEMÚRIA FORAM DESTRUÍDAS?

> "O SONO, QUE ESCONDE A VERDADE INTERIOR DA MENTE, É COMO UM MAR QUE COBRE A TERRA PERDIDA DE NOSSOS ANCESTRAIS."
>
> PROVÉRBIO MALAIA

Com o colapso da União Soviética e o consequente fim da Guerra Fria, pesquisas até então secretas da Marinha dos Estados Unidos sobre o leito oceânico foram disponibilizadas e divulgadas ao público. O renomado Instituto Oceanográfico Scripps da Califórnia, em La Jolla, usou esses antigos dados militares para compilar a série mais detalhada e atualizada de mapas, revelando graficamente o que estava no fundo dos oceanos da Terra como nunca antes. Os gráficos revelaram várias coisas surpreendentes. Entre as mais atraentes, estava um arquipélago afundado identificado como a chamada Dorsal de Nazca. É um grupo mais ou menos contíguo de ilhas que se estende em linha reta por 443 quilômetros a sudoeste da costa peruana a partir da cidade de Nazca, ao sul da capital peruana Lima, e é adjacente a outro grupo conhecido como Sala y Gomez.

A Dorsal de Nazca se curva quase a oeste por mais 564 quilômetros na direção da Ilha de Páscoa. Ambas já eram conhecidas antes da divulgação dos novos dados, mas os gráficos de Scripps revelaram que elas fazem parte de um arquipélago afundado, que antes era terra seca acima do nível do mar num passado geológico recente. Na verdade, parte da Dorsal de Nazca fica em águas rasas, e suas seções mais altas estão cerca de 30 metros sob a superfície da água. Oceanógrafos agora acreditam que, pelo menos até o final da última Idade do Gelo, cerca de 10.000 anos atrás, um grande arquipélago de ilhas estreitamente conectadas ficava não muito longe da costa do Peru no Pacífico por mais de 1.130 quilômetros. Com a elevação de gelo derretido no final do Período Quaternário – o último intervalo do tempo geológico –, o nível do mar subiu depressa, inundando catastroficamente todo o arquipélago.

Portanto, essa última informação mostra que Mu ou Lemúria não poderia ter sido um continente, geologicamente falando. A pátria pré-histórica era menos uma massa de terra do que um povo com uma cultura uniforme, que abrangia as cadeias de ilhas e arquipélagos do centro-sul do Pacífico. Alguns desses territórios foram despojados de toda (ou quase toda) a vida humana quando uma série de tsunamis horríveis os atingiu. Outros desmoronaram sob as ondas durante a violência sísmica gerada por catástrofes naturais. Mas Mu foi certamente intercontinental em termos de que suas influências culturais impactaram metade do globo, da Ásia até as Américas.

O INÍCIO DA CIVILIZAÇÃO

Cientistas acreditam que os mares em todo o mundo subiram rápido demais com o fim da última Idade do Gelo, atingindo níveis suficientes, por exemplo, para afogar as ruínas de pedra descobertas recentemente perto de Okinawa e Yonaguni, no Japão. Se essas estruturas forem de fato remanescentes da civilização lemuriana – e é difícil imaginar outra explicação –, então a inundação no período Quaternário se encaixa com a tradução dos registros do mosteiro hindu que Churchward viu enquanto estava na Índia. No entanto, estudiosos tradicionais têm certeza de que nada parecido com uma alta cultura existia antes de 5.000 anos atrás. As explicações oficiais para o início da civilização são a partir do surgimento do Crescente Fértil na Mesopotâmia, por volta da virada do quarto milênio a.C.

Porém, dadas as limitações desse tempo e lugar, cientistas tradicionais são pressionados a explicar a descoberta de centros urbanos complexos, como os condomínios de 9.000 anos em Çatalhöyük, na Turquia, ou a cidadela de 1,6 hectare de Jericó, com seu perímetro de alvenaria de 3 metros de espessura e torre de pedra com uma escada interna em espiral com mais de 9 metros de altura. Concluída há 10.000 anos, é quase contemporânea às primeiras datas para Mu e Atlantis. Locais como Çatalhöyük e Jericó não foram criados por agricultores primitivos. Nem foram os primeiros de seu tipo, mas os resultados de seres anteriores que datam de, pelo menos, vários séculos antes.

Documentos de mosteiros hindus traduzidos por Churchward datam a catástrofe natural que atingiu Mu em 10.000 a.C. Essa data não deve ser aceita literalmente, mas se trata de um tempo que coincide com o período que Platão designou para a destruição da Atlântida: 11.500 anos antes do tempo presente. Então, é concebível que ambas as civilizações tenham perecido mais ou menos simultaneamente num cataclismo global que ocorreu no fim da última Idade do Gelo? Se assim for, então Mu e Atlântida devem ter começado e se desenvolvido muito antes, levando as origens da civilização humana ainda mais fundo na pré-História.

PROBLEMAS NA LINHA DO TEMPO

Mas há algumas contradições perturbadoras em relação a essa hipótese aparentemente credível. Se os seres que sobreviveram à catástrofe lemuriana chegaram às áreas costeiras do Japão, Sudeste Asiático, Austrália, Polinésia e Américas como conta Churchward, o impacto delas nessas regiões provavelmente ficou para trás por mais 7.000 anos. O primeiro vislumbre da civilização andina apareceu no período Salavarry, há 5.000 anos. O primeiro centro urbano da China, em Longshan, não havia iniciado até 2500 a.C. E embora as estruturas lemurianas em Nan Madol, Tonga, Ilha de Páscoa e outros locais no Pacífico sejam, sem dúvida, mais antigas do que afirmam arqueólogos convencionais, sua proveniência não pode estar na Idade do Gelo. Nem mesmo o teórico mais alternativo consegue explicar a lacuna entre a suposta destruição de Mu no final do período Quaternário e o início da civilização na Ásia e nas Américas setenta ou mais séculos depois.

O dilema é ainda maior no caso de Atlântida. O clima ameno que Platão disse que havia ali não existia durante a Idade do Gelo – nem nos impérios grego ou egípcio, contra os quais os atlantes guerrearam.

A agricultura, a irrigação, projetos de obras públicas, a construção de templos, o governo, o imperialismo, a organização militar, carruagens, a cavalaria, navios, portos, a indústria de tingimento, a domesticação de animais, o planejamento urbano, a metalurgia e todo o resto que ele atribui à capital atlante não existiam até milênios após a data de 9500 a.C, na qual Platão atribuiu à florescência de Atlântida. Discrepâncias tão preocupantes forçam os céticos a concluirem que a civilização perdida nada mais era do que a fantasia de um filósofo, no máximo uma alegoria para suas noções sobre utopia.

Mas são essas aparentes inconsistências que simultaneamente afirmam a existência anterior de Atlântida e fornecem uma linha de tempo confiável para inseri-la na História.

A cidadela que Platão descreve com tantos detalhes era típica da arquitetura do palácio, do traçado da cidade e da organização militar do final da Idade do Bronze (dos séculos XVI a XIII a.C). Como ele não conhecia praticamente nada sobre aquele período, que precedeu sua própria era em 800 anos, sua narrativa só poderia ter vindo de uma fonte do período Homérico, com o qual ele não estaria familiarizado. Em outras palavras, afirmar que Atlântida floresceu em tempos pós-glaciais é análogo a afirmar que a União Soviética existiu durante os tempos medievais.

Mais significativamente, os tempos clássicos em que Platão viveu foram antecedidos por uma idade das trevas que destruiu o conhecimento de todos os períodos anteriores. Tão profunda foi a prolongada obscuridade que caiu sobre o passado que, no século V a.C, o historiador grego Tucídides falava por seus contemporâneos quando afirmou que a civilização começou apenas 300 anos antes de seu tempo. Em suma, tudo na história de Platão é totalmente identificável em um período entre os séculos XVI a XIII a.C. Atlântida, em sua forma final no auge de sua magnificência, foi um fenômeno do final da Idade do Bronze.

UMA EXPLICAÇÃO DO CALENDÁRIO LUNAR

Sabe-se agora que o sacerdote egípcio Psonchis, citado por Plutarco como o narrador do *Timeu* de Platão, não usava um calendário solar. Se Platão (ou Sólon) em sua tradução do relato de Atlântida também empregou anos lunares, então a data de 9500 a.C mencionada em ambos os diálogos de Platão ocorreu muito mais tarde, mais perto de 1200 a.C, no final da Idade do Bronze da Europa. Seria um ajuste perfeito para a data da civilização descrita por Platão, e contemporânea com uma catástrofe natural que ocorreu exatamente nesse momento no leste do Oceano Atlântico, explicando assim a destruição da Atlântida.

As fontes de James Churchward também poderiam ter renunciado a um calendário solar (na verdade, historiadores religiosos hindus muitas vezes calculavam o tempo em anos lunares), considerando como data real da destruição de Mu por volta de 1250 a.C, duas gerações antes da perda de Atlântida. Essa data é viável não apenas porque fica no contexto de outras civilizações, mas também porque coincide com um período de grande agitação geológica em todo o mundo.

Mas se nem Atlântida nem Lemúria tiveram seu fim respectivo no final da última Idade do Gelo, o que poderia explicar suas destruições nos tempos pré-Clássicos?

UMA COLISÃO METEÓRICA

O astrônomo francês G. R. Corli (1744-1806) foi o primeiro pesquisador a concluir, em 1785, que o fragmento de um cometa colidiu com a Terra e destruiu Atlântida. A primeira investigação completa sobre esse assunto começou quase 100 anos depois com o pai da Atlantologia, Ignatius Donnelly. Seu segundo livro sobre o assunto, *Ragnarok, Era do Fogo e Cascalho* (1884), propôs que a civilização da ilha havia sido aniquilada pela colisão de um cometa com a Terra. Numa época em que os cientistas sequer reconheciam a existência de meteoritos, sua especulação foi descartada como mera fantasia. Ele teve o apoio de apenas alguns pensadores contemporâneos, como o físico russo Sergi Basinsky (1831-1889), que argumentou que o impacto de um meteoro com a Terra havia sido grande o suficiente para a destruição simultânea de Atlântida e a ascensão da Austrália.

Mas, nas décadas de 1920 e 1930, a teoria de Donnelly foi ressuscitada e apoiada pelo físico alemão Hans Hoerbiger (1860-1931), cujo polêmico paradigma do "Gelo Cósmico" incluía a catástrofe atlante como resultado do impacto da Terra com um fragmento de cometa contendo detritos congelados. Seu contemporâneo britânico, o influente editor Comyns Beaumont, já havia chegado à mesma conclusão de forma independente. Durante a era pós-Segunda Guerra Mundial, Hoerbiger foi defendido por outro conhecido pesquisador austríaco, H. S. Bellamy (1901-1982). Enquanto isso, o trabalho de Beaumont foi assumido inteiramente por Immanuel Velikovsky (1895-1979) em seu famoso *Mundos em Colisão* (1950), que elaborou a possibilidade de um impacto celeste como responsável pela súbita extinção de uma civilização pré-diluviana.

Intrigantes ou mesmo tão plausíveis quanto argumentavam esses escritores, suas provas eram, em grande parte, inferências. Mas uma teoria extraterrestre começou a ter evidências materiais persuasivas em 1964, quando um engenheiro de foguetes alemão, Otto Muck, anunciou as descobertas de buracos duplos no fundo do oceano. Eles foram causados por um pequeno asteroide que se partiu ao meio e desencadeou uma reação em cadeia de violência geológica ao longo da Dorsal Meso-Atlântica, uma cadeia de vulcões subterrâneos à qual a ilha de Atlântida estava conectada.

No final dos anos 1980 e início dos anos 1990, os astrônomos Victor Clube e Bill Napier ofereceram uma explicação asteroide ou meteórica para a destruição de Atlântida. No entanto, segundo eles, a maior probabilidade seria a de um bombardeio virtual na Terra, um "fogo do céu", quando nosso planeta passou por ou perto de uma nuvem de grandes detritos que despejou dezenas ou até centenas de materiais meteoríticos, em oposição à única colisão proposta por Muck.

Particularmente desde a publicação da evidência convincente de Muck, importantes estudiosos, como a maior autoridade mundial no cometa Halley, Dr. M. M. Kamiensky (membro da Academia Polonesa de Ciências), o professor N. Bonev (astrônomo búlgaro da Universidade de Sofia) e Edgerton Sykes (o mais importante atlantologista da era pós-Segunda Guerra Mundial) acreditavam que a destruição final de Atlântida foi causada por um impacto extraterrestre ou uma série de impactos. Milhares de anos antes dessas investigações científicas estão as numerosas tradições sobre um Grande Dilúvio causado por algum evento celeste, contado em sociedades de ambos os lados do Oceano Atlântico. Muitas, se não a maioria, dessas memórias populares mundiais de alguma forma ligam o dilúvio a um cataclismo enviado pelos céus.

EVIDÊNCIAS DA LITERATURA E DA MEMÓRIA POPULAR

Começando com o *Timeu* de Platão, primeiro relato completo sobre Atlântida, a queda de um objeto extraterrestre prenuncia a destruição da ilha, quando o narrador egípcio Psonchis conta a Sólon, o estadista grego visitante, sobre "uma declinação dos corpos se movendo ao redor da Terra e nos céus, e uma grande reconstituição das coisas sobre a Terra que se repetem em longos intervalos de tempo".

Inscrições nas paredes de Medinet Habu (no vale do Alto Nilo) – o Templo da Vitória do Faraó Ramsés III – contam como os invasores atlantes foram destruídos no Egito: "A estrela cadente foi terrível em sua perseguição", antes de sua ilha sucumbir no fundo do mar. Ibrahim ben Ebn Wauff Shah, Abu Zeyd el Balkhy e outros historiadores árabes usaram a história de Surid, o governante de um reino antediluviano, para explicar que o Grande Dilúvio foi causado quando um "planeta" colidiu com a Terra.

Na América do Norte, os índios cherokee se lembraram de Unadatsug, um "grupo" de estrelas – as Plêiades –, uma das quais, "criando uma cauda de fogo, caiu na Terra. Uma palmeira cresceu onde ela pousou, e a própria estrela caída se transformou em um homem idoso, que alertou sobre as próximas inundações". Como o comentarista moderno James Jobes escreveu sobre Unadatsug, "a queda de uma estrela pode estar ligada a uma história sobre o Dilúvio; possivelmente a queda de um meteoro Taurid ecoa aqui." Uma versão complementar ocorre no *Talmude* judaico:

> "Quando o Santo, bendito seja Ele, desejou trazer o dilúvio
> sobre o mundo, Ele retirou duas estrelas das Plêiades."

Relatos semelhantes podem ser encontrados entre os quichés maias da planície de Iucatã, os muisca da Colômbia, os índios arawak da Venezuela, os astecas de Cholula, os gregos dos tempos clássicos e assim por diante.

SUSTENTAÇÃO MODERNA PARA A TEORIA DO METEORO
Essas tradições folclóricas duradouras e as primeiras investigações foram confirmadas em julho de 1997 em um simpósio internacional intitulado "Catástrofes Naturais Durante as Civilizações da Idade do Bronze: Perspectivas Arqueológicas, Geológicas, Astronômicas e Culturais". Cientistas de várias disciplinas de todo o mundo se reuniram no Fitzwilliam College, em Cambridge, na Inglaterra, para comparar suas evidências de uma possibilidade particularmente impressionante;

ou seja, aquele homem civilizado tinha sido levado à beira da extinção em quatro ocasiões distintas durante os períodos pré-Clássicos. A opinião consentida por todos, publicada em Oxford no ano seguinte, sustentava que um cometa ou vários cometas fizeram passagens perigosas e próximas à Terra por volta dos anos 3100, 2200, 1682 e 1198 a.C, sendo que o primeiro e, especialmente, o último eventos causaram os estragos mais graves. Esses cometas muito próximos geraram um disparo de materiais meteóricos, incluindo corpos do tamanho de asteroides, que choveram sobre a Terra, resultando em mortes em massa e a ruptura fundamental da civilização.

No episódio do final do quarto milênio a.C, por exemplo, um cometa colidiu com o cinturão de asteroides entre Marte e Júpiter e produziu as Ondas de Meteoros Stohl, das quais surgiram os meteoros Taurid responsáveis pelos cataclismos da Idade do Bronze. Um dos palestrantes do simpósio, Duncan Steel, disse sobre os meteoros Taurid:

> Assim, o céu noturno por volta de 3000 a.C, e num período
> de um ou dois milênios depois dele, foi perturbado. Ocorria um
> ou alguns grandes cometas recorrentes todo ano, junto com épocas
> (definidas pela precessão orbital) quando a tempestade anual
> de meteoros atingiu níveis prodigiosos.

No livro *A Máquina de Uriel,* de 1999, os autores Christopher Knight e Robert Lomas apontam que a direção do campo magnético da Terra mudou abruptamente por volta de 3150 a.C, quando um cometa atingiu o Mar Mediterrâneo. Um chamado "evento de véu de poeira", indicando o aparecimento repentino de cinzas na atmosfera, foi documentado através de anéis de árvores na Irlanda e na Inglaterra. O aumento da entrada de poeira cósmica coincidiu com a queimada generalizada em vários pântanos do norte da Europa. E o Mar Morto subiu espantosos 92 metros.

IMPACTOS MÚLTIPLOS

Outros impactos devastaram Atlântida, como indicados pelas erupções vulcânicas contemporâneas que iam da Islândia ao arquipélago dos Açores.

COMO E QUANDO ATLÂNTIDA E LEMÚRIA FORAM DESTRUÍDAS?

Terremotos graves provocados por material meteórico que colidiram com a geologicamente instável Dorsal Meso-Atlântica destruíram grande parte da capital atlante, enquanto ondas de 60 metros de altura a 200 quilômetros por hora atingiram as regiões costeiras da ilha. Houve dezenas de milhares mortes e pessoas feridas. Talvez metade da infraestrutura cultural da sociedade ficou em ruínas.

Embora a maioria dos sobreviventes tenha permanecido para reconstruir a sociedade, começou a migração em larga escala para outras partes do mundo, como indicado pelo nascimento inexplicável da civilização em muitas partes do mundo – a primeira dinastia do Egito; a fundação de Tróia; as cidades-estados do vale do Indo; os principais sítios megalíticos da Grã-Bretanha em Stonehenge, as Pedras em Stenness, Maeshowe, o Anel de Brodgar e Skara Brae nas Ilhas Órcades; a primeira dinastia da China liderada pelo imperador Fu Xi; o calendário maia da Mesoamérica com início em 12 de agosto de 3113 a.C; o início do período formativo das altas culturas do Novo Mundo começando na costa do Peru; e assim por diante.

Menos de mil anos depois, os cometas assassinos voltaram com tudo. Platão escreveu em *As Leis* que o "famoso Dilúvio" de Ogiges ocorreu menos de 2.000 anos antes de seu tempo; ou seja, por volta de 2300 a.C. O renomado estudioso romano Varo afirmou que o fenômeno ocorreu por volta de 2136 a.C.

William Whiston, o sucessor de Isaac Newton no século XVII em Cambridge, afirmou que o Grande Dilúvio de 2349 a.C foi causado pela quase colisão de um grande cometa. Sua conclusão foi sustentada por W. Bruce Masse, arqueólogo ambiental da Força Aérea dos EUA no século XX, que descobriu que "o período 2350-2000 a.C testemunhou pelo menos quatro impactos cósmicos (aproximadamente em 2345, 2240, 2188 e 2000 a.C) e talvez um quinto (2297–2265 a.C)." Um deles, um asteroide de 359 megatons, explodiu sobre a Argentina, criando uma série de crateras na área do rio Cuarto.

REPERCUSSÕES PELO MUNDO

Uma extensa ponte terrestre que ligava Malta à ilha vizinha de Filfia desabou e gerou ondas tão potentes que inundaram todo o arquipélago e extinguiram a civilização neolítica em Malta. De acordo com o pesquisador maltês Anton Mifsud, vestígios de grandes falhas na fissura submarina Pantelleria, em que ambas as ilhas se encontram, eram datadas de 2200 a.C. Enquanto isso, o vulcão Hekla, na Islândia, teve uma grande erupção, e fazendas e várias cidades das planícies de Habur, no norte da Síria, foram abandonadas em massa. Geleiras se movimentavam da Lapônia e da Suécia em direção ao Himalaia.

Com o colapso do império acádio no norte da Mesopotâmia, um épico contemporâneo, *A Maldição de Acádio* falava de "nuvens pesadas que não choviam", "grandes campos que não produzem grãos" e "cacos de cerâmica flamejantes que caem do céu". Na Síria, a arqueóloga Marie-Agnes Courty recuperou coleções de petróglifos sugerindo que humanos testemunharam um impacto celestial por volta de 2350 a.C.

Na China, dez "sóis" caíram do céu depois de serem baleados por um arqueiro divino, uma alegoria do mito do caos celestial durante esse período. Usando cronologias reais, o atlantologista Kenneth Caroli datou o incidente dos "dez sóis" por volta de 2141 a.C. O imperador Shun escreveu sobre uma enorme bola de fogo que ele observou cair do céu e atingir a Terra em 2240 a.C, um incidente que desencadeou o Grande Dilúvio, acreditava ele:

> O mundo inteiro estava submerso, e todo o mundo era um oceano sem fim. As pessoas flutuavam em águas traiçoeiras, buscando cavernas e árvores nas altas montanhas. As plantações ficaram arruinadas, e os sobreviventes competiam com pássaros ferozes por lugares para morar. Milhares morriam todos os dias.

No Peru, os auar-chaki, ou "Andarilhos", chegaram à costa em grande número por causa de um terrível dilúvio.

O *Ore Linda Bok* dos frísios afirma que "Atland" foi arruinada por convulsões cataclísmicas em 2193 a.C. De fato, Atlântida sofreu extensa violência geológica que deixou seus centros cerimoniais e residenciais em ruínas. As plantações foram incineradas pelo intenso vulcanismo, à medida que os tsunamis devastaram as populações costeiras. O número de mortos aumentou, provocando uma segunda onda de migração rumo às Américas, Norte da África e Europa Ocidental, e do Mar Mediterrâneo para o Oriente Próximo. Mas a maioria dos atlantes permaneceu para reconstruir sua sociedade.

A penúltima catástrofe global demorou a chegar. Os mexicanos pré-colombianos se lembravam dela como 4-Quihuitl – literalmente, "o fogo do céu" – representado na Pedra do Sol asteca como uma chama em queda. Ao sul, no Peru, o herói da inundação Thonapa chegou com seu povo depois do Unu-Pachacuti, "O Mundo Virado pela Água".

O sacerdote-historiador Manetão registrou que uma "explosão de Deus" prostrou o Egito, destruindo grandes centros metropolitanos como Ithtaw ("Cidade Residencial") e HetepSenusret. O dendrocronologista Michael Baillie sugeriu que as pragas bíblicas do Egito e do Êxodo foram provocadas por uma grave regressão climática devido às cinzas vulcânicas que chegaram à atmosfera e aos efeitos da passagem de um cometa perto da Terra. Baillie cita anéis de árvores alemãs, britânicos, irlandeses e norte-americanos como evidência de queda prodigiosa de cinzas.

Embora menos devastada do que nas duas ocasiões anteriores, Atlântida sofreu danos significativos em sua infraestrutura cultural, principalmente pelos terremotos e tsunamis de 1628 a.C. Tal data do século XVII a.C, conforme mencionada no capítulo 4, coincide quase exatamente com o final da Era de Touro e coincide em simultâneo com o final da Idade do Bronze Média.

O IMPACTO FINAL

A reconstrução prosseguiu de imediato, resultando na fase mais opulenta da capital. Mas ela não durou. Os seres humanos provavelmente nunca testemunharam uma catástrofe natural mais potente do que o cataclismo final que condenou Atlântida e encerrou a Idade do Bronze em 1198 a.C. Conforme os geólogos suecos Thomas B. Larsson e Lars Franzen:

> ... *tomamos a liberdade de sugerir que corpos extraterrestres relativamente grandes atingiram algum lugar no leste do Atlântico Norte, provavelmente a plataforma continental*

da costa atlântica do norte da África ou sul da Europa, por volta de 1000 a 950 a.C, afetando sobretudo as partes mediterrâneas da África e da Europa, mas também grande parte do globo.

Havia, é claro, a possibilidade de que a própria ilha de Atlântida fosse atingida por um desses "grandes corpos extraterrestres".

W. Bruce Masse citou um "impacto terrestre catastrófico por volta de 1000 a.C" que ocorreu nas terras áridas do norte de Montana, nos Estados Unidos. A oeste de Broken Bow, estado de Nebraska, fica uma cratera de quase 1,6 quilômetro de largura criada 3.000 anos atrás por um meteoro que explodiu com a força de uma explosão nuclear de 120 megatons. Os núcleos de gelo do Camp Century da Groenlândia revelam que um desastre global liberou vários milhares de quilômetros cúbicos de cinzas para a atmosfera por volta de 1170 a.C.

Ao mesmo tempo, houve um aumento global nos níveis de água dos lagos. A inundação foi tão grande – talvez inigualável antes ou depois na História ou na pré-História – que novos lagos se formaram na Alemanha perto de Memmingen, Munique, Ravensburg e Toelz. Na Renânia alemã, a grande maioria dos troncos de carvalho mostra sinais claros de inundações por volta de 1000 a.C. Lagos como o Loughbashade transbordavam por toda a Irlanda do Norte. O maior lago alcalino do mundo, o lago de Vã, na Turquia, subiu 77 metros em dois anos. Climatologistas calcularam que tal aumento exigiria cerca de 381 centímetros de chuva. Na América do Norte, o Grande Lago Salgado em Utah e a baia do Waldsea no Canadá atingiram níveis anormalmente altos. O mesmo aconteceu com o lago Titicaca, na América do Sul, nos Andes bolivianos, e o lago Cardiel, no oeste da Argentina.

O geólogo Robert Hewitt descreveu o fim da Idade do Bronze como "uma das piores catástrofes da história mundial". Larsson e Franzen sentiram-se compelidos pela evidência geológica a "propor que a atividade cósmica poderia oferecer uma explicação para as mudanças observadas. Sugerimos até que asteroides ou cometas relativamente grandes (cerca de 0,5 quilômetro de diâmetro) atingiram algum lugar no Atlântico oriental."

Sua vítima era Atlântida. Durante o início de novembro – quando o Dia dos Mortos ainda é lembrado em todo o mundo em centenas de celebrações culturalmente difusas sobre o Grande Dilúvio –, os céus noturnos do hemisfério norte brilharam com a luz profana de um dragão-cometa cuspindo pedras flamejantes na Terra e no mar. A catástrofe global de 1198 a.C ressoou nas memórias de raças de toda a humanidade. No final da vigésima dinastia do Egito (aproximadamente 1197 a.C), o Faraó Seti II descreveu Sekhmet como uma "estrela circulante" que cuspia chamas em todo o mundo conhecido. O *Papiro Ipuur* registrou uma destruição pelo fogo em todo o Egito. O *Papiro de Harris* documentou imensas nuvens de cinzas que dominaram o oeste do vale do Nilo na época da coroação de Ramsés III em 1198 a.C. Logo depois, ele defendeu o Egito de uma invasão dos "Povos do Mar", que disseram aos escribas que uma "estrela cadente" incendiou a terra natal deles antes dela afundar no mar.

Um texto inscrito em barro cozido na cidade portuária de Ugarit descreveu Anat como uma estrela que caiu sobre "a terra síria, incendiando-a e confundindo os dois crepúsculos". Zhou, último imperador da dinastia Shang, perdeu uma batalha decisiva para Wu Wang, fundador da dinastia Zhou, em 1122 a.C. O mito chinês conta que, simultaneamente a esse confronto militar, ocorreu uma batalha cósmica entre cometas no céu. No calendário asteca, 4-Atl significava o dilúvio mundial que destruiu um antigo "Sol" ou era. A palavra asteca Haiyococab significava "Água sobre a Terra", da qual "os deuses que sustentavam a Terra escaparam quando o mundo foi destruído pelo Dilúvio".

VULCÕES E TSUNAMIS

Atividades vulcânicas em todo o mundo atingiram seu auge no final do século XIII a.C. O Monte Vesúvio na Itália eclodiu em três ocasiões distintas depois de 1200 a.C nos 100 anos seguintes. Erupções notáveis ocorreram na Arábia; os vulcões russos Avachinsky e Sheveluch, perto do Oceano Pacífico na Península de Kamchatka; o japonês Atami-san; o Monte Saint Helens na América do Norte; o Monte Shasta na Califórnia; os vulcões Newberry e Belknap no estado americano de Oregon; e o vulcão San Salvador na América Central.

A atividade vulcânica do Oceano Atlântico foi generalizada, com eventos na Islândia (vulcão Hekla), Ilha de Ascensão, Candlemas, Ilhas de Açores (Monte das Furnas), Ilhas Canárias (Grã Canária, Fuerteventura e Lanzarote).

O desenvolvimento de Stonehenge acabou de repente, e o local foi abandonado, enquanto a Floresta Negra na Baviera foi incendiada. Em toda a Escandinávia, a maioria das regiões costeiras foi evacuada. Inundações catastróficas atingiram uma vasta área de planícies, onde vários grandes rios convergiam, submergindo totalmente a planície da Hungria. Enormes inundações costeiras surgiram nas regiões do sudeste da América do Norte. Essa inundação verdadeiramente catastrófica foi desencadeada por quedas de meteoros e asteroides no Oceano Atlântico, conforme indicado por um longo padrão de crateras, ou "baías", no estado americano da Carolina do Sul. Grandes danos causados por terremotos e incêndios dizimaram Atenas, Micenas, Tirinto, Cnossos, Tróia, Urgarite e Chipre. A capital do império hitita, Hatusa, foi consumida por um incêndio. Muitos locais importantes e secundários da Idade do Bronze na Ásia Menor foram incendiados.

A destruição final ocorreu quando o Monte Atlas eclodiu, erodiu e se esvaziou com erupções ferozes, depois desmoronou no mar. "Em um único dia e uma noite", segundo Platão, Atlântida ficou destruída. Enquanto a maioria de seus mais de um milhão de habitantes pereceu, muitos milhares de sobreviventes fugiram para várias partes do mundo. As migrações foram registradas nas tradições míticas de outros povos que os acolheram.

A DESTRUIÇÃO DE LEMÚRIA

A catástrofe global de 1628 a.C impactou drasticamente a Polinésia. Em uma versão nativa da *Visão de Haumaka* contada pela autoridade local, Arturo Teao, o deus dos terremotos atingiu Marea Renga, a "Terra do Sol", um reino magnífico, subvertendo grandes extensões de território no mar. A narrativa relata: "Uvoke levantou a terra com seu pé de cabra. As ondas subiram, o país ficou pequeno". Terra, mar e céu se contorceram com a violência. Segundo Teao, "as ondas quebraram, o vento soprou, a chuva caiu, o trovão rugiu, meteoritos caíram na ilha. O rei (Haumaka) viu que a terra havia afundado no mar. À medida que o mar subia, a terra afundava. Famílias morreram, homens morreram, mulheres, crianças e idosos" – *Ku emu a*, "A Terra afogou-se". Hotu Matua, líder dos sobreviventes da Ilha de Páscoa, lamentou: "O mar subiu e afogou todas as pessoas em Marae Renga."

A *Visão de Haumaka* parece refletir as convulsões geológicas que assolaram todo o reino do Pacífico durante o final do século XVII a.C. No Japão, o Monte Sanbe, no sul de Honshu, passou por uma grande erupção de caldeira no mesmo momento em que o Akiachak no Alasca, no lado oposto do oceano, em um evento terrível, expelia 80 quilômetros cúbicos de cinzas, 20 quilômetros cúbicos a mais do que a explosão contemporânea em Thera, no Mar Egeu.

Entre os montes Sanbe e Akiachak, a ilha de Rabaul, no Pacífico Sul, e Mauna Kea, no Havaí, explodiram com violência extraordinária, mas foram superados por Taupo, no vale central da Nova Zelândia. Mais poderoso do que 200 bombas atômicas de 50 megatons, ele gerou um paredão de água de 60 metros de altura, viajando várias centenas de quilômetros por hora como uma onda que chocou todo o Pacífico. As ilhas que estavam em seu caminho ficaram arrasadas e totalmente varridas. Arquipélagos inteiros desapareceram ou foram despovoados. Outros afundaram abruptamente sob a superfície do oceano com os terremotos posteriores. Esses terríveis cataclismos foram desencadeados, em grande parte, pela maior catástrofe cometária que extinguiu a civilização lemuriana em 1629 a.C.

E VOLTANDO AO COMEÇO...

Embora possamos concluir com um grau razoável de certeza que Atlântida foi destruída em 1198 a.C, e os arcos da ilha da Lemúria foram destruídos pelos megatsunamis do século XVII a.C, é muito mais difícil dizer exatamente quando essas civilizações nasceram.

A única fonte material que pode definir os primórdios de Atlântida encontra-se entre os anais históricos da antiga Pérsia. Eles registram que o Grande Dilúvio ocorreu em 3103 a.C, data que se ajusta bem com a atual compreensão científica de uma catástrofe global que ocorreu no final do quarto milênio a.C. Os anais persas documentam 72 dinastias que supostamente governaram o mundo antes do dilúvio.

Esse mesmo número aparece nos relatos egípcios do cataclismo. Outra fonte egípcia, *O Conto do Marinheiro Náufrago*, uma espécie de odisseia do Reino Antigo, relata que 72 "reis-serpentes" governaram uma ilha distante antes de ela sucumbir a "um fogo do céu" e afundar no mar. De acordo com a Cabala hebraica, 72 anjos tinham soberania sobre a Terra antes do dilúvio. Esse parece ser o número de dinastias que governaram Atlântida até a primeira catástrofe cometária por volta de 3100 a.C. Se assim for, podemos traçar a linhagem real dos atlantes em 72 dinastias a partir daquela época.

Sabe-se que as dinastias têm longevidades variadas, desde o domínio de 300 anos dos Romanov na Rússia czarista até famílias de governantes obscuros que morrem junto com seu fundador. A civilização do vale do Nilo foi composta por 31 dinastias durante muitos séculos. Aplicando o Egito antigo como um padrão temporal de medição para a questão das origens atlantes, deduzindo 72 séculos de dinastias a partir dos persas em 3103 a.C, o nascimento de Atlântida seria em 10.900 a.C. Mais uma vez, nos deparamos com uma data da Idade do Gelo e 1.400 anos antes de Atlântida ser destruída, seguindo uma leitura literal dos dois diálogos de Platão.

Se, quando falava sobre Atlântida, Platão realmente a descreveu no contexto de anos solares e não lunares, então ele poderia estar nos dizendo que essa civilização nasceu durante os tempos pós-glaciais, mas persistiu e desapareceu no final da Idade do Bronze, como indica sua descrição. A incerteza nesse assunto é gerada por sua falha para completar o mais detalhado de seus dois diálogos sobre Atlântida, o *Crítias* – isso para não falar da notória indiferença que ele e colegas estudiosos clássicos nutriam por cronologias de qualquer tipo. Como observa seu tradutor inglês moderno Desmond Lee, "Os gregos tinham uma má noção de tempo". Embora os gregos, tanto os filósofos como outros estudiosos, tivessem interesse nas origens, curiosamente, lhes faltava o senso da dimensão do tempo.

ORIGENS DE ATLÂNTIDA NA IDADE DA PEDRA?

No entanto, Platão sugere origens na Idade da Pedra (aproximadamente 10.000 anos atrás) para Atlântida. Antes de seus reis se reunirem a cada cinco ou seis anos sobre questões de política imperial, eles realizavam uma caça ao touro, "usando laços e cordas com nós, mas nenhuma arma de metal". Esse ritual era uma reencenação de algum período da antiguidade remota anterior à invenção da metalurgia, quando seus antepassados reais eram responsáveis por reunir alimentos e realizar sacrifícios. (Os primeiros trabalhos de fundição de cobre conhecidos remontam a Chatal Hueyuek, na Turquia, aproximadamente 6500 a.C). A caça cerimonial de touros pelos atlantes remonta suas origens no sétimo milênio a.C, talvez antes, numa época em que a metalurgia ainda não havia sido inventada.

Em *Crítias*, Platão contou que um povo pré-civilizado morou por um tempo fora da ilha, antes do deus do mar Poseidon chegar e criar um local sagrado, configurado em anéis concêntricos de fossos e ilhotas alternados, com o maior dos deuses no centro absoluto. Essas imagens lembram os círculos de pedra megalíticos encontrados em toda a Europa Ocidental, particularmente nas Ilhas Britânicas, onde Stonehenge reflete a encarnação física de Atlântida em uma escala menor. Depois de completar seu projeto de paisagismo, Poseidon deitou-se com uma mulher local (Cleito) e gerou cinco gêmeos do sexo masculino, fundando assim a primeira dinastia atlante, com nome em homenagem ao seu primeiro filho, Atlas.

A chegada do deus do mar e seus filhos posteriores com uma indígena foi interpretada pelos atlantologistas dessa forma: os ilhéus originais, em algum momento durante a Idade da Pedra, receberam a visita de construtores megalíticos culturalmente mais avançados; eles se cruzaram com os nativos e produziram a raça atlante, enquanto construíam um sítio Neolítico com seu padrão tipicamente concêntrico para o futuro desenvolvimento da cidade de Atlântida. Levando a interpretação adiante, outros pesquisadores se perguntam se os recém-chegados representados por Poseidon eram marinheiros de uma sociedade mais antiga e avançada do outro lado do mundo. Em todo o Pacífico, o deus do mar polinésio era Tangaroa, anormalmente loiro; por isso, quando os mangaianos das Ilhas Cook viram os europeus modernos pela primeira vez, consideraram os estrangeiros como seus filhos.

Tangaroa gerou divindades "da classe dos peixes", incluindo Te Pouna-Mu, cuja pátria está em seu próprio nome. Alguns pesquisadores suspeitam que

COMO E QUANDO ATLÂNTIDA E LEMÚRIA FORAM DESTRUÍDAS?

Poseidon, criador de Atlântida, tratava-se de uma metáfora mítica para pessoas que levavam a cultura da antiga civilização Mu em sua circunavegação pelo mundo, como se fossem missionários espalhando o evangelho lemuriano. Se assim for, então as raízes dessa pátria do Pacífico podem de fato remontar à última Idade do Gelo. Curiosamente, a data de 10.950 a.C para aqueles cilindros de concreto em Kunie – que sugerem uma tecnologia lemuriana – coincide com a cronologia persa antiga para a primeira dinastia antediluviana. Outro parâmetro temporal pertinente é o surgimento repentino dos avançados ceramistas Lapita, que se espalharam pelo Pacífico no início do século XVI a.C. Sua florescência abrupta se assemelhava a uma dispersão ou migração forçada em grande número, provocada talvez pelo penúltimo cataclismo cometário que se abateu sobre a Terra em 1628 a.C.

CAPÍTULO 13
DESCOBRINDO ATLÂNTIDA

> "EU SOU O ONTEM E CONHEÇO O AMANHÃ.
> EU SOU CAPAZ DE NASCER DE NOVO."
>
> FRASE DO RITUAL DE OSÍRIS NO *PAPIRO DE TURIM*,
> APROXIMADAMENTE 1900 A.C

> "PROVAR A EXISTÊNCIA ANTERIOR DE
> ATLÂNTIDA É COMO TENTAR LEVAR UM CASO
> DE ASSASSINATO AO TRIBUNAL, APESAR DA
> ABUNDÂNCIA DE EVIDÊNCIAS CRÍVEIS, SEM
> TER UM CADÁVER."
>
> JACQUES COUSTEAU, *O MILAGRE DO MAR*

Com tantas evidências persuasivas de sua existência anterior, por que Atlântida não foi encontrada? A pergunta parece óbvia para quem imagina que a cidade submersa está no fundo do mar, esperando para que alguém passando de submarino a veja por uma escotilha de vidro num momento oportuno. Infelizmente, há vários obstáculos significativos para uma descoberta tão fácil. A primeira é a mais óbvia: ninguém está procurando no lugar certo.

O MEDITERRÂNEO ORIENTAL

Em 2004, o arquiteto persa-americano Robert Sarmast fundou a principal expedição científica do mundo para procurar Atlântida. Nesse mesmo ano, a First Source Enterprises realizou uma busca por sonar usando instrumentos de última geração. Seu navio de pesquisa com equipe profissional examinou um local a 1.500 metros de profundidade no Mar Mediterrâneo entre Chipre e Síria. As investigações pessoais de Sarmast nos 15 anos anteriores o convenceram de que a cidade perdida de Platão era a capital de uma civilização no

Egeu. Embora um estudo inicial da área parecesse promissor, após um exame mais minucioso em 2006, os geólogos determinaram que sedimentos do fundo do mar haviam se transformado na aparência geral de estruturas feitas pelo homem milhões de anos antes da chegada humana ao Mediterrâneo oriental. As expedições para Atlântida naquela parte do mundo antes de Sarmast também não deram em nada.

Durante a década de 1970, o famoso oceanógrafo Jacques Cousteau conduziu inúmeras sondas submarinas na caldeira desmoronada de Santorini, que alguns estudiosos convencionais acreditam ter sido a ilha descrita em *Timeu* e *Crítias*, de Platão. Antigamente conhecida como Thera, era um pequeno posto avançado da talassocracia Minoica, até que seu vulcão eclodiu em 1628 a.C. Dez anos antes de Cousteau chegar a Santorini, defensores de uma Atlântida no mar Egeu indicaram a presença de três ou quatro círculos na baía, sugerindo a disposição concêntrica que caracterizava a capital submersa, segundo Platão.

Mas Dorothy B. Vitaliano, geóloga proeminente especializada em vulcanologia do US Geological Survey, apontou que a topografia subsuperficial em Santorini:

> ... *não existia antes da erupção do vulcão na Idade do Bronze; foi criada pela atividade posterior que construiu as Ilhas Kameni no meio da baía, e uma quantidade substancial de terra foi adicionada a elas em 1926. Quaisquer vestígios da topografia pré-colapso teriam sido enterrados sob a pilha de lava cujas porções mais altas emergem, formando essas ilhas.*

Os mergulhos de Cousteau em águas profundas ao redor de Santorini não revelaram nenhum vestígio de uma civilização submersa, Minoica ou não. Ou seja, ele provou que Atlântida não estava no Mediterrâneo oriental.

OS MONTES SUBAQUÁTICOS HORSESHOE

O milhão de dólares a mais que Robert Sarmast gastou em suas duas expedições ao redor de Chipre poderia ter sido bem mais aproveitado nos Montes Subaquátcios Horseshoe, um círculo de montanhas submersas a oeste de Gibraltar. Ali, cientistas soviéticos a bordo do *Academician Petrovsky* podem ter encontrado em março de 1974 vestígios arqueológicos de Atlântida que correspondem à descrição de Platão.

Ao contrário de qualquer outro local na Terra, os Montes Subaquáticos Horseshoe se encaixam nos critérios básicos para Atlântida estabelecidos nos dois diálogos de Platão: eles compreendem um anel de montanhas altas fora do Estreito de Gibraltar; seu pico mais importante, o Monte Ampére, fica ao sul – a mesma posição do Monte Atlas. O Monte Ampére era uma ilha acima do nível do mar até desmoronar sob a superfície 10.000 anos atrás; a destruição final de Atlântida ocorreu 3.200 anos atrás. Os ossos de vários elefantes foram dragados até essa área, corroborando com a observação de Platão de que essas criaturas habitavam a ilha de Atlântida. Areia de praia e algas também foram retiradas de lá, comprovando que aquela região do oceano foi uma terra seca no passado geológico recente.

Claramente, os Montes Subaquáticos Horseshoe e o Monte Ampére, em especial, são os principais alvos dignos de investigação séria. Mas apenas colocar uma câmera subaquática nas proximidades provavelmente não revelará Atlântida. Mesmo que esteja bem preservada a vários milhares de braças de profundidade, a cidade não estará coberta apenas por água. Trinta e dois séculos de deposições incessantes ocultaram quaisquer estruturas ou objetos construídos pela humanidade que possam ter sobrevivido ao cataclismo, enterrando-os debaixo de dezenas ou mesmo centenas de metros de lama e lodo.

Pior, ruínas ou artefatos que possam ter sobrevivido à catástrofe inicial podem ter sido arrasados por rios de lava, dada a natureza vulcânica da maioria das ilhas do Atlântico. Se assim for, os resquícios de Atlântida estão triplamente selados sob lodo e lama e envoltos em rocha de lava endurecida. Nenhum aparelho geológico moderno para o fundo do mar é capaz de penetrar tais obstáculos em camadas tão espessas. Como aponta o biógrafo de Sarmast no site Wikipedia, "hoje não há como usar as tecnologias atuais (a pesquisa subaquática ainda está em formação)" para distinguir entre alvos artificiais e naturais sob uma cobertura de depósitos. "Não há dispositivos de sonar que possam 'fazer um raio-X' de grandes áreas para encontrar estruturas geométricas que repousaram sob a lama há milhares de anos."

Um submarino de alto mar com câmeras subaquáticas de última geração e sonar de varredura lateral mergulha perto da ilha de Bimini, nas Bahamas, 90 quilômetros a leste de Miami, na Flórida, em busca de Atlântida.

ALGUMA COISA SOBREVIVEU AO CATACLISMO?

No entanto, a probabilidade de qualquer tipo de ruínas estar esperando para ser encontrado por alguma tecnologia futura é, na melhor das hipóteses, duvidosa. O exato motivo da destruição de Atlântida é desconhecido, mas qualquer cataclismo poderoso o suficiente para afundar uma ilha inteira do tamanho sugerido pelos Montes Subaquáticos Horseshoe, ou mesmo as dimensões muito menores do Monte Ampére, "em um único dia e uma noite", teria deixado muito pouco em termos de evidência cultural.

Os geólogos suecos Thomas B. Larsson e Lars Franzen mostraram que um bombardeio meteórico, talvez incluindo dois asteroides, atingiu o leste do Oceano Atlântico em 1198 a.C, exatamente quando Atlântida foi destruída. A energia cinética liberada por tais eventos na geologicamente instável Dorsal

Meso-Atlântica teria sido suficiente para causar estragos terríveis em todos os territórios relacionados. Mas, se Atlântida teve a infelicidade de sofrer um impacto direto de um asteroide ou de um grande meteoro – algo que a pesquisa de Larsson e Franzen diz ser viável –, então a destruição repentina da ilha é algo totalmente real. Embora seja verdade que tal destino possa explicar um mecanismo geológico para o desastre, também explicaria a ausência de quaisquer ruínas.

Embora tais suposições sejam baseadas na compreensão científica atual do catastrofismo e suas consequências geológicas no mar, as possibilidades de sobrevivência de materiais arqueológicos de Atlântida são desconhecidas. Até que uma expedição profissional aos Montes Subaquáticos Horseshoe e seus arredores seja realizada usando pesquisa de última geração, ou o advento de instrumentação mais sofisticada consiga transparecer as camadas de lama, lodo e rocha de lava em alguma investigação futura, as ruínas ou objetos produzidos por homens de Atlântida perdida permanecerão desconhecidos.

ATLÂNTIDA PODERIA ESTAR NAS BAHAMAS?

A pequena ilha de Bimini fica nas Bahamas, 90 quilômetros a leste de Miami. Com 12 quilômetros de comprimento e não mais de 2 quilômetros em seu ponto de maior largura, essa pequena faixa de território seco tem alguns motivos para ser famosa. A última cena do filme *O Silêncio dos Inocentes* foi rodada do lado de fora da doca para hidroaviões. No final de sua vida, Ernest Hemingway morou em Bimini, que os primeiros exploradores espanhóis acreditavam ser o local da Fonte da Juventude. Mas o motivo da ilha ser mais conhecida atualmente é sua chamada "Estrada de Bimini".

Essa estrutura – apenas 6 metros abaixo da superfície do oceano – sugeria uma estrada pavimentada aos primeiros investigadores, que observaram seus enormes blocos quadrados dispostos em duas linhas retas, divergindo-se no fundo do mar por 635 metros. A opinião científica predominante na época a considerou nada mais do que um arranjo natural de rochas. Seus calcários foram resultado da ação das ondas durante 17.000 anos, nada diferentes de outras formações naturais do tipo conhecidas em todo o mundo, segundo escritores científicos famosos como Arthur C. Clark. No entanto, geólogos apontam que, durante o final da época do Pleistoceno (de 1.808.000 a 11.550 anos antes do tempo atual), nenhuma onda poderia ter atingido a Estrada de Bimini porque era muito elevada em relação ao nível do mar. Essa estrutura não foi coberta pelo Atlântico até aproximadamente 2800 a.C, e surgiu de novo cerca de 1.300 anos depois de 960 a.C.

UMA ESTRUTURA FEITA PELO HOMEM

Se a Estrada de Bimini tivesse sido encontrada em qualquer outro lugar – em terra firme no Peru, Bolívia ou México, por exemplo –, investigadores formados em universidades teriam logo aceitado que ela foi construída pela humanidade. Mas como eles têm uma reação visceral a estruturas que surgiram em lugares fora dos parâmetros da arqueologia convencional – especialmente debaixo d'água –, o local foi deixado de lado e considerado como "natural". Mesmo que a suposição tenha sido invalidada por perfurações no local em meados da década de 1980, os céticos preferem ignorar qualquer coisa que sugira datas após a primeira datação. Assim, continuam a definir a "estrada" como uma obra da natureza, não do homem.

Mas amostras de núcleo posteriores revelaram fragmentos de micrito, que não ocorrem em rochas de praia. Em 1995, mergulhadores encontraram granito, que não é nativo das Bahamas, na Estrada de Bimini; a fonte mais próxima desse material é o estado da Geórgia nos Estados Unidos, a centenas de quilômetros de distância. Além disso, pedras adjacentes na estrada às vezes contêm diferentes componentes geológicos, como aragonita em uma e calcita em sua vizinha mais próxima, ao contrário da uniformidade química da rocha de praia natural.

Até mesmo um visitante fazendo mergulho ao redor da ilha observará que as pedras que compõem a Estrada de Bimini não são as mesmas que as verdadeiras rochas de praia em águas rasas na costa oeste da ilha. As pedras na estrada são blocos quadrados e maciços em forma de travesseiros, encaixados ou às vezes colocados um em cima do outro, e terminam em uma forma de J nada natural. Cerca de 3 ou mais quilômetros de distância, a rocha de praia se forma em lascas quase quadradas, nada encaixadas nem empilhadas umas sobre as outras, mas muitas vezes sobrepostas em suas bordas como um conjunto de dentes feios, à medida que se curvam paralelamente à costa. O fato demonstrável de que a estrada corre em diagonal à antiga costa de Bimini é a evidência necessária para tirar qualquer dúvida sobre sua identidade artificial, pois seria impossível que tal disposição acontecesse naquele local em condições naturais.

SEMELHANÇAS ARQUITETÔNICAS

A rocha da praia compreende uma única camada, em comparação às três ou quatro camadas de pedras na estrada. A primeira tem apenas alguns centímetros de espessura, enquanto os blocos da estrada têm quase um metro. A comparação entre a rocha da praia e as da estrada não deixa dúvidas de que não foram criadas pelas mesmas forças. A estrada também contém várias "pedras angulares" com entalhes para realizar encaixes, um estilo de construção pré-histórica encontrado nas paredes andinas de Cuzco, Sacsayhuaman e Machu Picchu. Sacsayhuaman é uma disposição habilidosa de vários milhares de blocos colossais que chegam a 20 metros em três camadas fora da cidade de Cuzco. Muitas das pedras finamente cortadas e meticulosamente ajustadas pesam cerca de 100 toneladas cada. O maior bloco único tem 3 metros de espessura, 3,5 metros de largura e 7 metros de altura, com um peso estimado em cerca de 200 toneladas.

De acordo com o dogma arqueológico convencional, Sacsayhuaman foi erguido como uma fortaleza por volta de 1438 d.C pelos incas. Mas eles só ocuparam o local muito tempo depois dele ter sido construído por um povo anterior lembrado como Ayar-aucca. Essa raça de "gigantes" chegou ao Peru como refugiados de uma inundação cataclísmica. Sacsayhuaman foi usada como pedreira pelos espanhóis ao longo do século XVI a fim de fornecer material de construção para igrejas e palácios coloniais; então sua aparência original e seus propósitos reais não são claros. Mesmo alguns arqueólogos tradicionais acreditam que as intenções de seus criadores eram menos militares e mais cerimoniais ou espirituais.

O excelente acabamento em Sacsayhuaman combina com o peso assustador de seus blocos. Mesmo com a ajuda de maquinário moderno, posicioná-los com igual precisão e sutileza seria bastante desafiador. O corte, o deslocamento, a elevação e a montagem durante os tempos pré-colombianos parecem muito além das capacidades de qualquer povo pré-industrial. Experimentos modernos para replicar a construção usando as ferramentas primitivas e os meios supostamente disponíveis antes da chegada dos europeus produziram resultados ridículos. Claramente, alguma tecnologia inimaginável perdida foi usada pelos antigos peruanos. A identidade atlante deles no Ayar-aucca é ressaltada pela estranha similaridade de Sacsayhuaman com a Estrada de Bimini.

De fato, é notável a semelhança em alguns aspectos entre a Estrada de Bimini com Sacsayhuaman e demais estruturas andinas. Os construtores incas dessas obras monumentais acreditavam que sua civilização havia sido fundada por Con-tiki-Viracocha, ou "Espuma do Mar", um homem ruivo e de pele clara que veio do leste dos Andes após uma terrível enchente – a clara lembrança popular de alguém que levava consigo a cultura atlante, chegando à América do Sul após a destruição de Atlântida.

A Estrada de Bimini também se assemelha às maciças muralhas de Lixus voltadas para as Bahamas, na margem oposta do Oceano Atlântico, em Marrocos. Ao sul de Tânger, que fica na costa atlântica, encontram-se as ruínas de uma cidade romana completa com teatro, pavimentos em mosaico, templos, quartéis, estábulos e edifícios públicos. Antes que os romanos a tirassem dos fenícios, era conhecida como Maquom Semes, a Cidade da Luz. Mas não era originalmente fenícia. Sob as ruínas romanas e os antigos armazéns púnicos, o visitante ainda pode ver uma parede bem mais antiga de proporções maciças – blocos colossais de pedra quadrada não unidos por argamassa, mas perfeitamente construídos e encaixados na mesma escala monumental que Platão descreveu como a típica arquitetura atlante.

De fato, um povo antigo habitou a costa do Marrocos até os tempos clássicos. Eles se autodenominavam "Atlantes", segundo o geógrafo grego do século I a.C. Diodoro Sículo. Quatro séculos antes, o historiador grego Heródoto falou sobre os "Atlantioi" que viviam ao longo de suas costas ao norte da África. Platão, em *Crítias*, citou o reino atlante de Autothchon e, de fato, um povo que se autodenominava "Autóctones" ainda ocupava o Marrocos no início dos tempos romanos. Será que todos esses locais semelhantes – de Lixus, nas costas atlânticas do norte da África, a Bimini, do outro lado do oceano, e as pedras incas na América do Sul – derivaram de uma única fonte, que em algum momento se localizava entre todos eles?

OS ANTIGOS HABITANTES DE BIMINI

Os índios lucayan eram um ramo dos arauaques que habitavam Bimini antes dos espanhóis chegarem no século XVI para suplantar a população nativa com escravos africanos. Os lucayans se referiam à sua ilha como o "Lugar das Muralhas". Nenhuma estrutura semelhante a uma parede de qualquer tipo foi encontrada na costa, então o nome antigo é sugestivo da enorme formação de pedra que se esconde sob a água perto da costa. Eles também alegavam que as Bahamas antigamente formavam uma massa de terra muito maior, que depois foi tomada pelos "braços do mar".

Os lucayans conheciam Bimini como o "Lugar da Coroa", o que pode se referir à configuração original circular da Estrada de Bimini. O nome para a ilha, na língua deles, era guanahani. Embora seu significado específico em Lucayan tenha se perdido, o nome se traduz com facilidade em "Ilha do Homem (ou Homens)" na língua dos Guanches, os habitantes aborígenes das Ilhas Canárias que moravam quase do outro lado do Oceano Atlântico a partir das Bahamas. As origens filológicas de "Bimini" também são obscuras. Alguns historiadores especulam que pode ser a contração da gíria espanhola *bi*, que significava "metade", no século XVI.

Curiosamente, "Bimini" também se traduz em egípcio perfeito como Baminini, ou "Homenagem para (*ini*) a alma de (*ba*) Min (*Min*)". Min era o antigo deus egípcio dos viajantes, a quem pediam orientação e proteção em longas jornadas. Min também era o patrono divino das estradas. Poderia a ilha ser conhecida pelos marinheiros egípcios, em seu primeiro desembarque após longas viagens transatlânticas a partir do Oriente Próximo?

Dizem que a civilização dinástica começou em 3100 a.C. A Estrada de Bimini ficava acima do nível do mar naquela época, só 300 anos depois ela foi submersa. Os egípcios seriam capazes de construir tal estrutura. Mas, se não foram eles, então quem foi? A estrutura não é de fato uma estrada, mas possivelmente os restos de um cais, quebra-mar ou algum tipo de instalação portuária, numa forma oval e alongada. Tal interpretação é apoiada pela sua posição no extremo norte de Bimini. Um navio que partisse daquele local poderia navegar direto para a corrente norte-americana, que o levaria pela costa leste até o Golfo do Maine, depois oscilaria rumo ao leste para levar o navio em direção até a Europa, diretamente para os Açores.

UM POSTO AVANÇADO ATLÂNTICO

De acordo com o "Profeta Adormecido" Edgar Cayce (veja no capítulo 5), a atual ilha de Bimini pertenceu antigamente à porção ocidental do império atlante conhecida como Poseidia, em homenagem ao deus do mar descrito por Platão e fundador da Atlântida. Em 1933, ele a descreveu como "... a porção submersa de Atlântida, ou Poseidia, onde uma parte dos templos ainda pode ser descoberta sob o lodo de eras de água do mar... perto do que é conhecido como Bimini, na costa da Flórida". Oito anos se passaram antes dele mencionar Bimini pela última vez: "Poseidia estará entre a primeira porção da Atlântida a se erguer novamente. Espere isso em 68 e 69. Não tão depois".

Até ele falar de Bimini, e mesmo muito depois de algumas de suas leituras de vida terem sido publicadas, nenhum pesquisador se preocupou em considerar aquela pequena ilha como algo remanescente da civilização atlante. Então, em 1968, um piloto civil voando para Miami observou pela primeira vez o que ele considerava uma "estrada" submersa no ponto mais ao norte de Bimini. A descoberta foi feita exatamente onde e quando Edgar Cayce disse que aconteceria.

Muito do que sabemos hoje sobre Bimini é resultado do trabalho realizado por William Donato, um arqueólogo californiano e a maior autoridade sobre a Estrada de Bimini. Depois de mais de 20 anos de investigações no local e na subsuperfície – desde mergulhos e sonares a câmeras subaquáticas e submarinos –, ele tem certeza de que a civilização perdida foi encontrada. "Eu não apenas acredito que Bimini era Atlântida. Eu aposto minha vida que era Atlântida", diz Donato.

Sua convicção foi confirmada durante um mergulho em novembro de 2006 na costa norte da ilha, onde ele encontrou uma construção obviamente artificial 30 metros abaixo da superfície do mar. O Dr. Greg Little – seu colega e descobridor da Plataforma Andros a 161 quilômetros ao sul – registrou que:

> ... *as formas retangulares consistem em uma pedra elevada no fundo que foi coberta por espessas camadas de coral. Várias das fotos mostram com clareza o que parecem ser blocos de construção, alguns embutidos verticalmente na parte inferior. Em suma, essas formas parecem ser alicerces de algum tipo de construção. Essas formas retangulares estão uniformes em um cume que se estende por pelo menos 1,6 quilômetro, e uma queda de 10 pés [mais de 3 metros] está adjacente a elas. Essa queda leva a uma área estreita e plana que depois desce rapidamente.*

O Dr. Little acrescenta que a descoberta de Donato ocorreu "cerca de 10 pés [mais de 3 metros] acima da linha costeira de 10.000 a.C", o que colocaria a estrutura perto do final do quarto milênio a.C. Essa datação aproximada convence alguns atlantologistas de que as ruínas submarinas descobertas por Donato e Little pertencem ao início da Idade do Bronze, uma era de extensa navegação, quando Atlântida se aproximou do apogeu de seu poder e de sua influência.

Apesar dessas descobertas emocionantes, o Atlântico ocidental é um local improvável para a capital da civilização perdida que Platão descreveu como montanhosa, estranhamente fértil, sismicamente instável, povoada por elefantes e geopoliticamente localizada para invadir o mundo mediterrâneo – características importantes porém ausentes nas Bahamas. É mais provável que trata-se de restos de postos avançados ocidentais do império atlante. As investigações em curso realizadas por Donato e Little representam uma das grandes aventuras científicas do nosso tempo. No entanto, se Bimini não é exatamente Atlântida, pode ser o primeiro exemplo encontrado e reconhecido como sendo da civilização atlante desde o seu desaparecimento.

Se Atlântida ainda não foi encontrada, é porque ainda não foram inventados os meios tecnológicos para ser superados os obstáculos geológicos que se interpõem entre a cidade e sua descoberta. Os desenvolvimentos na pesquisa subaquática estão avançando em um ritmo dinâmico. Tanto que as tecnologias futuras podem um dia tornar possível a maior descoberta do gênero já realizada.

CAPÍTULO 14
LEMÚRIA FOI ENCONTRADA?

> "DEPOIS DE MUITOS SÉCULOS, CHEGARÁ O TEMPO EM QUE O OCEANO DEVE PARTIR AS CORRENTES QUE UNEM ESTE MUNDO E DESNUDAR UMA GRANDE TERRA PERDIDA. ENTÃO, A DEUSA DO MAR REVELARÁ UM NOVO IMPÉRIO, E MAIS NENHUM LUGAR MISTERIOSO SERÁ DESCONHECIDO NA TERRA."
>
> EURÍPIDES, MEDEA, 400 A.C

Durante os extensos preparativos para invadir a ilha de Okinawa em 1945, a Marinha dos EUA forneceu mapas detalhados para os comandantes das embarcações, mostrando as áreas ideais para um desembarque rápido e seguro de suas tropas. No decorrer da invasão, o normal seria esperar encontrar um mar aberto. Porém, alguns navios de guerra de grande calado*, que forneciam apoio próximo aos navios de desembarque e se aproximavam da costa para lutar contra baterias de inimigos na costa, rasparam suas quilhas ao longo de obstruções inesperadas no oceano.

Após a batalha, mergulhadores usando capacetes bombeados com ar fornecido pelas embarcações foram investigar, esperando encontrar alguma instalação inimiga secreta. Em vez disso, ficaram surpresos ao ver uma enorme plataforma de pedra com degraus largos. O breve relato dos mergulhadores, feito justamente no dia em que o Japão se rendeu, não caracterizava a curiosa obstrução como uma estrutura moderna. Para eles, parecia ser os resquícios de uma construção antiga feita de pedra. O relato ainda pode estar nos arquivos militares dos EUA, mas qualquer impacto que possa ter causado no mundo exterior foi totalmente ignorado em meio à euforia dos Aliados naquele 15 de agosto de 1945.

---

*N.T.: Calado é a distância vertical entre a parte inferior da quilha e a linha de flutuação de uma embarcação.

O ENIGMA SUBMERSO DE OKINAWA

Quarenta e um anos após a descoberta (quase esquecida de imediato) feita pelos mergulhadores da Marinha dos Estados Unidos, o campo de batalha da campanha terrestre final da Segunda Guerra Mundial se tornaria o cenário de outro drama. Em 1985, um instrutor de mergulho japonês mergulhou nas águas de Yonaguni, entre a cadeia de ilhas de Okinawa ou Ryukyu. Enquanto entrava em profundezas nunca antes visitadas, 13 metros abaixo das águas límpidas e azuis do Pacífico, o mergulhador se deparou com uma aparente grande construção de pedras, que estava incrustada de corais.

Aproximando-se, ele pôde ver que a estrutura colossal era negra e desolada, porém a configuração original da disposição de blocos monolíticos ficou obscurecida pelo tempo que permaneceu no oceano. Depois de passar ao redor do monumento várias vezes e fotografá-lo com uma câmera subaquática, ele subiu à superfície e voltou para a praia. No dia seguinte, suas fotos estamparam os principais jornais do Japão.

A estrutura gerou polêmica instantânea e atraiu multidões de arqueólogos mergulhadores, mídia e amadores curiosos, mas ninguém conseguiu determinar a identidade dela. Nenhum deles sequer concordou se ela era feita pelo homem, muito menos se era antiga ou moderna. Seriam as ruínas de alguma instalação militar de defesa costeira, que ficou esquecida no tempo? Ou poderia ser algo totalmente diferente e muito mais antigo? Já circulavam rumores sobre a cultura perdida de Mu, a lenda da pátria desaparecida da humanidade, que pereceu no mar muito antes do início do registro dos tempos. Mas, embora o enigma submerso de Yonaguni parecesse uma construção humana, estava hermeticamente fechado por uma espessa incrustação. Às vezes, a natureza faz suas próprias formas parecerem como se fossem criadas pelo homem. O debate popular e científico sobre as origens da estrutura se acirrou.

Então, no final do verão do ano seguinte, outro mergulhador, que estava nas águas de Ryukyu, ficou chocado ao ver um enorme arco ou portal de grandes blocos de pedra lindamente encaixados – bem parecido com a alvenaria pré-histórica encontrada nas cidades incas do outro lado do Oceano Pacífico, no alto das montanhas andinas no Peru e na Bolívia. Dessa vez, não havia dúvida.

Graças às rápidas correntes marítimas na área, os corais não conseguiam se firmar na estrutura, deixando-a visível a 30 metros das águas cristalinas. Sem dúvidas foi algo construído pelo homem, muito antigo, e era nada menos do que algo milagroso – uma visão inacreditável em condições aparentemente intocadas no fundo do oceano.

YONAGUNI

Mas a descoberta do mergulhador foi apenas a primeira das revelações submarinas daquele verão. Com a possibilidade de outros monumentos submersos na área, equipes de mergulhadores experientes se espalharam pela costa sul de Okinawa usando padrões de pesquisa em grade. As buscas profissionais foram logo recompensadas. Antes do início do outono, eles encontraram cinco sítios arqueológicos subterrâneos perto de três ilhas japonesas. As localizações variam em profundidades de 30 até 6 metros, mas todas parecem estilisticamente ligadas, apesar da grande variedade de detalhes arquitetônicos.

Tratavam-se de ruas e cruzamentos pavimentados, enormes construções semelhantes a altares, grandes escadarias que levavam a amplas praças e caminhos para procissões ladeados por estruturas semelhantes a torres. As construções submersas no fundo do oceano compreendem (embora não continuamente) desde a pequena ilha de Yonaguni, no sudoeste, até Okinawa e suas ilhas vizinhas, Kerama e Aguni – cerca de 500 quilômetros de terreno subaquático. Se a exploração em andamento revelar mais estruturas ligando Yonaguni a Okinawa, cada local poderia se tratar de componentes separados, porém todos pertencentes a uma grande ilha situada no fundo do Pacífico.

A maior estrutura até agora descoberta fica perto da costa leste de Yonaguni, a 30 metros de profundidade. Tem cerca de 74 metros de comprimento, 30 de largura e 14 de altura. Todos os monumentos, incluindo a estrutura de Yonaguni, parecem ter sido construídos a partir de um arenito de granito, embora não tenham sido encontradas passagens ou câmaras internas. Até certo ponto, as características subaquáticas lembram edifícios antigos da própria Okinawa, como o Castelo Nakagusuku. Mais parecendo uma construção cerimonial do que uma instalação militar, Nakagusuku remonta aos primeiros séculos do primeiro milênio d.C, embora sua identidade como local de habitação religiosa esteja perdida na pré-História. Seus construtores e a cultura que originalmente expressava são desconhecidos, e o recinto ainda é visto com um fascínio supersticioso pelos habitantes de Okinawa.

Outras semelhanças com as construções sagradas mais antigas de Okinawa são encontradas perto de Noro, onde os túmulos projetados no mesmo estilo retilíneo continuam a ser venerados como tumbas sagradas dos ancestrais dos ilhéus. Notavelmente, o termo na língua falada em Okinawa para essas câmaras mortuárias é *moai*, a mesma palavra que os polinésios da Ilha de Páscoa, a mais de 9.657 quilômetros de distância, usavam para descrever as famosas estátuas de cabeça grande e orelhas compridas dedicadas a seus ancestrais.

Possíveis conexões com o outro lado do Pacífico podem ser mais do que filológicas. Algumas das construções submersas têm comparação ainda mais próxima com o *heiau*, encontrado nas distantes ilhas havaianas. São templos lineares de longas muralhas de pedra que levam a grandes escadarias com amplas praças no topo, onde foram colocados santuários de madeira e ídolos esculpidos. Muitos *heiau* ainda existem e continuam a ser venerados pelos nativos havaianos. Em termos de construção, os exemplos de Okinawa compreendem enormes blocos únicos, enquanto os *heiau* são compostos de pedras menores e muito mais numerosas. De acordo com a tradição havaiana, eles foram construídos pelos menehune, uma raça de mestres pedreiros de cabelos loiro-claros que moravam nas ilhas bem antes da chegada dos polinésios. Os habitantes originais fugiram, pois não queriam se casar com os recém-chegados.

OUTROS PARALELOS NO PACÍFICO

As estruturas submersas em Okinawa possuem outras parecidas nos limites orientais do Oceano Pacífico, ao longo da costa do Peru. As semelhanças mais marcantes ocorrem no antigo Pachacámac, um extenso centro religioso ao sul da capital Lima. Apesar de funcionar durante a civilização inca até o século XVI, antecedeu os incas em pelo menos 1.500 anos e foi sede do principal oráculo da América do Sul. Peregrinos visitavam Pachacámac vindos de todo o Tiauantisuyu, ou império inca, até ser saqueado e profanado pelos conquistadores sob o comando de Hernando, o entusiasmado irmão de Francisco Pizarro, com 22 homens fortemente armados. Havia ruínas de cidades feitas de tijolos de barro, com amplas escadarias e praças, que sugerem paralelos com as construções afundadas ao redor de Okinawa.

Outro sítio anterior à era dos incas no norte, nos arredores de Trujillo, também possui alguns elementos em comum com as estruturas submarinas ultramarinas. A chamada "Huaca del Sol" é uma pirâmide com terraços construída por um povo conhecido como moche há 2.000 anos. Com mais de 30 metros de altura e 208 metros de comprimento, a plataforma irregular feita com tijolos de adobe era a peça central colossal de uma cidade com 30.000 habitantes. Sua semelhança com a estrutura encontrada em Yonaguni é notável.

Do outro lado do Pacífico, o primeiro imperador do Japão foi Jimmu, cujo descendente imediato era Kamu, um dos "lendários" fundadores da civilização japonesa. Outro imperador ancestral foi Tenmu, que se dizia ter memorizado o Kojiki, ou "Registros de Assuntos Antigos", e o Nihongi*, "Crônicas do Japão". No norte do Japão, "mu" significa "aquilo que não existe ou não existe mais", assim como em coreano. Será que essa palavra remete a uma terra que "não existe mais"?

ORIGENS DE LEMÚRIA NA TAILÂNDIA

Essa suposição parece se confirmar no santuário mais sagrado da Tailândia. O Lak Mueang é um pilar venerado em um pequeno santuário no centro espiritual em Bangkok, capital da Tailândia. É uma cópia dos originais trazidos para o Sudeste Asiático pelos thens de sua terra natal, que foi submersa pelo Oceano Pacífico. Na tradição popular tailandesa, os thens eram um povo ancestral; enquanto seu reino afundava num passado antigo, eles fugiram pelo mar. Tudo o que conseguiram salvar das águas em ascensão foi uma única coluna de seu templo principal. Então, ela foi colocada no centro de sua nova cidade no sudeste da Ásia, onde os thens misturavam o misticismo e a tecnologia lemurianos com a cultura nativa. Eles levaram apenas uma coluna do templo mais importante da Lemúria antes que fosse engolida pelo mar. Chegando

---
*N.T.: Mais conhecido como Nihon Shoki

às costas do que se tornou depois a Tailândia, os thens estabeleceram o Lak Mueang no centro de sua nova capital, Aiyudiya.

Durante séculos de conflitos que sucederam, a cidade foi saqueada e sua lembrança sagrada perdida, mas a memória dela persistiu com a construção de várias capitais tailandesas, cada uma erguendo um simulacro do pilar original.

Em 1782, o rei Rama I – cuja descendência real chega diretamente à pátria perdida de Mu – ergueu uma coluna cerimonial bem no centro da capital. O Lak Mueang original era muito antigo; no entanto, nenhum esforço conseguiu evitar sua decadência, e Rama VI acabou o substituindo por uma réplica. O Lak Mueang atualmente em Bangkok recebe uma decoração de folhas de ouro por qualquer pessoa que deseje homenagear o centro sagrado de seu país. O próprio santuário é decorado com símbolos e imagens da sua original pátria lemuriana, como suásticas estilizadas e cenas de uma ilha tropical, sugerindo a própria terra de Mu. Seu pequeno santuário é um pavilhão com portas incrustadas de ouro e fica abaixo do nível do solo, sugerindo a condição submarina da civilização onde seu pilar originalmente ficava.

O nome se repete em importantes locais monumentais na Tailândia: Mueang Fa Daet, Ban Muean Fai, Mu-ang Semay e Muang Bon, onde o Lak Mueang original pode ter sido instalado por imigrantes de Mu.

RITUAIS LEMURIANOS NO JAPÃO ATUAL

Na Roma antiga, a Lemúria era um festival celebrado todo dia 9 de maio. Os romanos a reverenciavam como a cerimônia mais antiga associada às origens de sua civilização, quando Rômulo ritualmente apaziguou o espírito de seu irmão assassinado. Aqui também encontramos "mu" associado à fundação de uma civilização, pois os irmãos eram homenageados como os criadores de Roma. Em latim, a sílaba tônica de seus nomes ocorre na segunda sílaba: Ro-*mu*-lus e Re-*mu*-s.

Durante a celebração romana da Lemúria, exigia-se que à meia-noite o chefe da família andasse de costas por cada cômodo, jogando feijões pretos pelas suas costas, enquanto dizia nove vezes: "Estes eu dou e com estes eu redimo a mim e minha família". Os feijões seriam presentes simbólicos para os lêmures, ou fantasmas demoníacos, que deveriam ser pacificados com essa humilde oferta para retornar ao seu lar subaquático, pelo menos por um ano. Em 15 de maio, a Lemúria era concluída significativamente quando imagens de homens, mulheres e crianças – simbolizando os espíritos perturbados – eram lançadas no rio Tibre para comemorar o reino submerso dos mortos e talvez a catástrofe natural que os atingiu.

Embora Roma estivesse separada de Lemúria por mais de mil anos e milhares de quilômetros, não é surpresa alguma que uma referência tão específica fosse feita na Itália antiga para uma civilização do Pacífico. Eventos seminais marcam seus nomes no desenvolvimento inicial das culturas, assim como o impacto atlante na história mesoamericana na forma de Aztlan, lembrada até o século XVI pelos astecas como sua pátria ancestral. Paralelos modernos podem ser encontrados no leste dos Estados Unidos, que ainda é referido pelos americanos como "Nova Inglaterra".

A mais antiga das cerimônias romanas é notavelmente semelhante a um ritual na véspera de Ano Novo, ainda realizado em todo o Japão. À meia-noite, o chefe da casa veste suas melhores roupas, depois entra descalço nos cômodos jogando feijão, enquanto diz uma frase para afastar os demônios e trazer boa sorte. Apenas uma conexão lemuriana (ou, menos provável, romana) que influenciou tanto Japão quanto Roma parece explicar a semelhança desses dois rituais antigos e geograficamente divergentes.

O MUSEU DE MU

Um óbvio impacto lemuriano sobre o povo japonês continua a ser venerado, e foi até mesmo institucionalizado. Após a Segunda Guerra Mundial, Reikiyo Umemto, um jovem monge, enquanto praticava meditação profunda na costa sudeste do Japão, teve uma visão poderosa da antiga terra de Mu. Mais do que algum *flashback* arqueológico, ele transcendeu seu pensamento budista tradicional com o culto misterioso perdido do reino submerso, e então o refundou como "World's Great Equality" [Grande Igualdade Mundial, em tradução literal] na prefeitura de Hiroshima.

Nos 20 anos seguintes, ele viveu e compartilhou seus princípios com alguns seguidores, até que alguns ricos patrocinadores se colocaram à sua disposição.

Com o apoio deles, construiu um templo-museu de 5 hectares com jardins paisagísticos ao redor, assemelhando-se com as estruturas que teve em sua visão.

O complexo vermelho e branco adornado com estátuas de elefantes em tamanho real e murais animados, talvez esotéricos, foi construído em um local selecionado na prefeitura de Kagoshima por causa da forte semelhança física da área com Mu e as energias geo-espirituais do local. A construção foi concluída em meados da década de 1960.

Um grande instituto com equipe profissional e instalações modernas para exibições e pesquisa em laboratório, o Museu Mu é único por conta de seus artefatos autênticos e recriações bem feitas associadas à civilização perdida que leva seu nome. Embora o instituto seja aberto ao público em geral, os cultos espirituais em seu templo são restritos aos iniciados. Reikiyo Umemto faleceu em 2002 aos 91 anos de idade.

A ONDA DO GUERREIRO

No início do século XIX, quando biólogos ingleses estavam no processo de fazer a classificação dos mamíferos, eles aplicaram o antigo termo "lemur" para descrever os primatas primitivos encontrados em árvores pela primeira vez em Madagascar. As criaturas possuíam grandes olhos brilhantes, assim como os lêmures fantasmagóricos descritos na Lemúria romana. Quando os animais foram descobertos fora da África, em locais distantes como o sul da Índia e a Malásia, os cientistas sugeriram que um continente no Oceano Índico pode ter um dia unido essas terras antes de afundar sob as ondas. Desde então, os oceanógrafos disseram que tal continente nunca existiu.

Mas especialistas em tradições orais dos povos nas ilhas do Pacífico ficaram perplexos com os temas recorrentes de uma pátria desaparecida cujos portadores de cultura chegaram a fim de replantar as sementes de sua sociedade original. Em Kaua'i, os polinésios falavam dos mu (também conhecidos entre os havaianos como menehune), que chegaram num passado sombrio vindos de uma "ilha flutuante". O cântico ancestral mais importante que menciona esse lugar era o Kumulipo, que narra uma terrível enchente que o destruiu há muito tempo. As linhas finais do canto evocam alguma catástrofe natural:

> *Nascem as ondas rugindo, avançando e recuando,*
> *o som retumbante, o terremoto. O mar se enfurece, sobe sobre*
> *a praia, sobe aos lugares habitados, sobe aos poucos sobre a terra.*
> *Terminada está a linhagem do primeiro chefe do passado sombrio que*
> *habita terras altas e frias. Morta está a membrana que vem do umbigo*
> *do mundo. Essa foi uma onda do guerreiro. Muitos dos que vieram*
> *desapareceram, perdidos na noite que passava.*

Um sobrevivente que escapou da "onda do guerreiro" se chamava Kuamu.

PESQUISA OCEANOGRÁFICA

Apesar da abundância de tradições folclóricas que englobam o Pacífico, todas descrevendo uma pátria que foi submersa, os primeiros mapas precisos do fundo do oceano, gerados por sonar, não revelam nada que se pareça com um continente perdido. Os gráficos mais recentes do Instituto Scripps, no entanto, mostram áreas do Pacífico que eram terra seca até tempos recentes. O Arquipélago de Tuamotu é uma série de estruturas atualmente rasas que vão de noroeste a sudeste, 33 quilômetros ao norte e ao leste do Taiti. E também há a Cadeia de Montes Subaquáticos do Imperador Meiji, que se estende quase de norte a sul no Pacífico ocidental. Adicione a essas formações que antigamente ficavam acima da água outras semelhantes, como Caroline Seamounts e Shatsky Rise, e temos um panorama pré-histórico bastante diferente de extensos territórios no Pacífico que nunca foi antes imaginado.

Em particular, os mapas do Instituto Scripps mostram com clareza uma cordilheira às vezes muito rasa, longa e relativamente fina de ilhas abaixo da superfície aquática. Elas correm de uma cadeia da ponta sul do Japão até conectar-se a Taiwan, incluindo a cadeia de Ryukyu, onde os monumentos submersos foram encontrados em Okinawa, Yonaguni e outras ilhas. Embora não sejam continentais, essas terras antes secas compreendiam vastos territórios em que a civilização lemuriana se espalhou, quase atravessando o Pacífico.

De fato, enigmas arqueológicos que sustentam os mitos polinésios ainda existem em cantos tão remotos do Pacífico como a pequena Ilha Malden, onde uma estrada pavimentada de pedras leva direto ao fundo do mar. A ilha desabitada também abriga cerca de 40 plataformas piramidais.

PORTÕES SAGRADOS

Outro tema arquitetônico instigante que liga a América do Sul ao Japão através da Polinésia e sugere uma cultura perdida intermediária é a passagem sagrada Tiauanaco. Essa grande cidade cerimonial no alto dos Andes bolivianos, perto do Lago Titicaca, tem dois portões rituais. Um fica acima do pátio afundado na entrada e emoldura a estátua de 4 metros de altura de um deus ou homem, enquanto o outro, na extremidade do complexo, é o famoso Portal do Sol, orientado para vários fenômenos solares.

Do outro lado do Pacífico, na ilha polinésia de Tonga, está o Ha'amonga 'a-Maui, o "fardo de Maui", um portão de pedra com 5 metros de altura e 109 toneladas, alinhado com o nascer do sol no solstício de inverno. No Japão, há muitos milhares desses portões, a maioria deles feitos de madeira, mas todos são usados para definir um espaço sagrado. Eles são conhecidos como *torii*; a mesma palavra aparece nas antigas línguas indo-europeias e sobrevive na palavra alemã para "portão": *Tor*. Uma característica notável das estruturas submersas nas proximidades de Okinawa é um portão desconectado, não muito diferente da alvenaria andina. Os romanos que celebravam a Lemúria ornamentaram seu império com portões cerimoniais independentes.

Essas semelhanças intrigantes, combinadas com uma riqueza de evidências arqueológicas e as descrições de tradições nativas, convencem os investigadores de que alguma poderosa "cultura X" de localização central realmente existiu no Pacífico, e suas influências civilizadoras se espalharam por todas as direções. Essa conclusão é apoiada pelas descobertas recentes entre as ilhas Ryukyu, onde as características arquitetônicas das estruturas submarinas têm afinidades reveladoras com estruturas pré-incas no Peru e as tumbas ancestrais em Okinawa.

PROPÓSITOS CERIMONIAIS

As construções submersas provocam mais perguntas do que respostas. Quantos anos elas têm? Por que estão debaixo d'água? Quem as construiu? Para qual propósito?

LEMÚRIA FOI ENCONTRADA?

Evidências reunidas até agora indicam que os sítios japoneses não sucumbiram a uma catástrofe geológica repentina. Além de um ou dois monumentos inclinados em ângulos irregulares, nenhum deles apresenta danos estruturais, e há poucas rachaduras ou pedras caídas. Pelo contrário, não parecem ter sido destruídos. Ou foram tomados pelo aumento do nível do mar ou afundaram com uma massa de terra que sofreu um colapso gradual, ou uma combinação de ambos. A maioria dos pesquisadores opta pelo último cenário, pois, segundo oceanógrafos, o nível do mar subiu 30 metros e atingiu o atual nível mundial há 1,7 milhão de anos. Mesmo assim, os sítios japoneses devem ser muito antigos em termos humanos. Eles são constantemente varridos por fortes correntes, de modo que não é possível fazer datação do material por radiocarbono.

Os propósitos originais dessas estruturas parecem ser menos difíceis de adivinhar. Sua forte semelhança com o *heiau* havaiano implica que elas eram de natureza cerimonial. Suas amplas escadarias levam a plataformas vazias, onde santuários de madeira e ídolos provavelmente foram erguidos para encenações religiosas, assim como em todas as ilhas havaianas em tempos históricos. Apenas quem construiu e adorou o *heiau* original sugere uma palavra que a maioria dos arqueólogos americanos profissionais não está disposta a pronunciar. Mas, tendo em vista os numerosos relatos de dezenas de culturas pelo Pacífico testemunhando uma inundação que destruiu alguma antiga civilização, se a cidade submersa de Yonaguni não faz parte da Lemúria perdida, então o que é?

Para oferecer ao menos uma resposta parcial a esse enigma, o geólogo americano Dr. Robert Schoch viajou até a estrutura subterrânea em Yonaguni. Ele observou que a enorme plataforma parece ter sido disposta em uma orientação leste-oeste específica para a passagem diária do sol, talvez uma pista importante para sua construção feita por humanos. O Dr. Schoch é mais famoso por seu trabalho na Grande Esfinge do Planalto de Gizé, no Egito. O geólogo profissional usou sua experiência para demonstrar de forma convincente que o mistério esculpido no vale do Baixo Nilo é milhares de anos mais antigo do que os acadêmicos acreditavam, até mesmo milênios antes dos primórdios oficialmente definidos para a civilização faraônica, há 5.000 anos. A prova

LEMÚRIA FOI ENCONTRADA?

está na abundante evidência de graves danos que a água causou na Esfinge, numa época em que o clima do Egito era muito diferente, com chuvas sazonalmente fortes. Em outras palavras, o monumento já deve ter existido cerca de 7.000 anos atrás ou mais, e não tão recente quanto a data de 2600 a.C que estudiosos convencionais insistem.

O Dr. Schoch mergulhou várias vezes na estrutura submersa em Yonaguni, a partir de 1997, composta sobretudo de arenitos muito finos e lamitos pertencentes ao grupo de ilhas Yaeyama da época do Mioceno inferior. Essas rochas, que apresentam planos de estratificação paralelos, permitindo uma separação uniforme em camadas, naturalmente se fraturam em estratos e criam uma padronização que lembra a estrutura de Yonaguni, sendo comuns na ilha. Talvez fosse mesmo uma formação natural.

No entanto, numa inspeção mais atenta, ele se sentiu inclinado a aceitar que pode ser pelo menos parcialmente artificial – talvez alterada num passado antigo antes de uma inundação. Ele especulou que a estrutura talvez fosse parte

Vinte metros abaixo d'água, mergulhador examina uma pedra colocada num pedestal em Isseki Point, perto da ilha japonesa de Yonaguni, em meio a outras ruínas submarinas associadas à pátria perdida de Mu.

de uma instalação portuária de um povo marítimo. Também notou a grande semelhança com as tumbas pré-históricas de Yonaguni, cortadas diretamente a partir do leito rochoso para constituir a estrutura submersa perto da costa.

A interpretação de terraformação pelo Dr. Schoch sobre o monumento submerso parece crível. Mas ele investigou apenas um dos sete ou oito sítios submarinos japoneses. A maioria deles, encontrados na vizinhança geral de Okinawa, não parece ser terraformação. Suas origens humanas são ressaltadas por memórias populares nativas, que ainda falam de uma época no passado remoto, quando grandes extensões de terra supostamente ficavam acima do nível do mar. De acordo com a revista britânica *Quest*, "as tradições locais falam de uma grande ilha no sul que desapareceu em uma enchente. Foi dessa ilha lendária que os deuses vieram até Okinawa".

ESCADA EM ESPIRAL EM OKINOSHIMA

Os parâmetros das descobertas submarinas no Japão expandiram-se na primavera de 1998, quando mergulhadores encontraram mais uma ruína estupenda a 1.125 quilômetros de Okinawa. Essa descoberta mais recente fica perto da ilhota desabitada de Okinoshima, no Estreito de Tsushima, 40 quilômetros a noroeste da ilha maior de Iki e 45 quilômetros do continente em Kyushu. Okinoshima há tempos é reverenciada como uma ilha sagrada associada às três filhas da divindade mais importante do Japão, a deusa do sol Amaterasu. O trio de deusas irmãs – Ichikishima, Tagitsu e Tagori – possuía um santuário construído para elas em Okinoshima, onde eram adoradas como as padroeiras dos marinheiros. Ainda hoje, a ilha é chamada de Oiwazu-sama, ou "Nunca Fale Sobre Isso", enfatizando seu caráter sacrossanto.

Okinoshima deve ter sido o lar dos munakata – marinheiros pré-históricos agressivos a serviço do primeiro imperador, Jimmu. Os munakata podem ter sido os mesmos povos do mar dinâmicos que construíram e usaram os monumentos de pedra até afundarem em seus locais atuais no fundo do oceano ao redor do Japão.

À primeira vista, Shun-Ichiroh Moriyama, um pescador local, observou o que parecia ser uma fileira de enormes pilares a mais de 30 metros abaixo da superfície, a cerca de 400 metros da costa nordeste de Okinoshima. Ele contou quatro deles, cada um com enormes 7 a 10 metros de diâmetro e quase 30 metros de altura.

Em uma melhor inspeção, mergulhadores perceberam que não eram pilares, mas torres redondas de pedra, e uma delas apresentava uma escada em espiral colossal ao seu redor. Tal torre em especial remete à tradição aborígine australiana da "Terra da Perfeição", com sua grande torre de "cone de cristal" sendo entrelaçada por uma "cobra" em espiral.

As notícias da descoberta de Moriyama foram parar nas primeiras páginas dos principais jornais do Japão, e a Fuji Television transmitiu duas vezes um documentário especial sobre a descoberta em Okinoshima, com registros de vídeo subaquáticos das peculiares estruturas afundadas. Mesmo nas águas límpidas do Estreito de Tsushima, não era possível fotografá-las com facilidade, devido ao grande tamanho. Uma visibilidade de mais de 30 metros (condições que não existem ao redor de Okinoshima, com sua clareza máxima de 13 a 16 metros) é necessária para ver os monumentos em sua totalidade. Mas a grande escadaria em espiral ao redor da torre mais a leste foi fotografada. Mergulhadores da universidade de Fukuoaka mediram seus degraus e descobriram que eles tinham 40 centímetros uniformes, com uma largura variável de 150 a 180 centímetros.

A área do fundo do mar próxima é muito diferente das estruturas. Pedregulhos e rochas menores irregularmente moldadas pelas forças naturais da erosão subterrânea estão espalhadas em grandes pilhas aleatórias. De acordo com o professor Nobuhiro Yoshida, presidente da Sociedade Petroglifo Kitakyushu do Japão:

Comparando esses degraus lineares,
perfeitamente adequados para subir, com o ambiente
subsuperficial imediato, notamos também que o fundo do mar
é composto exclusivamente por pedregulhos irregulares
e redondos e rochas menores, e, portanto, em nítido contraste
com as colunas verticais e a escadaria ascendente.

Em tal ambiente submarino, o quarteto de torres se destaca como uma anomalia impossível. No entanto, existe algo paralelo no Pacífico.

UMA CIVILIZAÇÃO DE PROPORÇÕES OCEÂNICAS

Do outro lado do oceano, a pequena Ilha de Páscoa incluía, entre os *colossi* mudos e os altares maciços de uma época anterior, torres de pedra cujas dimensões se aproximavam, talvez até fossem correspondentes, aos monumentos submersos de Okinoshima, exceto pela escada em espiral externa.

Espalhadas pelo Oceano Índico e pela Polinésia, indo até a costa oeste da Califórnia, variações de Lemúria ainda podem ser encontradas onde poderíamos esperar que a civilização inundada tenha deixado alguma impressão nas culturas de outros povos indígenas. Nas Maldivas, uma série de pequenas ilhas que vão do norte ao extremo sul do subcontinente indiano, Laamu é associada na tradição nativa a marinheiros ruivos estrangeiros pré-hindus. Eles teriam erguido monumentos piramidais em todas as Maldivas num passado esquecido.

Nos dialetos havaianos, *limu* é um termo geral para a vida nas profundezas do oceano, particularmente as algas marinhas; segundo o mito local, elas seriam as tranças de uma deusa que governa um reino pré-polinésio sob o mar. Antes das ilhas Nicholas, na costa de Santa Bárbara, receberem seu nome atual, elas eram veneradas pelos índios chumash do sul da Califórnia como um lugar sagrado que chamavam de "Lemu".

Seriam esses nomes vestígios, que vão do Oceano Índico ao Havaí e até a Califórnia, de uma civilização desaparecida porém comum a locais tão distantes? Seriam os monumentos encontrados sob as águas perto de Okinawa, Yonaguni e Okinoshima as ruínas da Lemúria perdida? Se assim for, podemos ser testemunhas da recuperação de nossas origens mais antigas como espécie civilizada.

Ambas as descobertas submarinas no Mar da Coréia e em Yonaguni têm algo semelhante em terra firme em todo o Pacífico. Embora não tão altos quanto as torres de Okinoshima, espécimes semelhantes existiam anteriormente na Ilha de Páscoa, e ainda podem ser encontrados nas margens do Lago Titicaca, na Bolívia – os *chulpas* pré-incas apresentados no capítulo 11.

LEMÚRIA FOI ENCONTRADA?

A construção submersa em Yonaguni conta com algo parecido e correspondente perto de Noro, capital de Okinawa. Lá, os sepulcros escavados na rocha têm o mesmo estilo de arquitetura monumental em evidência sob as ondas em Iseki Point. "Degraus" de grandes dimensões, amplas praças e paredões estendidos têm características comuns à construção abaixo da superfície do mar.

Os arqueólogos deram pouca atenção aos túmulos em Noro, que não são atribuídos a qualquer cultura conhecida, embora possam datar de menos de 2.000 anos atrás. No entanto, também parecem ter sido construídos e reconstruídos dentro da mesma aparência ao longo de gerações desconhecidas. Isso porque os sepulcros como estão agora são apenas os mais recentes de uma longa série de reparos e reconstruções que podem se estender muito mais tempo afora, talvez até no início do período Jomon. Se assim for, isso os colocaria no décimo milênio a.C, contemporâneo da estrutura submarina em Yonaguni semelhante a eles.

Na verdade, os "túmulos" Noro são menos centros funerários e mais construções cerimoniais, onde os seguidores da religião xintoísta ainda prestam homenagem regular aos espíritos ancestrais de um passado profundo.

A estreita correspondência entre estruturas antigas em Okinawa e em outros lugares com as versões mais antigas encontradas no fundo do Oceano Pacífico não apenas define as relações arquitetônicas e arqueológicas, mas também demonstra claramente um legado contínuo do que é agora o fundo do mar para a terra seca. Traçar esse legado até suas origens subaquáticas nos leva à pátria perdida de Lemúria.

CAPÍTULO 15
CIVILIZAÇÕES PERDIDAS RELACIONADAS

> "A HISTÓRIA HUMANA NÃO É LINEAR. NÃO SOMOS O RESULTADO DIRETO, LÓGICO E NEM A PERSONIFICAÇÃO DE TUDO QUE VEIO ANTES DE NÓS. PELO CONTRÁRIO, O PASSADO É CÍCLICO. O ESTÁGIO QUE VIVENCIAMOS AGORA FOI ALCANÇADO MUITAS VEZES POR INÚMERAS OUTRAS CIVILIZAÇÕES PERDIDAS. AÍ ESTÁ O GRANDE AVISO DO NOSSO TEMPO - DE TODOS OS TEMPOS."
>
> OSWALD SPENGLER, *O DECLÍNIO DO OESTE*

> "UMA NAÇÃO PERDE O LUGAR QUE ANTES OCUPAVA NA HISTÓRIA MUNDIAL QUANDO O DINHEIRO SE TORNA MAIS PRECIOSO PARA SEU POVO DO QUE A HONESTIDADE E O TRABALHO. A GANÂNCIA AMPLA E UNIVERSAL É O AVISO DE ALGUMA REVIRAVOLTA E DESASTRE. CIVILIZAÇÕES NASCEM, TERMINAM E SÃO ESQUECIDAS, SEMPRE."
>
> CORONEL JAMES CHURCHWARD, *O CONTINENTE PERDIDO DE MU*

Embora Atlântida e Mu sejam as civilizações perdidas mais famosas da humanidade, não são os únicos reinos fantasmas rondando por aí na forma de mitos. No entanto, muitos desses outros reinos desaparecidos são pouco mais do que diferentes lembranças da experiência atlante ou lemuriana, que outrora impactaram vários povos em todo o mundo antigo.

PRESERVADAS NA MITOLOGIA MUNDIAL

Mu aparece no Burotu entre os ilhéus de Fiji – e é conhecido como Puloto nas distantes Tonga e Samoa, ou Baralku entre os aborígenes australianos; outras representações são: Rutas, em Myanmar; Horaisan, no Japão; Chien-Mu, na China; Kaveri Puopattinam, no Sri Lanka; o reino de Dwarka, dos hindus; Har-Sag-Um, ou "Mu da Cordilheira", dos sumérios; Pacaritambo, dos incas; Marae Renga, na Ilha de Páscoa; Hiva, Hiviki, Kahiki, Mutuhei, na Polinésia; Kanamwayso, na Micronésia; Kuai Helani, no Havaí; e assim por diante. As várias tradições descritas sob esses diferentes nomes contam a mesma história: um grande reino insular, esplêndido, sem comparação, antigamente habitado por poderosos magos, localizado no Pacífico Central, foi dominado por uma catástrofe natural cujos sobreviventes escaparam e se tornaram os antepassados dos japoneses, chineses, samoanos e outros povos do Pacífico.

Da mesma forma, Atlântida é preservada nas seguintes tradições folclóricas: Belesb-At, dos bascos; o Aztlan, dos astecas; a Etelenty, dos egípcios, também conhecida como Aaru ou Sekret-Aaru; Dimlahmid ou Dzilke, das tribos Wet'suwet'en e Gitxsan, no norte da Colúmbia Britânica, no Canadá; Elohi-Mona, dos índios cherokees; Falias, dos irlandeses; as Ilhas Afortunadas, ou Ilhas dos Bem-Afortunados, dos gregos; Lyonesse, dos britânicos; Avalon, dos galeses; o Votan, dos maias; e assim por diante.

A ilha Hy-Brasil (ou Hy-Braesail) dos celtas é um exemplo disso. Alguns veteranos de guerra atlantes, vindos de disputas contra estrangeiros, teriam retornado a Hy-Brasil. Segundo uma tradição folclórica irlandesa antiga, são conhecidos como Tuatha dé Danann, ou "Seguidores (ou Povos) da Deusa Danu", uma divindade da mãe-terra. Ainda no século XVII, Hy-Brasil ainda aparecia nas cartas marítimas irlandesas do meio do Atlântico. Segundo a enciclopedista Anna Franklin, "já existiram mapas que geralmente a retratam como redonda, dividida ao centro por um rio, levando a comparações com Atlântida". Ela continua relatando que, conforme o mito irlandês, "uma flecha em brasa foi disparada" em Hy-Brasil antes de ser arrastada para o fundo do oceano pelo deus do mar Manannan. Essa variação da lenda sugere a queda de um cometa ou meteoro que provocou a destruição final de Atlântida. Essa implicação seria reenfatizada por Manannan, o equivalente celta de Poseidon.

"Ainda existem famílias com esse sobrenome (Breasail) vivendo nos condados de Clare e Galway até hoje", escreve o historiador irlandês Dr. Bob Curran. Ao contrário do equívoco comum, o país sul-americano Brasil derivou seu nome da abundância de árvores chamadas pau-brasil encontradas por lá, não de qualquer civilização pré-diluviana.

A BUSCA PELO TESOURO

Consideradas como um todo, ilhas ancestrais como Hy-Brasil fornecem evidências poderosas em nome da antiga existência da capital atlante. Seu impacto na consciência nativa dos povos indígenas da América foi tão profundo que os invasores espanhóis no início do século XVI confundiram as descrições tradicionais da opulenta e desaparecida Atlântida com cidades cheias de ouro. Com suas ambições aguçadas pela perspectiva de riqueza incalculável, conquistadores vorazes foram atrás de fantasias – na verdade, tradições tribais que causaram confusão entre eles durante a Febre do Ouro espanhola.

O principal desses equívocos às vezes trágicos foi El Dorado. Conforme citado no capítulo 11, os índios chibchan da Colômbia praticavam a cerimônia em Guatavita, conhecida como Catena-ma-noa, ou "Águas de Noé", uma celebração dos antepassados da ilha em forma de ritual. Sem perceber que "El Dourado" já estava no fundo do mar há cerca de 1.700 anos, os aventureiros gananciosos estavam convencidos de que ele ainda estava em algum lugar no interior da Colômbia e fizeram uma busca infrutífera nos séculos seguintes. Os exploradores continuaram as buscas até 1850, quando o renomado antropólogo alemão Alexander von Humboldt provou que o tal "El Dourado" não existia mais.

Enquanto conquistadores procuravam El Dorado em toda a Colômbia, na América do Norte acontecia a marcha pelas Sete Cidades de Ouro. Às vezes referidas como Quivira ou Cíbola, sua história antecede a conquista espanhola em 350 anos. Começou em 1.150 d.C, quando sete bispos e suas congregações invadiram a Espanha de navio, levando certas relíquias religiosas antes que os mouros pudessem tomar a cidade de Mérida.

Embora nunca mais se tenha ouvido falar dos refugiados, havia rumores de que eles cruzaram o Oceano Atlântico e desembarcaram em outro continente, onde estabeleceram sete cidades, uma para cada bispo, que logo enriqueceram com ouro e pedras preciosas. A lenda persistiu ao longo dos séculos, mas cresceu em proporções histéricas com a conquista espanhola do México.

CIDADES DE OURO, MONTANHAS DE PRATA

A lenda foi reforçada em 1519, quando o imperador Moctezuma II disse a Hernán Cortés que, antes de ocuparem Tenochtitlán, os astecas moravam ao norte da capital imperial em um lugar chamado Chicomoztoc. Ouvindo sua tradução do local como sendo "Lugar das Sete Cavernas", os espanhóis concluíram que a antiga residência dos astecas poderia ter sido as Sete Cidades de Ouro, de Cíbola. Na realidade, Chicomoztoc estava ou em Rock Lake, no distante estado americano de Wisconsin, ou se tratava de um assentamento grande, embora humilde, construído próximo à atual cidade de San Isidro Culiacán, 100 quilômetros a nordeste do Vale do México. Em ambos os casos, não havia ouro em Rock Lake ou San Isidro Culiacán.

Impulsionado pelas lendas exageradas sobre Chicomoztoc e outras histórias locais sobre cidades distantes transbordando de riquezas, o vice-rei Antonio de Mendoza despachou uma expedição liderada por Marcos de Niza, um monge franciscano, em busca de Cíbola e Quivira. Depois de dez meses, Niza voltou a afirmar que havia visitado um populoso centro urbano onde seus moradores comiam em pratos de ouro e prata, decoravam suas casas com turquesa e se enfeitavam com enormes pérolas, esmeraldas e outras gemas deslumbrantes. Certo de que as Sete Cidades de Ouro deveriam ser conquistadas, Mendoza ordenou que um grande contingente militar conquistasse as famosas Cíbola e Quivira. A expedição foi liderada por Francisco Vásquez de Coronado, que partiu à frente de um exército bem equipado do vice-rei de Culiacán em 22 de abril de 1540. Mas, ao chegar ao deserto do Arizona, Coronado percebeu que o monge franciscano havia mentido.

Na América do Sul, os invasores espanhóis foram atraídos para o interior com a esperança de encontrar a Sierra de la Plata. Sobreviventes de um naufrágio na costa argentina, no início do século XVI, ganharam abundantes presentes feitos de prata dos nativos, que falavam sobre várias montanhas ricas em tal metal. Logo depois, os espanhóis descobriram o estuário dos rios Uruguai e Paraná, que chamaram de Río de la Plata, ou "Rio da Prata", porque acreditavam que ele levaria à Sierra de la Plata. Embora o Río de la Plata tenha se tornado uma próspera área de mineração, a Sierra de la Prata nunca foi encontrada. No entanto, como demonstração do poder do mito, a Argentina foi batizada com uma derivação da palavra latina para "prata", *argentum*.

DA ROMA ANTIGA À AMÉRICA DO SUL

A Sierra de la Plata não era a única fonte indescritível de riquezas incalculáveis que existiria no sul da América do Sul. Durante décadas, espanhóis insaciáveis ouviram rumores sobre a "Cidade dos Césares", também conhecida como a "Cidade da Patagônia". Dizia-se que foi fundada por antigos marinheiros romanos que fugiram de uma agitação civil após o assassinato de Júlio César, e depois naufragaram no Estreito de Magalhães. Também diziam que a cidade deveria estar cheia de ouro, prata e diamantes dados por índios agradecidos pela experiência romana na construção da extensa rede de estradas para os incas. Curiosamente, um aqueduto inca em Rodadero, no Peru, "emprega duas camadas de arcos de pedra arredondados, geralmente chamados de 'arcos verdadeiros'", de acordo com o Ph.D. e arqueólogo americano Gunnar Thompson. "Esse estilo de arquitetura era uma característica do antigo Mediterrâneo. Em consequência, o aqueduto de Rodadero representa um forte argumento para a difusão cultural greco-romana." Embora A Cidade dos Césares não tenha sido encontrada, nem é provável que seja, pode, no entanto, ecoar outras descobertas de uma presença antiga no leste das costas da América, como um naufrágio romano perto do Rio de Janeiro em 1976, investigado pelo arqueólogo subaquático Robert Marx. As ânforas recuperadas no navio foram analisadas cientificamente por Elizabeth Will, professora de História da Grécia Clássica na Universidade de Massachusetts. Ela as identificou como parte de uma carga do porto mediterrâneo de Zilis, com data de cerca de 250 d.C. Marx também encontrou uma fíbula – um fecho de roupa – de bronze na Baía de Guanabara.

Mais ao norte, perto da costa do Golfo do México, os tijolos usados na construção da cidade maia de Comalcalco foram carimbados com marcas típicas dos pedreiros romanos do século II. Já seu encanamento feito com terracota – único em toda a Mesoamérica – era idêntico a canos contemporâneos encontrados em Israel. A representação em cerâmica de um europeu usando barba, corte de cabelo estilo romano e um gorro igualmente romano foi recuperado durante a escavação de uma pirâmide do século II em Calixtlahuaca, no México. Esses e outros achados semelhantes sugerem que os relatos da "Cidade dos Césares" podem ter alguma base em contatos pré-colombianos.

A TERRA PERDIDA DE ANTÍLIA

Também há uma sugestão desses contatos nas terras perdidas de Antília, do latim *anterior*, sugerindo um lugar "antes" do horizonte ocidental. A descrição mais antiga de Antília apareceu numa biografia de Quinto Sertório, escrita pelo historiador romano Plutarco em 74 d.C. Quase 150 anos antes, esse comandante militar romano retornou depois de uma campanha na Mauritânia (noroeste da África) ao seu consulado na Espanha. Ali, conheceu "alguns marinheiros recém-chegados de duas ilhas atlânticas, separadas por um pequeno estreito a 10.000 estádios da África":

> *Gozam de chuvas moderadas e longos intervalos de ventos, na maioria suaves, e que precipitam o orvalho, de modo que as ilhas não apenas têm um solo rico e excelente para arar e plantar, mas também produzem um fruto natural abundante e saudável que alimenta um povo ocioso, sem lhes causar trabalho ou problema. Um ar salubre, devido ao clima e às mudanças moderadas das estações, prevalece nas ilhas. Os ventos norte e leste, que sopram da nossa parte do mundo, mergulham num espaço profundo e, devido à distância, se dissipam e perdem sua força antes de chegarem às ilhas, enquanto os ventos sul e oeste que envolvem as ilhas às vezes trazem chuvas suaves e intermitentes, mas na maioria das vezes refrescam com brisas úmidas e nutrem suavemente o solo. Portanto, veio à tona uma firme crença, até mesmo para os bárbaros, de que aqui estão os Campos Elísios e a morada do Santo sobre o qual Homero cantou.*

Com o colapso universal da civilização Clássica, todo o conhecimento de Antília se perdeu. Mas o Renascimento e as primeiras viagens de descoberta no Oceano Atlântico reacenderam o interesse pela ilha. Diziam que o arcebispo português do Porto, juntamente com seis bispos e seus paroquianos, teriam redescoberto Antília e se estabeleceram ali para escapar da conquista moura da Península Ibérica. Após sua chegada, eles supostamente fundaram as cidades de Aira, Anhuib, Ansalli, Ansesseli, Ansodi, Ansolli e Con. A história deles se repetiu em 1492 com Martin Behaim, geógrafo de Nuremberg, em seu globo da Terra. Nele, havia uma inscrição dizendo que a tripulação de um navio espanhol avistou Antília em 1414, enquanto marinheiros portugueses teriam desembarcado lá durante a década de 1430. Anteriormente, a Carta Pizzigano de 1424 incluía Antília, que também apareceu anos depois nos mapas do cartógrafo genovês Beccario II. O renomado Paul Toscanelli avisou Cristóvão Colombo de que Antília era o principal marco para medir a distância entre Lisboa e Zipangu (antigo nome para o atual Japão).

Mais tarde, Antília foi identificada com uma ilha nos Açores. Enquanto São Miguel corresponde bem à distância do Marrocos até Antília oferecida por Plutarco (1.825 quilômetros), sua representação em mapas renascentistas – em área, aproximadamente do tamanho de Portugal – não corresponde nem à maior ilha dos Açores. Além disso, Antília foi descrita como um retângulo quase perfeito; seu longo eixo ia do norte ao sul, mas com sete ou oito baías em formas de trevo entre as costas leste e oeste. Embora tal configuração seja totalmente diferente de São Miguel, lembra um pouco Porto Rico. A comparação levou alguns geógrafos, incluindo Pietro Martire d'Anghiera, a acreditar em 1493 que Porto Rico seria a Antília descrita por Plutarco. Conclusão da história: as ilhas no Caribe passaram a se chamar Antilhas.

ANTÍLIA NOS AÇORES
Deixando de lado os cartógrafos portugueses renascentistas, a ilha açoriana de São Miguel tem alguma semelhança com os contornos de Porto Rico, que d'Anghiera e seus colegas cartógrafos consideravam ser Antília. Curiosamente, muito antes, geógrafos árabes identificaram Antília como Jezirat al Tennyn, ou

"Ilha do Dragão", evocando uma ilha de vulcões ativos, descrição que dificilmente se encaixa em Porto Rico. Porém, São Miguel possui inúmeros vulcões, um dos quais ainda é conhecido como Sete Cidades. Sua caldeira tem cerca de 5 quilômetros de diâmetro e uma altura de cerca de 500 metros. Sete Cidades teve pelo menos oito erupções desde 1444. Um grupo de vulcões com fluxos piroclásticos teve uma erupção histórica em 1652, mas o vulcão na vila Água de Pau teve uma erupção que durou quase um mês em 1563. Distante da costa, o vulcão submarino Monaco Bank eclodiu em 1907 e quatro anos depois. O maior e mais perigoso vulcão de São Miguel é Furnas. Com uma caldeira no cume de 6 quilômetros de diâmetro e 300 a 400 metros de profundidade, Furnas gerou uma erupção em 1630 que durou uma semana e custou a vida de mais de 200 pessoas, com seus rápidos fluxos de lama fervente.

Ou seja, São Miguel certamente corresponde às descrições árabes de Antília como a "Ilha do Dragão". Além disso, a distância da ilha dos Açores a Marrocos é próxima da distância de 1.825 quilômetros proposta por Plutarco entre Antília e a costa atlântica do norte da África. Era o suficiente para convencer os romanos ou alguém antes deles a navegar muito além das limitações impostas à marinharia antiga pelos principais historiadores. Os Açores não eram habitados quando foram descobertos pelos portugueses em 1427 mas, dentro de uma gruta em Santa Maria, eles se depararam com um altar de pedra adornado com desenhos de serpentes. Em Corvo, foi encontrado um pequeno barril com moedas fenícias datado do século V a.C.

Um achado mais emocionante foi uma estátua equestre no topo de uma montanha ainda em São Miguel. A obra-prima de bronze com 5 metros de altura compreendia um pedestal de pedra com uma inscrição desgastada pelo tempo, e em cima de um magnífico cavalo, havia um cavaleiro estendendo o braço direito e apontando para o mar em direção ao oeste. Quando notificado da descoberta, o rei João V ordenou para levarem a estátua a Portugal, mas ela escorregou de um cabresto improvisado e caiu na encosta da montanha. A cabeça e um braço do cavaleiro, além da cabeça e o flanco do cavalo, sobreviveram à queda. Esses fragmentos, juntos com uma impressão da inscrição do pedestal, foram enviados ao rei.

CIVILIZAÇÕES PERDIDAS RELACIONADAS

Eles ficaram preservados no palácio real em Lisboa, onde os estudiosos ficaram perplexos com o "latim arcaico", que pensavam estar escrito na inscrição, mas estavam quase certos de ter decifrado uma única palavra – *cates*. Porém, o significado os iludiu. A palavra é próxima de *cati*, que significa "vá por ali" em Quíchua, língua falada pelos incas. Cattigara era o nome de uma cidade peruana, conforme indicado em um mapa romano do século II d.C, então é possível fazer uma conexão sul-americana com a misteriosa estátua em São Miguel. Cattigara era provavelmente Cajamarca no Peru, um local pré-inca extremamente antigo. Os dois nomes de cidades não são, afinal, tão diferentes. Porém, em 1755, todos os artefatos retirados de São Miguel se perderam durante o grande terremoto que destruiu a maior parte de Lisboa.

O altar em Santa Maria, as moedas cartaginesas em Corvo e a estátua equestre em São Miguel tinham sido deixados para trás pelos antigos viajantes do Velho Mundo rumo às ilhas dos Açores, enquanto o gesto do cavaleiro de bronze apontando para o oeste sugeria que expedições mais distantes para as Américas foram realizadas durante o período Clássico, talvez por cartagineses ou seus precursores vindos de Atlântida.

O fascínio misterioso de Antília persiste no século XXI. Em 2007, o arquiteto canadense e arqueólogo amador Paul Chiasson publicou algo controverso em seu livro *The Island of The Seven Cities*. Ele identificou a Ilha do Cabo Bretão, ao sul de Terra Nova (no Canadá) como Antília. Estruturas de pedra desconhecidas e tradições orais peculiares sobre navegantes estrangeiros entre os índios micmac locais o levaram a concluir que os marinheiros chineses, alguns deles cristãos nestorianos, contornaram a África e navegaram pelo Atlântico antes que o Cabo Bretão fosse oficialmente descoberto por John Cabot em 1497. Porém, uma equipe de cinco arqueólogos da província de Nova Escócia, que visitou as ruínas no verão anterior à publicação do livro, refutou as alegações de Chiasson.

HIPERBÓREA - ONDE O SOL NUNCA SE PÕE

Uma terra incógnita do Oceano Atlântico era Hiperbórea. Sua tradução, "Além de Boreas", o Vento Norte, convenceu alguns pesquisadores a situar a ilha na região polar. Tal conclusão corrobora com um mito grego, que descrevia o sol brilhando 24 horas por dia em Hiperbórea, exceto em um dia do ano, quando o sol nascia e se punha apenas uma vez. Do equinócio de primavera até o equinócio de outono acima do Círculo Polar Ártico, o sol brilha 24 horas por dia. No extremo norte, ele nasce e se põe anualmente. Essa descrição por si só prova que os antigos gregos ou seus antecessores – 2.000 anos ou mais antes do advento da exploração moderna – já tinham visitado o Polo Norte.

Uma localização ártica para a ilha obscura é ressaltada por Héracles, que partiu em busca da corça de chifres dourados em Hiperbórea: as renas pertencem à única espécie de veado cujas fêmeas têm chifres. Ainda hoje, "línguas hiperbóreas" é um termo usado por antropólogos para categorizar todos os povos sem relações entre suas línguas que residem nas regiões polares do norte.

Hiperbórea foi supostamente povoada por um povo muito espiritualizado com longas vidas "longe do trabalho e da batalha", de acordo com o poeta Píndaro (522-443 a.C) em sua décima *Ode Pítica* (498 a.C), e dedicou todo o seu tempo observando e venerando apenas uma divindade – Apolo, que passava seus invernos entre eles. Todo ano, as Donzelas Hiperbóreas – uma seita religiosa – levavam presentes misteriosos embalados em palha para o templo do deus sol em Delos, sua terra natal no Mar Egeu. Os turistas modernos que visitam Delos ainda podem ver as ruínas do Templo das Donzelas Hiperbóreas.

Entretanto, é difícil imaginar uma população de adoradores do sol vivendo feliz perto do Círculo Polar Ártico. O historiador Hecateu de Abdera situou Hiperbórea na Grã-Bretanha, assim como o historiador e geógrafo Estrabão. Ambos descreveram o principal templo dos Hiperbóreos em uma linguagem que sugeria fortemente Stonehenge, cujos alinhamentos solares só foram desvendados pelo astrônomo Gerald Hawkins na década de 1960. O conhecimento grego Clássico de uma sociedade de druidas seguindo as orientações do sol em Stonehenge provavelmente se fundiu com lembranças de viagens antigas ao Polo Norte durante a Idade do Bronze. O geógrafo romano Avieno mencionou uma viagem grega à Hiperbórea quase mil anos antes de seu tempo, aproximadamente 350 a.C. Quando Hecateu escreveu *Sobre os Hiperbóreos* durante o século IV a.C, os criadores de Stonehenge já haviam desaparecido um milênio antes. Seu sítio megalítico, abandonado há muito tempo, só bem depois foi tomado por sacerdotes druidas, que fizeram parte da invasão celta da Grã-Bretanha por volta de 600 a.C.

O REINO ÁRTICO DE THULE

Outro reino do Ártico às vezes comparado com Hiperbórea era Thule, embora fossem bem diferentes um do outro. A primeira referência escrita de Thule remonta a Píteas, comerciante, geógrafo e explorador grego, cuja obra *No Oceano* narrou dez anos de suas viagens além do Mar Mediterrâneo, começando em 330 a.C. Oficialmente, ele havia sido enviado em uma missão pela colônia grega de Massalia (atual Marselha, na França) para aprender mais sobre certos bens comerciais, em especial estanho e âmbar; extraoficialmente, ele buscava vestígios de Atlântida – Platão a havia mencionado pela primeira vez apenas 20 anos antes –, um assunto de ainda grande interesse em todo o mundo grego da época.

Aproveitando-se de uma falha temporária no bloqueio dos cartagineses ao Estreito de Gibraltar, Píteas embarcou em uma viagem de ida e volta de Massalia para Bordeaux, Nantes, Land's End, Plymouth, Isle of Man, Hébridas, Orkney, Islândia, a costa leste da Grã-Bretanha, Kent e Helgoland. Na Cornualha, ele estudou a produção e o processamento de estanho; depois navegou ao redor da Grã-Bretanha, calculando que sua circunferência teria 2,5% das estimativas modernas. Em seguida, seguiu para Thule, numa viagem de barco "de seis dias ao norte da Grã-Bretanha, perto do mar congelado", de acordo com *Geografia*, de Estrabão, de 30 a.C, "Thule, a mais setentrional das Ilhas Britânicas, é a mais ao norte, e ali o círculo do trópico de verão é o mesmo que o Círculo Polar Ártico. Thule, entre todos os países conhecidos, é o que fica mais ao norte."

Embora alguns historiadores localizem Thule entre as Ilhas Orkney ou na Noruega, pescadores e seus antepassados do século IV a.C, desde os tempos neolíticos, viajavam rotineiramente entre o norte da Grã-Bretanha, Orkneys e a costa norueguesa. O escritor romano Paulo Orósio (384-420 d.C) e Dicuil, monge irlandês do início do século IX, situam Thule ao norte e ao oeste da Irlanda e da Grã-Bretanha. Dicuil afirmou que ficava além das Ilhas Faroé, o que significa que Thule só poderia ter sido a Islândia, conclusão embasada pelo escritor romano do século V, Cláudio. Em *Contra Rufinias*, ele falou que "Thule jazia congelada sob a estrela polar". Anteriormente, a *História Natural* de Plínio, o Velho, descreveu que em Thule:

> ... não há noites, como já declaramos, por volta do meio do verão, ou seja, quando o sol passa pelo signo de Câncer; e também não há dias no meio do inverno: e cada um desses períodos supõe-se durar seis meses, o dia todo ou a noite toda.

Píteas foi o primeiro observador a documentar o sol da meia-noite e a aurora. Seu registro também é o mais antigo sobre gelo polar, que ele comparou a um "pulmão marinho" envolto em névoa – literalmente, "água-viva" –, uma metáfora para a formação de "panqueca de gelo" na borda de gelo à deriva, onde o mar – uma mistura de lama e gelo – muitas vezes fica cercado por neblina. Além de sua textura, a panqueca de gelo muitas vezes parece ondas de água-viva.

Mas se a Islândia realmente fosse Thule, quem eram as pessoas que Píteas descreveu como seus habitantes? Ele descreveu Thule como um país agrícola, onde produziam mel e o misturavam com grãos para fazer uma bebida especial. Elas também gostavam de frutas e laticínios e debulhavam grãos dentro dos celeiros, ao contrário do que se fazia no sul da Europa. No entanto, a Islândia não era povoada até chegarem os colonos nórdicos no final do século IX, 1.200 anos depois da suposta visita de Píteas. Ou Thule deveria ser algum outro lugar, ou os ilhéus que ele conheceu eram remanescentes do que os arqueólogos atualmente chamam de Red Paint People, navegantes neolíticos que navegaram pela rota polar da Escandinávia até o Labrador há 6.000 anos. Alguns pesquisadores acreditam que foram encontrados leves vestígios do impacto cultural dos Red Paint People na Islândia. Poderia pelo menos uma pequena colônia deles ter sobrevivido até o século IV a.C? A produção de mel e os celeiros não os caracterizavam como os inuit que, de qualquer forma, nunca se estabeleceram na Islândia.

Embora não tenha conseguido encontrar Atlântida, Píteas se aventurou mais no Ártico do que qualquer viajante durante os tempos Clássicos. No entanto, a identidade precisa de Thule permanece desconhecida.

A VIAGEM DE SÃO BRANDÃO

Menos difícil de entender é a localização da Ilha de São Brandão, em homenagem ao fundador do mosteiro e escola monástica de Clonfert, na Irlanda do século VI. Enquanto evangelizava entre os moradores das ilhas próximas da costa, junto com 17 de seus companheiros monges, seu robusto currach – um barco espaçoso feito com couro esticado – viajava pelo mar. Eles sobreviveram à longa viagem para o outro lado do oceano, onde desembarcaram nas margens de um novo continente, a "Terra da Promessa", mais frequentemente chamada de Ilha de São Brandão. Foi ali que comungou com duas dezenas de irmãos num refúgio monástico, mas antes parou numa ilha com um trio de corais paroquiais. Trezentos anos se passariam antes que sua experiência fosse registrada na obra *Navigatio Santi Brendani Abatis*, a "Viagem de São Brandão, o Abade". Marcos Martinez, em *Planisfério de Ebstorf*, publicado em 1234, mencionava "a ilha perdida descoberta por São Brandão, mas ninguém a encontrou desde então". Durante 1976, o explorador irlandês Tim Severin recriou a viagem de São Brandão em um currach de couro construído de acordo com os métodos do século VI. Seguindo todos os detalhes apresentados em *Navigatio Santi Brendani Abatis*, Severin desembarcou em Terra Nova. "Alguns estudiosos consideram a descrição de uma terra continental como prova de que a expedição do abade chegou à América", escreve o Dr. Gunnar Thompson. "A permanência do monge em um refúgio monástico e a ilha dos 'três corais' apontam para congregações cristãs estabelecidas na América do Norte por volta de 565 d.C."

SHANGRI-LÁ

Mas nem todos os reinos perdidos abrangem o Oceano Atlântico. Desses enigmas, Shangri-Lá está entre os mais famosos. Seu nome é uma variante da tradição tibetana-budista Shambhala, que depois foi usada por James Hilton, autor inglês do início do século XX, como tema de seu romance *best-seller Horizonte Perdido*. "Shambhala" é um termo em sânscrito que significa "lugar de paz-tranquilidade-felicidade", aplicado a um reino obscuro que fica num vale profundo cercado por montanhas inacessíveis. Todos os seus habitantes eram seres iluminados que seguiam uma forma purificada do budismo.

Shambhala foi localizada em vários locais sagrados no Tibete ou perto de lá. Geralmente, era identificada com a cidade Lhasa, de uma forma geral, e o Palácio de Potala, mais especificamente: a capital tibetana e a antiga residência do Dalai Lama. Durante as cerimônias de iniciação de Calachakra na cidade de Bodh Gaya, em 1985, sua Santidade, o 14º Dalai Lama, disse sobre Shambhala:

> *Embora aqueles com afiliação especial possam realmente ir até lá através de sua conexão cármica, não é um lugar físico que de fato podemos encontrar. Só podemos dizer que é uma terra pura, uma terra pura no reino humano. E, a menos que se tenha o mérito e a associação cármica real, não é realmente possível chegar lá.*

Sua descrição estava de acordo com os significados tibetano-budistas de "externo", "interno" e "alternativo" para tal conceito. Alcançar a meditação ou iluminação perfeita significa a chegada à "cidade perfeita", enquanto o mesmo lugar sagrado pode ser encontrado simultaneamente na arte religiosa. O "significado externo" de Shambhala implica que ele de fato existe (ou existiu) em forma material. O candidato mais provável seria Hunza, um principado independente no norte do Paquistão, fundado há quase mil anos. "Dizia-se que um vale de rio muito remoto e verdejante ostentava uma comunidade predominantemente budista, que espalhava sua influência na vizinha Caxemira... durante vários meses, sua ligação com o resto do mundo poderia ser cortada por conta de nevascas nas montanhas", escreveu o Dr. Bob Curran.

Em 1926, e novamente em 1928, o renomado pintor místico Nicholas Roerich e o agente soviético Yakov Blumkin lideraram duas expedições tibetanas fracassadas para tentar descobrir Shambhala, ignorando que o vale de Hunza seria insignificante demais para algo supostamente tão magnífico. Incapazes de buscar com sucesso o "significado externo" de "lugar de paz-tranquilidade-felicidade", eles podem ter redirecionado sua busca para outro reino tibetano. Agartha é uma suposta metrópole subterrânea iluminada por seu próprio sol e povoada por iniciados de 4 metros de altura; algum dia, eles cumprirão uma antiga profecia ao estabelecer seu líder divino como o rei do mundo, inaugurando assim uma era de ouro de iluminação universal.

Muita bobagem já foi escrita e dita sobre Agartha, sobretudo por romancistas e teosofistas, que associaram sua entrada a lugares como a "Cueva de lós Tayos" no Equador; Mammoth Cave, em Kentucky, na América do Norte; o Polo Norte; o Polo Sul; a Grande Pirâmide de Gizé; entre outros. Antes desses locais improváveis, Agartha foi originalmente identificada com Lhasa, onde existia uma série subterrânea de túneis conectando câmaras sob o Palácio de Potala até a cidade ser ocupada por forças do exército chinês na década de 1950. Sem dúvida, forasteiros cheios de imaginação ligaram essa rede subterrânea ao paraíso subterrâneo de Agartha.

AS CIDADES PERDIDAS DOS PERVERSOS

Ao contrário da espiritualidade refinada de Shambhala e Agartha, Sodoma e Gomorra ainda são consideradas as cidades mais perversas que existiram. Ou já foram? A história do Antigo Testamento conta que se elas tratavam na verdade de dois dos cinco centros urbanos, junto com Admá, Zeboim e Bela (também chamada de Zoar), conhecidos coletivamente como as "Cidades da Planície", porque ficavam juntos na planície do rio Jordão. Na versão em Tanakh, Yahweh (ou Javé) determina que irá destruir Sodoma por causa da iniquidade de seus moradores, mas despacha um par de anjos para alertar os únicos cidadãos virtuosos da cidade, Ló, sua esposa e seus filhos. Antes disso, sua filha Paltith deu um pouco de pão a um homem pobre que havia entrado na cidade; por esse motivo, ela foi queimada viva pelos sodomitas, conforme descrito no Talmud e no Livro de Jasher. A amiga dela, cujo nome não é mencionado, foi coberta com mel, depois pendurada na muralha da cidade até ela ser inteiramente devorada pelas abelhas.

Enquanto os mensageiros celestiais estavam na casa de Ló, uma multidão do lado de fora o chamou: "'Onde estão os homens que vieram ter com você esta noite? Traga-os até nós e deixe-nos conhecê-los'. Ló recusou-se a oferecer os anjos visitantes aos habitantes de Sodoma. Em vez disso, ele lhes deu suas duas filhas, mas o povo recusou." Essas pessoas devem ter sido realmente perversas para Yahweh tê-lo escolhido como o único homem justo da cidade, porque Ló não estava apenas disposto a entregar suas filhas à multidão, como também cometeu incesto com elas enquanto estava bêbado. É difícil imaginar os demais sodomitas superando tal depravação.

O historiador judeu da era romana Flavio Josefo escreveu que:

> Deus, portanto, resolveu castigá-los por sua arrogância, e não apenas extirpá-los de sua cidade, mas destruir tão completamente sua terra que não produziria nem planta nem fruto daquele momento em diante.

Mas, enquanto Sodoma e Gomorra eram bombardeadas com "enxofre e fogo pelo Senhor do céu", os anjos instruíram Ló e sua família que, ao deixar Sodoma, deveriam desviar o olhar de sua destruição. Mas a esposa de Ló, incapaz de se controlar, olhou para a cidade moribunda e foi instantaneamente transformada em uma estátua de sal. Na versão do Alcorão, ela foi apenas deixada para trás e pereceu junto com o restante dos sodomitas, pois se recusou a renunciar ao politeísmo.

LOCALIZANDO SODOMA E GOMORRA

O Antigo Testamento situa Sodoma e Gomorra perto do Mar Morto, no limite sul das terras ocupadas pelos cananeus na planície do rio Jordão. Além de confirmar a localização, Estrabão escreveu que os moradores perto de Moasada (provavelmente Massada) relataram que "havia uma vez treze cidades habitadas naquela região, e Sodoma era sua metrópole". Mesmo assim, os arqueólogos nunca conseguiram identificar os resquícios de nenhuma das cidades. Em 1850, o antiquário francês Ferdinand de Saulcy declarou que uma colina de calcário e sal na ponta sudoeste do Mar Morto conhecida como Jabal (Monte) Usdum e suas ruínas próximas de Kharbet Usdum eram os vestígios da antiga Sodoma. Porém, escavações no século seguinte provaram que ele estava enganado.

Uma erupção vulcânica é frequentemente apontada como causa da destruição de Sodoma e Gomorra porque elas se situavam ao longo de uma grande falha, o Vale do Rifte do Jordão, a extensão mais ao norte do Grande Vale do Rifte no Mar Vermelho e na África Oriental. No entanto, geólogos determinaram que nenhuma atividade vulcânica ocorreu lá nos últimos 4.000 anos. Porém, confirmaram que a área foi catastroficamente bombardeada com detritos meteóricos gerados por um cometa que passou em 1198 a.C, o mesmo período da destruição final de Atlântida na Idade do Bronze – esse paralelo tem um significado especial, como veremos em breve.

Archibald Sayce, um renomado estudioso de linguística antiga, traduziu um poema acadiano do início do século XII a.C sobre vários centros urbanos (sem mencionar seus nomes) que foram destruídos por uma chuva de fogo vinda do céu. Escrito do ponto de vista de alguém que escapou com vida, obviamente descreve um relato de uma testemunha ocular do cataclismo histórico que pode ser atribuído às "Cidades da Planície" bíblicas. Em 1973, os arqueólogos Walter E. Rast e R. Thomas Schaub escavaram ruínas da Idade do Bronze perto do Mar Morto. Bab edh-Dhra, Numeira, es-Safi, Feifeh e Khanazir mostraram evidências de extensas queimadas e evacuação repentina. Embora esses sítios se encaixem no perfil de Admá, Bela, Zeboim, Sodoma e Gomorra, a história bíblica pode aludir a algo completamente diferente.

Contudo, três anos depois, Giovanni Pettinato, arqueolinguista italiano, descobriu que uma pequena tábua cuneiforme da recém-descoberta biblioteca de Ebla continha os nomes de todas as cinco cidades, listadas na mesma ordem fornecida pelo Gênesis. Pettinato descobriu que o nome original de Sodoma era Si-da-Mu, enquanto Gomorra – I-ma-ar – é baseado na raiz *gh m r*, que significa "estar ao fundo" ou "copioso (água)".

Essas indicações sugerem que as cidades perdidas de Sodoma e Gomorra nunca serão encontradas na planície do rio Jordão, porque estão sob "copiosas" braças de água no mar. Ou seja, Sodoma e Gomorra podem ser alegorias bíblicas, respectivamente, para as civilizações Mu e Atlântida, desaparecidas no Pacífico e no Atlântico.

Com certeza, as comparações com o relato de Platão são inevitáveis: Zeus e Yahweh estavam igualmente determinados a destruir ambas as cidades, por causa da degeneração de seus habitantes, usando um fogo celestial. Embora Atlântida tenha sido arrasada pelo mar, Zeus era, afinal, um deus do céu. Enquanto isso, Platão previa a destruição que ele descreveu falando de Phaeton, "uma versão mítica da verdade que existe em longos intervalos com uma variação no curso dos corpos celestes e uma consequente destruição generalizada pelo fogo nas coisas na Terra".

Se essa interpretação das "Cidades da Planície" estiver correta, então nosso exame sobre as terras perdidas – lemuriana, atlante e outras – se finaliza aqui com o destino de Sodoma e Gomorra.

CONCLUSÃO – AS LIÇÕES DE ATLÂNTIDA

Platão descreveu os atlantes como um povo inicialmente virtuoso. Mas com o tempo:

> ... *tornou-se diluído demais com muita frequência, e com um excesso da mistura mortal, a natureza humana levou a melhor. Então, sendo incapazes de suportar seu próprio destino, tornaram-se inadequados, e para aquele que tinha olhos para ver, eles começaram a parecer vis e perderam o mais belo de seus dons preciosos. Mas, para aqueles que não tinham olhos para ver a verdadeira felicidade, eles ainda pareciam gloriosos e abençoados no momento em que estavam repletos de avareza e poder injusto.*

Platão relatou que a ilha de Atlântida foi engolida pelo oceano após "um único dia e uma única noite" de atividade sísmica violenta, seguida por um grau extraordinário de detritos magmáticos que permearam os mares fora do Estreito de Gibraltar por séculos depois. Sua descrição levou a maioria dos investigadores a concluir que a catástrofe foi o resultado de um grande evento vulcânico, em que uma parte do vulcão (Monte Atlas) explodiu pela lateral, permitindo que o mar se precipitasse em seu interior subitamente exposto, causando o colapso da ilha toda. Tal cenário se encaixa bem com a área geológica da sismicamente ativa Dorsal Meso-Atlântica, onde Atlântida se localizava.

Mas sua destruição final pode não ser inteiramente compreendida apenas em termos geológicos. Com uma consistência fascinante, o cataclismo está ligado ao declínio espiritual dos atlantes, segundo explicações de Platão e Cayce, além das tradições folclóricas dos índios winnebago de Wisconsin e dos bascos na

CIVILIZAÇÕES PERDIDAS RELACIONADAS

Espanha. A relação precisa entre decadência social e aniquilação física não é definida em nenhum desses relatos, embora forneçam um modelo para o que possa ter ocorrido. Apesar do desastre aparentemente natural que destruiu a civilização oceânica, Platão também argumentou que os atlantes provocaram seu próprio fim. Seus pecados contra o fundamento da sociedade e da própria vida ofenderam tanto a ordem natural do universo que os deuses, guardiões dessa ordem divina, os condenaram ao esquecimento.

O tema desse julgamento declarado por Platão em relação aos atlantes se repetiu em culturas distantes que ele nunca sonhou que existissem, dos hopi do sudoeste americano às tribos africanas da Costa do Marfim. Essa memória mundial impressa na consciência folclórica de dezenas de povos, muitas vezes separados por milhares de quilômetros e anos, evidencia a veracidade da Atlântida perdida.

Em outro nível, sua semelhança com as condições atuais de nossa civilização mundial é mais do que estranha. Talvez o significado final e o poder de Atlântida para impactar nosso tempo sejam revelados quando o homem moderno perceber que deixou sua própria sociedade ir quase tão longe. A exploração do meio ambiente pelos atlantes – o mau uso e abuso das forças naturais – foi a causa imediata de sua aniquilação. Aqui está preservada a grande lição de Atlântida para nossa própria civilização autodestrutiva. Nós também estamos usando alta tecnologia para explorar a terra em busca de riqueza material. Talvez a deterioração mundial da biosfera do nosso planeta e o temido efeito estufa, que resultam em desestabilização climática e inundação global (sombras de Atlântida!), sejam todos avisos ecológicos de que estamos repetindo os mesmos enganos catastróficos cometidos pelos nossos antepassados atlantes.

A atual crise ambiental em todo o planeta, as convulsões políticas internacionais em uma escala sem precedentes e o surgimento da popularização da espiritualidade não convencional ("Nova Era", ou New Age) talvez indiquem que o espírito de Atlântida está ressurgindo em nosso tempo, enquanto os usurpadores das florestas tropicais ou os exploradores industriais são as almas perdidas dos atlantes reencarnadas. Agora, à medida que o mundo se aproxima novamente da questão "ser ou não ser", seus espíritos estão voltando para resolver mais uma vez o eterno dilema da sobrevivência. Insaciáveis por causa da prosperidade material ilimitada, todos os valores anteriores que tornaram os atlantes grandes e poderosos depois foram descartados, até mesmo desprezados. Eles ampliaram sua exploração descontrolada do ambiente natural até que a Terra, explorada demasiada e longamente, se voltou contra eles com uma fúria avassaladora, aniquilando-os e todas as suas obras. "Em um único dia e uma única noite", sua riqueza, tecnologia e poder de auto-indulgência se transformaram em cinzas flutuando pelo mar.

Para os gregos, os deuses que se uniram contra Atlântida no final do relato de Platão eram representantes míticos, metáforas das forças da natureza. Mas o paralelo se estende além de Platão, não menos poderosamente, para nós e nosso tempo. Será que o fenômeno de Atlântida é um ciclo de destruição pelo qual nós também devemos passar? Ou é o grande aviso que nós devemos reconhecer, antes que a Mãe Terra se volte contra nós, como fez contra nossos ancestrais atlantes?

APÊNDICE
UMA LINHA DO TEMPO DE MUNDOS PERDIDOS

40.000 ANOS ANTES DO TEMPO ATUAL – O aumento repentino do nível do mar desencadeia a migração da população de Mu ao redor do mundo. As pátrias do Pacífico se estabeleceram numa ilha grande e fértil a 380 quilômetros a oeste do Estreito de Gibraltar. Lá, os recém-chegados se fundem com os habitantes Cro-Magnon nativos, resultando uma nova cultura híbrida: Atlântida.

11.600 ANOS ANTES DO TEMPO ATUAL – A data literal fornecida por Platão para a destruição de Atlântida coincide com o fim da última Era do Gelo, que inundou extensas áreas de Mu. Alguns sobreviventes de enchentes buscam refúgio na distante Atlântida, aumentando sua população e contribuindo significativamente para seu desenvolvimento civilizado.

3113 A.C – Especificado pelo calendário maia como "o início dos tempos", nesse mesmo ano o cometa Encke, junto com outros três cometas, faz uma passagem próxima à Terra, bombardeando o hemisfério norte com material meteórico. Atlântida e Lemúria sofrem destruição generalizada, mas sobrevivem ao ataque celestial, o que incita o expansionismo de seus povos. Enquanto os atlantes começam a mineração de cobre na região dos Grandes Lagos da América do Norte, os lemurianos constroem a estação meteorológica antitufão em Nan Madol.

2193 A.C – De acordo com o *Oera Linda Bok* dos frísios, num período reforçado por mudanças geofísicas e climáticas contemporâneas, o cometa assassino retorna para destruir o mundo, provocando novas migrações de Mu e de Atlântida.

1628 A.C – Conforme revelações das extrações do núcleo do manto de gelo na Groenlândia, a ilha de Thera, no Mediterrâneo Oriental, entra em erupção catastroficamente, assim como numerosos vulcões ao redor do globo, desencadeados pelo cometa Encke, que quase atingiu a Terra. As convulsões geológicas geradas foram demais para Lemúria, que é destruída. Atlântida, bem menos afetada, recupera-se imediatamente e eleva-se ao apogeu de sua grandeza imperial.

Aproximadamente início de 700 A.C – O santuário de Apolo na ilha de Delos, no mar Egeu, começa a receber oferendas trazidas pelas Donzelas Hiperbóreas, membros de uma seita druídica, em Salisbury, no sul da Grã-Bretanha.

330 A.C E 320 A.C – O explorador grego Pítias navega até Thule, hoje conhecida como Islândia.

Século II A.C - Marinheiros gregos navegam pelo Oceano Atlântico e desembarcam em Antília, hoje conhecida como São Miguel, nos Açores.

Século IV D.C – Marinheiros romanos chegam ao longo das costas atlânticas do México e da América do Sul, resultando em lendas posteriores que descrevem a "Cidade dos Césares".

Aproximadamente 550 D.C – 17 monges irlandeses desembarcam na ilha de São Bretão, desde então conhecida como Labrador.

Aproximadamente 1100 D.C – No norte do Paquistão, é fundado o principado independente Hunza, dando origem às lendas de Shambhala ou Shangri-Lá.

BIBLIOGRAFIA

ARMSTRONG, F. W., *Man, Myth and Magic,* Nova York: Prestigious Publishers, 1985.

BAILLIE, Michael, *Natural Catastrophes During Bronze Age Civilizations: Archaeological, Geological, Astronomical and Cultural Perspectives,* Oxford, Inglaterra: Archaeo Press, 1998.

BJORKMAN, *The Search for Atlantis,* Nova York: Alfred A. Knopf, 1927.

BRAGHINE, Col. A., *The Shadow of Atlantis,* Estados Unidos: 60919: Adventures Unlimited Press, 1997, reimpressão da primeira edição de 1940.

BRINTON, Dr. Daniel G., *Religions of Primitive Peoples,* Nova York e Londres: G. P. Putnam's Sons, 1897.

BROWN, J. M., *The Riddle of the Pacific,* Estados Unidos: Adventures Unlimited Press, 1997, reimpressão da primeira edição de 1924.

BRUNDAGE, Burr Cartwright, *Fifth Sun, Aztec Gods, Aztec World,* Estados Unidos: University of Texas Press, 1983.

BRYANT, Alice, com Galde, Phyllis, *The Message of the Crystal Skull,* Estados Unidos: Llewellyn Publications, 1989.

BUDGE, E. A. Wallis, *O Livro Egípcio dos Mortos.* Nova York: Dover Publications, Inc., 1967. (Editora Pensamento, 1995).

BURLAND, C. A. e Foreman, Werner, *Feathered Serpent and Smoking Mirror,* Nova York: G.P. Putnam & Sons, 1975.

BUSHNELL, Geoffrey H., *Peru,* Nova York: Prager, Inc., 1963.

CARLSON, Vada F., *The Great Migration.* Estados Unidos: A. R. E. Press, 1970.

CERVÉ, W. S., *Lemúria: o Continente Perdido do Pacífico,* Estados Unidos: AMORC Printing and Publishing Department, 1942. (Biblioteca Rosacruz, 1974)

CHIASSON, Paul, *The Island of Seven Cities,* Nova York: St. Martin's Press, 2007.

CHILDRESS, David Hatcher, *Cidades Perdidas e Antigos Mistérios da América do Sul,* Estados Unidos: Adventures Unlimited Press, 1986. (Editora Siciliano, 1988).

_____, *Cidades Perdidas da Antiga Lemúria e Pacífico,* Estados Unidos: Adventures Unlimited Press, 1988. (Editora Siciliano, 1989).

_____, *Lost Cities of North and Central America,* Estados Unidos: Adventures Unlimited Press, 1992.

_____, *Vimana - Aeronáutica da India Antiga e da Atlântida,* US: Adventures Unlimited Press, 1994. (Editora Madras, 2003)

CHORVINKSY, Mark, "The Mitchell-Hedges Crystal Skull, Part 2: The Skull's Origin", Estados Unidos (Minnesota) FATE 547, October 1995, pp. 22–4.

CHURCHWARD, Col. James, *O Continente Perdido de Mu, Albuquerque,* Estados Unidos: Brotherhood of Life Publishing, 1988, reimpressão da primeira edição de 1923. (Editora Hemus, 1990)

_____, *The Children of Mu*, Estados Unidos: Brotherhood of Life Publishing, 1988, reimpressão da primeira edição de 1925.

_____, *The Sacred Symbols of Mu*, Estados Unidos: Brotherhood of Life Publishing, 1988, reimpressão da primeira edição de 1926.

_____, *The Books of the Golden Age – The Sacred and Inspired Writings of Mu*, Estados Unidos: Brotherhood of Life Publishing, 1997, reimpressão da primeira edição de 1927.

_____, *The Cosmic Forces of Mu*, Volumes I and II, Nova York: Ives Washburn, 1931.

COLTERELL, Arthur C., *The MacMillan Illustrated Encyclopaedia of Myths and Legends*, Nova York, 1989.

COOPER, C. W., *Crystal Magic*, Londres: Faber and Faber, 1986.

CROW, Robert, *Crystal Handbook*, Estados Unidos: Hathaway Press, 1984.

CURRAN, Bob, *Lost Lands, Forgotten Realms*, Estados Unidos, Nova Jérsei: New Page Books, 2007.

DANIEL, Glynn, *The Illustrated Encyclopedia of Archaeology*, Nova Iorque: Crowell, 1977.

DEAL, David A., *Discovery of Ancient America*, Estados Unidos: Kherem La Yah Press, 1992.

DONNELLY, Ignatius, *Atlantis, the Antediluvian World*, Nova York: Harper's, 1882.

DORLAND, Frank, *Holy Ice*, Estados Unidos: Galde Press, Inc., 1995.

BIBLIOGRAFIA

DUNN, Christopher, *The Giza Power Plant*, Technologies of Ancient Egypt, Estados Unidos: Bear & Co., 1995.

FARRER, Louis, *The Modern Survival of Ancient Linguistics*, Londres: Regnal House Publishers, Ltd., 1922.

GADDIS, Vincent H., *Native American Myths and Mysteries*, McDonald, Ltd.,1902.

GARVIN, Richard, *The Crystal Skull*, Nova York: Doubleday and Co., 1971.

GOETZ, Delia e Morley, Sylvanus, *Popol Vuh* (trans. Adrian Recinos), Norman: University of Oklahoma Press, 1950.

HAUGHTON, Brian, *História Oculta – Civilizações Perdidas, Conhecimento Secreto, Misté*rios Antigos, Estados Unidos (Nova Jersei), New Page Books, 2007. (Estampa Editorial, 2009).

JOSEPH, Frank, *Abrindo a Arca da Aliança*, Estados Unidos: New Page Books, 2007. (Editora Pensamento, 2010).

____, *The Lost Civilization of Lemuria*, Estados Unidos: Bear & Company, 2006.

____, *The Atlantis Encyclopedia*, Estados Unidos: New Page Books, 2005.

____, *Os Sobreviventes de Atlântida*, Estados Unidos: Bear & Company, 2004. (Editora Nova Época, 1979)

____, *The Destruction of Atlantis*, Estados Unidos: Bear & Company, 2002.

____, *Atlantis in Wisconsin*, Estados Unidos: Galde Press, 1995.

____, *The Lost Pyramids of Rock Lake*, Estados Unidos: Galde Press, 1992.

DE JUBAINVILLE, Arbois, "Irish Myths", em *The Encyclopaedia of World Mythology*, Nova York: Galahad Books, 1975.

KRAMER, Noah, *A Sumerian Lexicon*, University of New York Press, 1975.

LEICHT, Hermann, *Pre-Inca Art and Culture*, Nova York: Orion Press, 1960.

LEMESURIER, Paul, *A Grande Pirâmide Desvelada*, Nova York: Faber & Faber, 1975. (Editora Mercuryo, 1991)

LE PLONGEON, August, *Queen Moo and the Egyptian Sphinx*, Londres: Kegan, Paul, Trench, Truebner, 1896.

LITTLE, Dr. Gregory, *Lost Civilization and the Bermuda Triangle*, (Massachussets) Estados Unidos: Atlantis Rising, Nr. 66, November / December, 2007, p. 42.

MACCANA, Prosinas, *Celtic Mythology*, Londres: Hamlyn, 1970.

MARRIOTT, Alice and Rachlin, Carol K., *American Indian Mythology*, Nova York: New American Library, 1968.

MERCATANTE, Anthony S., *Who's Who in Egyptian Mythology*, Nova York: Clarkson N. Potter, Inc., 1978.

MERCER, Stanley, *The Canary Islands*, Nova York: Roland Press, Inc., 1962.

MILEWSKI, J.V. and Harford, V.L., (eds), *The Crystal Sourcebook*, Sedona, Estados Unidos: First Editions, 1987.

MOSELEY, Michael E., *The Incas and their Ancestors*, Londres: Thames & Hudson, 1992.

_____ *Civilization before the Incas*, Nova York: Parthenon Press, 1995.

NIETZSCHE, Friedrich, *Assim Falou Zaratustra*, Nova York, Penguin Classics, 1980. (Companhia das Letras, 2018).

O'KELLEY, Michael, *New Grange*, Cork, Irlanda: Houston Printers, Ltd., 1984.

OPPELT, Norman T., *Guide to Prehistoric Ruins of the Southwest*, Colorado (US): Pruett Publishing, 1989.

POWELL, T.G.E., *Os Celtas*, Nova York: Praeger Press, 1959. (Editorial Verbo, 1965)

PRESCOTT, William H., *A História da Conquista do Peru*, reimpressão da primeira edição de 1847, Nova York: New American Library, 1961. (Irmãos Pongetti editores, 1946)

QUEST MAGAZINE, Chester (Inglaterra), Vol.1, número 6, Setembro, 1997.

RIVA, Anna, *Candle Burning Magic, A Spellbook of Rituals for Good and Evil*, Estados Unidos: International Imports, 1994.

SCOTT-ELIOT, W., *The Lost Lemuria*, Londres: Theosophical Publishing House, 1925.

SMITH, William Ramsey, *Myths and Legends of the Australian Aboriginals*, Londres: George G. Harrap, 1930.

SPENCE, Lewis, *A História da Atlântida,* Londres: Rider & Co., 1924. (Editora Livros do Brasil, 2004)

_____, *The Problem of Atlantis*, Londres: Rider & Co., 1924.

_____, *Atlantis in America*, Nova York: Brentano's Publishers, 1925.

_____, The Occult Sciences in Atlantis, Londres: Rider & Co., 1942.

SPENGLER, Oswald, *A Decadência do Oeste*, tradução de Lloyd Newhouse, London: Casteleton Publishers, Ltd., 1939. (Editora Zahar, 1973)

STACY-JUDD, Robert B., *Atlantis, Mother of Empires*, Estados Unidos: DeVorss & Co., 1973.

SYKES, Edgerton, *Ancient Mythology*, Nova York: Rawlinson Publishers, 1959.

THOMPSON, Dr. Gunnar, *American Discovery, the Real Story*, Estados Unidos (Seattle): Argonauts Misty Isles Press, 1995.

TOZZER, Alfred, *The New Mayan Dictionary*, Estados Unidos: Dover, reimpressão, 1979.

UPCZAK, Patricia Rose, *Synchronicity, Signs and Symbols*, Estados Unidos: Synchronicity Publishing, 2001.

VAN OVER, R., *Sun Songs, Creation Myths from around the World*, Nova York: New American Library, 1980. Ova

WATERS, Frank, *Book of the Hopi*, Nova York: Viking Press, 1963.

WILLIAMS, Mark R., *In Search of Lemuria, The Lost Pacific Continent in Legend*, Myth and Imagination, Estados Unidos: Golden Era Books, 2001.

YEOWARD, Eileen, *The Canary Islands*, Estados Unidos: Raffelson Press, 1979.

CRÉDITOS DE IMAGENS

p.80, 85: Topfoto;
Demais imagens: Frank Joseph.